शूर्पणखा

एक लड़की अलग सी

डॉ. अशोक शर्मा

सेन्ट्रल बैंक ऑफ इण्डिया से सेवानिवृत्त डॉ. अशोक शर्मा ऐतिहासिक और पौराणिक चरित्रों को केन्द्र में रखकर उपन्यास लिखने के लिये जाने जाते हैं। आपके पूर्व प्रकाशित चार उपन्यास 'सीता सोचती थीं', 'सीता के जाने के बाद राम' और 'कृष्ण : अन्तिम दिनों में' और 'शिव' अपनी प्रस्तुति, तथ्य-परक दृष्टि एवं पात्र-गठन की विशेषता के कारण जाने जाते हैं। इनमें वे मुख्य पात्र के साथ-साथ अन्य पात्रों के साथ भी समुचित न्याय करने में सफल रहे हैं।

आपकी पुस्तक 'कृष्ण : अन्तिम दिनों में' का अंग्रेजी भाषा में *Krishna : In his last day's* के रूप में अनुवाद भी हो चुका है।

शूर्पणखा

एक लड़की अलग सी

उपन्यास

डॉ. अशोक शर्मा
एम०एससी० प्रोफीशियन्सी इन फ्रेंच
पीएच०डी०(गणित)

अंजुमन प्रकाशन

अंजुमन प्रकाशन
942, मुट्ठीगंज, प्रयागराज-3 उत्तर प्रदेश, भारत
वेबसाइट - www.anjumanpublication.com
ईमेल - contact@anjumanpublication.com

प्रथम संस्करण अंजुमन प्रकाशन द्वारा 2019 में प्रकाशित

आवरण व टाइप सेटिंग : अंजुमन प्रकाशन, प्रयागराज

ISBN : 978-93-88556-18-7

समर्पण

जननी - स्व. सियारानी शर्मा

जनक - स्व. प्रेमशंकर शर्मा

आत्म-कथ्य

राम और राम-कथा में भारतीय संस्कृति के प्राण बसते हैं। इस रामकथा में दो स्त्रियाँ खलनायिकाओं के रूप में याद की जाती है, एक कैकेयी और दूसरी शूर्पणखा, किन्तु यदि ये दोनों न होतीं तो राम का कद इतना बड़ा कैसे होता और राम-कथा आकार कैसे लेती। सच तो यह है कि शूर्पणखा ही थी जिसने रावण को नष्ट करने वाली घटनाओं को गति प्रदान की थी, किन्तु वह रामकथा में एक गलत महिला के रूप में चित्रित होकर ही रह गयी। कैकेयी के सकारात्मक पक्ष पर तो बहुत से साहित्यकारों ने दृष्टि डाली है, किन्तु शूर्पणखा पर सम्भवतः नहीं और वह मात्र एक खलनायिका बनकर ही रह गयी है; यह पुस्तक इसी शूर्पणखा को सम्पूर्णता से जानने का एक प्रयास है।

- *अशोक शर्मा*

अनुक्रम

1	साँकल खटकी तो है	- 11
2	धुएँ की टहनियाँ	- 26
3	आग के बीच	- 35
4	प्रश्नों की आँच तले	- 41
5	संवेदनाएँ भी	- 50
6	थोपा हुआ	- 58
7	आँधियों के पाँव	- 68
8	जीना मरना, मरना जीना	- 74
9	धूप भी छाँव भी	- 85
10	प्रतिशोध की साँसें	- 98
11	षड्यंत्रों की आधारशिला	- 115
12	अँधेरों की वेदी पर	- 127
13	कुछ पीड़ा, कुछ सपने	- 143
14	और एक अध्याय	- 152
15	यह अनुभूति भी	- 158
16	अँधेरे से लड़ाई	- 165
17	अन्धकार फिर हारा	- 188
18	किरणों के आस-पास	- 193
19	अन्तिम चरण में	- 199
20	पुनर्जन्म	- 206

अनुक्रम

1	साँकल खटकी तो है	- 11
2	धुएँ की टहनियाँ	- 26
3	आग के बीच	- 35
4	प्रश्नों की आँच तले	- 41
5	संवेदनाएँ भी	- 50
6	थोपा हुआ	- 58
7	आँधियों के पाँव	- 68
8	जीना मरना, मरना जीना	- 74
9	धूप भी छाँव भी	- 85
10	प्रतिशोध की साँसें	- 98
11	षड्यंत्रों की आधारशिला	- 115
12	अँधेरों की वेदी पर	- 127
13	कुछ पीड़ा, कुछ सपने	- 143
14	और एक अध्याय	- 152
15	यह अनुभूति भी	- 158
16	अँधेरे से लड़ाई	- 165
17	अन्धकार फिर हारा	- 188
18	किरणों के आस-पास	- 193
19	अन्तिम चरण में	- 199
20	पुनर्जन्म	- 206

1

साँकल खटकी तो है

एक बड़ा सा महल। उससे कुछ दूर पर कुछ झाड़ियों में छुपी एक आकृति। यह एक युवक था जो झाड़ियों में छिपकर महल के एक भाग पर दृष्टि गड़ाये हुए था। महल के उस भाग में एक खिड़की खुली हुई थी और उससे अन्दर खड़ी एक नवयुवती दिखाई दे रही थी। सहसा वह युवती खिड़की की ओर आयी और उससे बाहर का दृश्य देखने लगी और कुछ देर बाद वहाँ से हटकर कहीं भीतर चली गयी।

युवक सम्भवतः उसी युवती के लिए उन झाड़ियों में छुपा हुआ था। जब तक वह खिड़की में खड़ी रही तब तक वह युवक उसे देखता रहा और उसके खिड़की से हटते ही वह भी उन झाड़ियों से निकलकर छुपते-छुपाते वहाँ से कहीं दूर चला गया।

मछलियों जैसे नेत्रों वाली यह युवती रावण की बहन शूर्पणखा थी। उसके पिता विश्रवा बहुत बड़े ऋषि और विद्वान थे। उन्होंने तो उसका नाम वज्रमणि रखा था। उसकी आँखें मछलियों के समान तथा नाखुन लम्बे, चिकने घुमावदार और किसी गुलाबी फूल की पंखुड़ियों जैसे रंग के थे इस कारण उसकी माँ कैकसी प्यार से उसे कभी मीनाक्षी और सुपर्णखा कहकर बुलाती थी।

लंका पर उसके सौतेले भाई कुबेर का राज्य था। वह विश्रवा की पहली पत्नी और भरद्वाज मुनि की कन्या वरवर्णिनी जिसका एक नाम इलविड़ा भी था, का पुत्र था। वह यक्ष मतावलम्बी, देवताओं का प्रिय,धर्मात्मा और विद्वान था और देवताओं ने ही दैत्यमतावलम्बी शूर्पणखा के नाना सुमाली से लंका को छीनकर कुबेर को उसका अधिपति बना दिया था।

शूर्पणखा का भाई रावण जब बड़ा हुआ तो उसने कुबेर से छीनकर लंका पर अपना राज्य स्थापित कर लिया था और कुबेर भागकर हिमालय की पहाड़ियों पर

अमरावती नामक नगर बसाकर यक्षों के साथ वहाँ रहने चला गया था। शूर्पणखा भी रावण के साथ लंका आ गयी थी। रावण ने दैत्यों और दानवों को एक कर रक्ष-संस्कृति की स्थापना की थी और इस संस्कृति को मानने वालों को उसने राक्षस नाम दिया था।

शूपर्णखा भी बालिका से युवती हो चुकी थी और लंका में राक्षसों के साथ रहते-रहते कब वह सुपर्णखा से शूर्पणखा हो गयी यह उसे भी नहीं पता था। माँ का दिया हुआ दूसरा नाम मीनाक्षी और पिता का दिया नाम वज्रमणि तो मानो भूमि में कहीं गहरे दब चुके थे।

शूपर्णखा को इतना स्मरण था कि उसे सुपर्णखा के स्थान पर शूर्पणखा कहकर उसे सबसे पहले उसके मामा प्रहस्त ने चिढ़ाया था और उसके बाद रावण और कभी-कभी कुम्भकर्ण भी अक्सर खेल-खेल में उसे शूर्पणखा कहकर चिढ़ाने लगे और फिर जैसा कि होता है, बिगड़ा हुआ नाम लोगों की जबान पर बहुत शीघ्र चढ़ जाता है... वैसा ही उसके साथ भी हुआ।

प्रारम्भ में वह शूर्पणखा कहने से बहुत चिढ़ती थी, किन्तु धीरे-धीरे उसे अपने लिए यही नाम सुनने की आदत डालनी पड़ी। इस सारे प्रकरण में एक विभीषण ही था जिसने कभी भी उसे शूर्पणखा नहीं कहा। वह सात्त्विक प्रवृत्ति का और शान्त-प्रकृति का व्यक्ति था और प्रारम्भ में किसी के द्वारा उसे शूर्पणखा कहकर बुलाने पर विरोध भी करता था, किन्तु बहुधा ऐसे लोगों की एक कमजोर-सी छवि बन जाती है और फिर ऐसे लोगों की सुनता भी कौन है।

सन्ध्या ढलान पर थी। अँधेरा अपनी कालिमा में सब कुछ समेट रहा था। एक तरुण इस अन्धकार में छुपते-छुपते किसी विशेष लक्ष्य को लेकर बढ़ रहा था। एक दृष्टि में वह बहुत अच्छी देहयष्टि का स्वामी था। चौड़ा सीना, मजबूत दिख रही भुजाएँ, जंघाएँ और नेत्र चमकते हुए किन्तु चालाकी से भरे हुए-से थे। उसका साँवला रंग उस अंधकार में छिपने में उसका सहायक सिद्ध हो रहा था। यह वही युवक था जो एक दिन पहले झाड़ियों में छुपा हुआ था।

युवक बिल्ली के समान सँभल-सँभलकर एक-एक पैर रख रहा था ताकि कोई आवाज न होने पाये... किन्तु फिर भी उसका पैर कुछ सूखे हुए पत्तों पर पड़

गया। युवक का पैर पड़ने से पत्तों के टूटने की कुछ कड़कड़ाहट की आवाज हुई।

उन पत्तों के मध्य ही किसी धातु का कोई नुकीला टुकड़ा भी पड़ा हुआ था, जो युवक के पैर में घुसकर उसे घायल कर गया। अरे! युवक के मुँह से निकला। ऐसा लगा जैसे उसे अपना पैर घायल होने की अपेक्षा पत्तों से कड़कड़ाहट की आवाज का होना अधिक कष्ट दे गया था अन्यथा सम्भवतः उसके मुख से 'अरे' के स्थान पर 'आह' का शब्द सुनाई देता।

उस अन्धकार में यह जानने के लिये कि कितनी चोट लगी युवक ने पैर के घाव को छुआ। घाव छोटा ही था किन्तु उससे खून रिस आया था। युवक अपने वस्त्रों में से एक वस्त्र का सिरा पट्टी बनाने के लिये फाड़ने लगा, किन्तु यह भी वह बहुत सावधानी से और धीरे-धीरे करने का प्रयास कर रहा था क्योंकि वह नहीं चाहता था कि कपड़े के फाड़ने की आवाज से रात्रि की निस्तब्धता भंग हो। कपड़ा फट चुका तो उसने अपने पैर पर पट्टी की तरह कसकर बाँध लिया और फिर अपनी मंजिल की ओर चल पड़ा। अब वह कुछ लँगड़ा-सा रहा था साथ ही इस घटना के बाद वह और सँभल-सँभलकर पैर रखने लगा था।

यह पहाड़ी क्षेत्र था और युवक के सम्मुख बराबर चढ़ाई पड़ रही थी, किन्तु थकान का कोई चिह्न उसके मुख पर नहीं था। थोड़ी देर में ही वह एक ऐसे स्थान पर खड़ा था जो तीन ऊँची-ऊँची पहाड़ियों से घिरा हुआ था। इन तीनों ही पहाड़ियों पर ऊँचे-ऊँचे भवन बने थे, किन्तु एक पहाड़ी पर तो एक अति विशाल और भव्य किलेनुमा महल बना हुआ था।

युवक उसकी ओर चल पड़ा और कुछ देर की कठिन चढ़ाई के बाद उस महल तक पहुँच गया। महल के द्वार पर कई और उसके चारों ओर भी थोड़ी-थोड़ी दूरी पर रक्षक खड़े थे, किन्तु रात्रि अधिक होने के कारण उनमें से बहुत-से थके और उनींदे हो रहे थे।

सम्भवतः युवक को वहाँ भी गन्तव्य का पता था। वह महल के पीछे पहुँचा। वहाँ भी एक पहरेदार खड़ा तो था, किन्तु वह भी थका हुआ-सा तो था ही बहुत सजग भी नहीं लग रहा था। युवक उसकी दृष्टि बचाकर भीतर घुसने का उपक्रम करने लगा।

यह युवक विडाल दानवों की एक शाखा कालिकयों से था और यह तीन पर्वतों से घिरी लंका की राजधानी त्रिकुटा थी और किलेनुमा यह महल

लंकाधिपति रावण का था।

रात्रि का समय था। शूर्पणखा अपने कक्ष में सो रही थी। कक्ष में प्रकाश के लिये एक दीपक जल तो रहा था पर उसकी लौ बहुत धीमी थी और कक्ष में बहुत ही मद्धिम प्रकाश था। अचानक कुछ आवाज-सी सुनकर उसकी नींद खुल गयी। शूर्पणखा उठकर बैठ गयी। यह ठक ठक की आवाज थी जो उसके कक्ष की एक खिड़की जो बाहर की ओर खुलती थी से आ रही थी। ऐसा लग रहा था जैसे कोई उसे बाहर से धीरे-धीरे खटखटा रहा हो।

'कौन हो सकता है' शूर्पणखा ने सोचा। मन में कुतूहल था किन्तु भय बिलकुल नहीं था। वह स्वयं एक साहसी स्त्री थी और भय क्या होता है यह उसने आज तक जाना ही नहीं था। वह खिड़की के पास पहुँची। रुक-रुककर धीमे स्वर में ठक ठक अब भी जारी थी। 'क्या है यह' सोचते हुए उसने खिड़की खोल दी।

सामने एक युवक था जो पता नहीं किस तरह वहाँ आ गया था।

"तुम!" शूर्पणखा ने आश्चर्य से कहा।

"हाँ मैं।"

"क्यों आये हो?"

"तुमसे मिलने।"

"इस तरह!"

"और कोई मार्ग ही कहाँ था।"

"ओह!"

"भीतर नहीं आने दोगी, सारी बातें ऐसे ही कर लोगी क्या?"

"आओ आ जाओ, किन्तु सावधानी से; तुम्हें किसी ने देखा तो नहीं।"

"नहीं।"

वह किसी प्रकार भीतर आ गया। यह विद्युज्जिह्व था। वही कालिकेय जो एक दिन पूर्व स्थान देखकर लौट गया था।

पल भर में शूर्पणखा की आँखों के सम्मुख दो-तीन दिन पूर्व का एक दृश्य घूम गया।

लंका में रावण के महल से कछ दूर पर एक और भव्य भवन बना हुआ था जिसके मध्य में एक विशाल सभागार था। रावण बहुधा इस भवन को अपने दरबारियों और विशिष्ट-जनों के साथ किसी बड़े आयोजन के लिये प्रयोग में लाता था और जब उसे ऐसा कोई कार्य नहीं होता था तब इस विशाल सभागार में संगीत और नृत्य-नाटिकाओं जैसे आयोजन हुआ करते थे।

उस दिन भी ऐसा ही एक आयोजन था। यह एक सामूहिक नृत्य था। शूर्पणखा या सुर्पणखा या मीनाक्षी या वज्रमणि उसे आप जो भी कह लें, स्वयं भी एक रूपवती तरुणी थी और वह भी कई अन्य तरुणियाँ के साथ नृत्य में लीन थी। सभागार के बाहर कोने में बने हुए एक कक्ष में मदिरा के बड़े-बड़े घट भरे हुए थे और दो-तीन व्यक्ति मदिरा-पान के इच्छुक व्यक्तियों को छोटे-छोटे पात्रों में भर-भरकर मदिरा दे रहे थे। कक्ष के दूसरे कोने में भुने हुए विभिन्न जानवरों और पक्षियों के मांस-पिण्ड उपलब्ध थे और यह सब कुछ आने वाले अतिथियों के लिए बिना मूल्य ही था।

कक्ष में स्त्री और पुरुष दोनों ही थे। वे नृत्य से निकलकर आते, मांस-पिण्ड या मदिरा जो भी चाहते सेवन करते और पुनः वापस जाकर नृत्य में सम्मिलित हो जाते।

नृत्य करते-करते शूर्पणखा भी वहाँ आयी। वह राक्षसेन्द्र रावण की बहन थी अतः उसके आते ही कक्ष का कोलाहल एकदम थम गया। शूर्पणखा अपना बड़ा-सा वस्त्र सँभालती मदिरा से भरे घटों की ओर गयी। तुरन्त ही सेवकों ने उसे मदिरा से भरा एक सुन्दर-सा पात्र दिया। शूर्पणखा ने उसे अपनी सुन्दर लम्बी उँगलियों से पकड़ा और गुलाब की पंखुडियों जैसे लाल और कोमल अधरों से लगाया, किन्तु एक घूँट भरते ही वह रुक गयी।

कक्ष के एक ओर खड़ा सुगठित देह का ऊँचा और तेजस्वी युवक एकटक उसकी ओर देख रहा था। शूर्पणखा की दृष्टि उससे टकरा गयी थी। उसने इस युवक को वहाँ पहले कभी नहीं देखा था। शूर्पणखा को लगा जैसे उस युवक में कुछ अलग-सा आकर्षण है। हृदय में कुछ धक् सा हुआ, एक पल बाद ही वह मानों सँभल गयी। मदिरा का पात्र उसने कुछ कसकर पकड़ा, नेत्र बन्द किये ही

एक साँस में उसे खाली किया और फिर वह उसे फेंकने ही वाली थी कि किसी ने वह पात्र अपने हाथों में थाम लिया।

शूर्पणखा की उँगलियाँ उस हाथ की उँगलियों से छू गयी। उसने देखा यह वही युवक था।

''इसे मैं फेंक देता हूँ।'' उसने कहा।

शूर्पणखा ने पात्र छोड़ दिया और उस अपरिचित की बात का कोई उत्तर दिये बिना ही वहाँ से चल दीं, किन्तु कक्ष से निकलने के पूर्व उसने पीछे मुड़कर देखा। युवक उसी पात्र में मदिरा लेकर पी रहा था। एक बार पुनः दृष्टि मिली तो युवक अपने होठों से पात्र हटाकर बहुत धीरे से मुस्कराया और फिर अधरों को कुछ तिरछा किया और पुनः मदिरा के पात्र को अपने होंठों से लगा लिया।

''हुँह...'' शूर्पणखा ने भी ओंठ तिरछे किये। सिर को झटक कर मुख पर आते बालों को उँगलियों से पीछे किया और वापस सभागार में आकर नृत्य में खो गयी।

शूर्पणखा यद्यपि रोज वहाँ नहीं जाती थी किन्तु उसके दूसरे दिन पुनः उसका मन वहाँ जाने का हुआ और वह उस सभागार में आ गयी। उसके आने के कुछ देर बाद ही वहाँ रखे नगाड़े पर चोट पड़ी। कुछ वाद्ययन्त्र बज उठे और फिर युवक एवं युवतियों के विभिन्न समूहों ने नृत्य प्रारम्भ कर दिया।

नृत्य करती हुई शूर्पणखा की दृष्टि अचानक सभागार के प्रवेश-द्वार की ओर गयी और बस तभी कल वाले युवक ने सभागार में प्रवेश किया।

''क्या वह मेरी दृष्टि पड़ने की प्रतीक्षा में ही वहाँ कहीं रुका हुआ था...'' शूर्पणखा ने स्वयं से कहा। युवक अन्दर आकर शूर्पणखा के पास वाले समूह में ही शामिल होकर नृत्य करने लगा।

कुछ देर नृत्य चलने के बाद वह युवक और शूर्पणखा अचानक पास आ गये। यद्यपि शूर्पणखा को लगा जैसे यह मात्र अचानक नहीं अपितु उस युवक द्वारा जानबूझकर किया हुआ एक प्रयास था।

''मैं कालिकेय विद्युज्जिह्व,'' उसने सूर्पनखा की निकटता पाकर धीरे से उससे कहा।

शूर्पणखा ने इसका कोई उत्तर नहीं दिया, बस थोड़ा-सा अधरों को इस प्रकार तिरछा किया मानो कह रही हों 'मुझे इससे क्या।'

नृत्य अपने चरम पर था। कुछ देर तक ऐसे ही चलता रहा। नृत्य करते-करते शूर्पणखा की दृष्टि सभाकक्ष के प्रवेश-द्वार की ओर गयी तो पुनः आश्चर्य से सामना हुआ। विद्युज्जिह्व अब वहीं खड़ा उसकी ओर देख रहा था।

"यह वहाँ कब पहुँच गया!" शूर्पणखा के मन मे आया। कुछ देर बाद ही शूर्पणखा के समूह में नृत्य करने वाले सभी मदिरा वाले कक्ष में गये और अपनी-अपनी रुचि के अनुसार मांस-खण्ड और मदिरा लेने के बाद वापस होने लगे। शूर्पणखा जब सभागार से निकलने लगी तो विद्युज्जिह्व उससे धीरे से बोला,

"मैं तुमसे मिलने आऊँगा।"

'मिलने आयेगा।' द्वार से निकलती शूर्पणखा उसकी इस बात से चौंक पड़ी। "यह मिलने आएगा... किन्तु कहाँ, कब, क्यों और कैसे।" उसने सोचा

"हुँह... पागल, सम्भवतः अधिक मदिरा पी गया होगा।" शूर्पणखा ने स्वयं से कहा और बाहर निकल गयी।

अगले दिन सायंकाल पुनः शूर्पणखा का मन उस सभागार में जाने को हुआ किन्तु वह नहीं गयी और आज का दिन वही अगला दिन था।

शूर्पणखा ने देखा विद्युज्जिह्व के पाँव में एक कपड़ा बँधा हुआ, जिस पर खून की बूँद का लाल निशान उभर आया था। हाथों और मुख पर भी खरोंचों के और उसके वस्त्रों पर जगह-जगह रगड़ खाने के चिह्न थे।

"तुम्हें देखकर यह स्पष्ट है कि तुमने यहाँ तक आने में बहुत संघर्ष किया है।" शूर्पणखा ने कहा।

"हाँ, किन्तु तुमसे मिलने के बाद वह गौण हो चुका है।"

"किन्तु मुझसे क्या लेना है तुम्हें?"

"बहुत कुछ।"

"क्या?"

"मात्र लेना ही नहीं देना भी है।"

"स्पष्ट कहो विद्युज्जिह्व, पहेलियाँ मत बुझाओ।"

"स्पष्ट ही कहूँगा, किन्तु पहले यह बताओ कि मुझे इस तरह आया देखकर तुमने मुझे भगाया क्यों नहीं, कोई शोर क्यों नहीं मचाया?"

"क्योंकि इससे तुम्हारे प्राण संकट में पड़ जाते।"

"मेरे प्राणों के संकट में पड़ने से तुम्हें क्या शूर्पणखा!"

शूर्पणखा, विद्युज्जिह्व के इस प्रश्न का उत्तर तुरन्त नहीं दे सकीं 'यह सच ही तो कह रहा है।" उसने सोचा। शूर्पणखा के इस मौन पर विद्युज्जिह्व धीरे से हँसा। विद्युज्जिह्व की इस हँसी से शूर्पणखा कुछ विचलित-सी हो उठी।

" विद्युज्जिह्व, राक्षसेन्द्र लंकाधिपति रावण की बहन के कक्ष में इस प्रकार घुसने के बाद तुम्हारी यह हँसी दुस्साहस ही तो है।"

"हाँ सो तो है, किन्तु प्रेम व्यक्ति को दुःसाहसी बना ही देता है, इसमें मेरा कसूर कहाँ है?"

"अर्थात?"

"सरल सी बात है शूर्पणखा, मैं तुमसे प्रेम करता हूँ।"

"प्रेम? किन्तु हम मिले ही कितनी बार हैं।"

"कितनी बार मिले हैं, कितनी बार नहीं, प्रेम इस बात का मुखापेक्षी होता है क्या?"

अब शूर्पणखा के अधरों पर भी हँसी तैर गयी।

"बातें बहुत बना लेते हो तुम और वह लेने-देने वाली बात क्या थी?"

"उस में कुछ बताना अभी भी शेष है क्या?" विद्युज्जिह्व की इस बात पर शूर्पणखा के मुख पर हलकी-सी लाली दौड़ गयी और साथ ही अधरों पर एक शरारत भरी मुस्कान भी।

"फिर भी बता ही डालो विद्युज्जिह्व।" उसने कहा।

"कुछ विशेष नहीं शूर्पणखा, बस तुम्हें पाना भी है और स्वयं को सौंपना भी।"

तभी कुछ आहट-सी हुई। ऐसा लगा जैसे कोई चल रहा है। विद्युज्जिह्व फुर्ती से उस कक्ष में कहीं छुप गया।

पदचाप शूर्पणखा के कक्ष के द्वार पर आकर रुक गयी और द्वार की साँकल बज उठी।

"शूर्पणखा!" यह मन्दोदरी का स्वर था।

"जी।" कहते हुए शूर्पणखा ने द्वार खोल दिया।

"अभी तक जाग रही हो!"

"हाँ, वैसे ही नींद नहीं आ रही थी और आप?

"वैसे ही उठी तो मुझे लगा कि तुम्हारे कक्ष से कुछ आवाज आ रही है इसलिए इस ओर आयी थी।"

"नहीं, मेरे कक्ष में कुछ भी तो नहीं है।"

"ठीक है, अपना ध्यान रखना।" कहकर मन्दोदरी वापस जाने के लिये मुड़ी।

"ठीक है।" कहकर शूर्पणखा द्वार बन्द करने वाली ही थी कि मन्दोदरी जाते जाते पुनः लौट पड़ी।

"क्या हुआ?" शूर्पणखा ने आश्चर्य से कहा।

मन्दोदरी इस बार शूर्पणखा के कक्ष द्वार पर नहीं रुकी। वह कक्ष के भीतर आ गयी और खड़े होकर पूरे कक्ष पर दृष्टि डालने लगी।

"क्या हुआ?" शूर्पणखा ने पुनः कहा किन्तु इस बार उसके मुख पर कुछ घबराहट-सी भी थी। वस्तुतः मन्दोदरी के वापस जाने के लिये मुड़ते ही कक्ष में धीरे से कुछ आवाज-सी हुई थी।

"कुछ आवाज-सी हुई है शूर्पणखा।" मन्दोदरी ने कहा।

"हूँ... देखते हैं।" कहते हुए शूर्पणखा ने बनावटी चिन्ता दिखायी। तभी एक कुछ बड़ा-सा चूहा जो कहीं छिपा हुआ था इस हलचल से घबराकर कहीं से निकला और भागकर फिर दूसरी ओर छिप गया। मन्दोदरी और शूर्पणखा दोनों ने उसे देखा।

"अरे! यह था।" शूर्पणखा ने कहा। मन्दोदरी भी उसे देखकर हँस पड़ी। तभी उसने देखा कक्ष की खिड़की खुली हुई थी। मन्दोदरी उस ओर बढ़ी तो शूर्पणखा काँप-सी गयी, 'कहीं विद्युज्जिह्व वहीं कहीं न छिपा हो' उसने सोचा। मन्दोदरी खिड़की तक आयी और उससे झाँककर बाहर की ओर देखा। अन्धकार और सन्नाटा पसरा हुआ था। मन्दोदरी ने खिड़की बन्द कर दी और बोली,

"शूर्पणखा, रात्रि में खिड़की बन्द रखा कर, समय अच्छा नहीं है।"

“जी।” विद्युज्जिह्व कहीं नहीं दिखा इस बात के लिए मन ही मन ईश्वर को धन्यवाद देती हुई शूर्पणखा ने बहुत छोटा सा उत्तर दिया।

“अच्छा मैं चलती हूँ; एक पहर रात्रि व्यतीत हो चुकी लगती है, तू भी सो जा।”

“जी।”

मन्दोदरी गयी तो शूर्पणखा ने जल्दी से कक्ष का द्वार बन्द किया और लम्बी-सी चैन की साँस ली। द्वार बन्द करके वह भीतर की ओर मुड़ी तो विद्युज्जिह्व खिड़की के पास ही खड़ा था। शूर्पणखा ने आश्चर्य से पूछा,

“कहाँ थे?”

“बस यहीं।” विद्युज्जिह्व ने कक्ष के एक कोने की ओर संकेत किया। शूर्पणखा ने देखा उस ओर रखे एक बड़े बक्से और दीवार के बीच थोड़ी-सी जगह छूटी हुई थी।

“ओह!” शूर्पणखा के मुँह से निकला, “सचमुच हमें ईश्वर ने ही बचाया, किन्तु अब तुम यहाँ से शीघ्र ही निकल जाओ अन्यथा हम किसी बड़े खतरे में फँस सकते हैं।”

इस बात में विद्युज्जिह्व धीरे से हँस पड़ा।

“खतरा...। विद्युज्जिह्व ने इसकी परवाह कभी नहीं की। अपने उद्देश्य की पूर्ति के लिए खतरे मोल लेने पड़ें तो भी नहीं, किन्तु तुम स्त्री हो तुम्हारा डरना अस्वाभाविक नहीं है।” उसने कहा।

“तुम यहाँ गलत हो विद्युज्जिह्व; मैं दशानन की बहन और सुमाली की नातिन शूर्पणखा हूँ...। डर क्या होता है यह मैंने कभी नहीं जाना, किन्तु हाँ व्यर्थ की बदनामी कौन ढोना चाहता है।”

“व्यर्थ?”

“हाँ व्यर्थ ही तो।”

“मैं कालिकेय हूँ शूर्पणखा; तुम्हारा भाई हमसे शत्रुता रखता है, वह भी अकारण ही... किन्तु मैंने तुमसे प्रेम किया है, यह जानते हुए भी कि मैंने बहुत काँटों भरा रास्ता चुना है।”

“समझ गयी, किन्तु अभी तुम शीघ्रता करो और जाओ।”

“जा रहा हूँ, किन्तु फिर कब मिलेंगे?”

“क्यों?”

“बस यूँ ही; कल मिलते हैं।”

“ कहाँ?” शूर्पणखा ने पूछा।

“यहीं।”

“नहीं, किन्तु शीघ्रता करो।”

“अच्छा, वहीं उसी सभागार में नृत्य के समय।”

विद्युज्जिह्व की इस बात पर शूर्पणखा उसे हाथ से लगभग ठेलती हुई बोली...

“जा... ओ।”

“अच्छा, किन्तु क्रोधित मत हो।” कहता और हँसता हुआ विद्युज्जिह्व खिड़की की ओर बढ़ा और उसी से बाहर निकल गया।

विद्युज्जिह्व किसी प्रकार खिड़की से नीचे तो उतर आया किन्तु जब वह आया था उस समय की अपेक्षा अब रावण के महल के भीतर पहरेदारों की गतिविधियाँ बहुत बढ़ी हुई थीं। पहले की अपेक्षा उनकी संख्या भी अधिक थी और ऐसा प्रतीत हो रहा था जैसे वे किसी को ढूँढ़ रहे हों। अब बाहर निकलने के लिये पहले की अपेक्षा कहीं अधिक सावधानी की आवश्यकता थी। ‘ऐसा क्यों हो गया है, यह सतर्कता इतनी अधिक क्यों बढ़ गयी है।’ यह प्रश्न उसके मन को मथ रहा था। ‘कहीं इसमें मन्दोदरी की भूमिका तो नहीं है।’ उसने सोचा और फिर स्वयं ही उसने उत्तर भी खोज लिया, ‘अवश्य ही मन्दोदरी का सन्देह इसका कारण हो सकता है।’ उसे लगा इस बार पग आगे बढ़ाने के पूर्व उसे निकलने का मार्ग ठीक से समझ लेना अधिक अच्छा रहेगा।

वह वहीं एक अँधेरे कोने में छिपकर चारों ओर देखने लगा। कुछ देर में ही उसे पहाड़ी से नीचे की ओर जाता एक सँकरा और बहुत अधिक ढाल वाला रास्ता दिखाई पड़ा। यह बहुत अधिक खतरनाक रास्ता था और सम्भवतः इसी

कारण पहरेदारों का ध्यान इस ओर नहीं था। 'यद्यपि यह जान पर खेलने जैसा है किन्तु फिर भी यदि मैं इससे किसी प्रकार नीचे पहुँच गया तो इनसे बच जाऊँगा' उसने सोचा और उसी ओर बढ़ गया।

ढाल बहुत तीखी और मार्ग सचमुच बहुत अधिक फिसलन भरा था किन्तु वह किसी प्रकार पहाड़ी के नीचे तक पहुँच ही गया और फिर छिपते-छिपाते एक सुरक्षित स्थान तक भी।

शूर्पणखा, विद्युज्जिह्व के साहस पर आश्चर्य चकित भी थी और मुग्ध भी।

उस घटना के बाद से कई दिनों तक वह सभागार नहीं गयी किन्तु कुछ दिनों बाद एक दिन अनायास ही उसके पैर सभागार की ओर बढ़ गये। विद्युज्जिह्व उसे सभागार से कुछ पहले ही खड़ा मिल गया।

"तुम यहाँ! शूर्पणखा ने आश्चर्य से कहा।

"हाँ तुम्हारी प्रतीक्षा कर रहा था।"

"किन्तु तुम्हें कैसे पता कि मैं आज आऊँगी।"

"आज नहीं आतीं तो फिर किसी दिन आतीं।"

"इसका अर्थ?"

"समझाना पड़ेगा?"

"तो तुम नित्य यहाँ खड़े रहते हो?"

"तुम्हारी प्रतीक्षा में।"

"तुम्हारी सारी बातें हैरान करने वाली हैं विद्युज्जिह्व।"

"क्या तुम कुछ देर मेरे साथ बैठना और मुझसे बात करना पसन्द करोगी?"

"क्यों?"

"ऐसा ही प्रश्न तुमने पहले भी किया था शूर्पणखा और मेरे उत्तर भी पहले वाला ही है।"

"क्या?"

"बस यूँ ही; कुछ देर साथ-साथ बैठने में कोई बुराई है क्या?

"कहाँ बैठोगे?"

"वहाँ उस ओर, यहाँ से कुछ दूरी पर।"

"चलो।" शूर्पणखा ने कहा।

विद्युज्जिह्व थोड़ा-सा आगे और शूर्पणखा लगभग साथ। कुछ दूर चलने के बाद घने वृक्ष और झाड़ियाँ आने लगे। शूर्पणखा ने देखा उन्हीं के मध्य में एक खण्डहर जैसा छोटा-सा भवन था।

"आओ इसी भवन में थोड़ी देर बैठते हैं, इधर कोई भी आत-जाता नहीं है।" विद्युज्जिह्व ने कहा।

दोनों वहीं एक उचित स्थान देखकर बैठ गये। कुछ देर में ही परिचय कुछ अधिक गहरा हुआ तो विद्युज्जिह्व ने शूर्पणखा की ओर देखकर कहा।

"एक बात कहूँ?" विद्युज्जिह्व ने कहा, फिर कुछ देर बाद बोला "शूर्पणखा मैं तुमसे प्रेम करने लगा हूँ।"

शूर्पणखा ने इसका उत्तर नहीं दिया। विद्युज्जिह्व ने कुछ देर बाद फिर कहा,

"तुमने कोई उत्तर नहीं दिया।"

"क्या उत्तर दूँ?"

"कुछ भी जो तुम्हें उचित लगे।"

" किसका उत्तर दूँ तुम्हारी बात का या तुम्हारी भावना का।"

"दोनों का।"

शूर्पणखा कुछ बोली नहीं, बस धीरे से हँस दी।

"हँसते हुए तुम कितनी अच्छी लगती हो।" विद्युज्जिह्व ने कहा फिर शूर्पणखा के हाथ की ओर देखकर बोला,

"क्या मैं तुम्हारा हाथ पकड़ सकता हूँ?"

"नहीं।" शूर्पणखा ने अधरों को तिरछा कर मुस्कराते हुए कहा। उसकी आँखें भी शोख हो उठी थीं, किन्तु इस 'नहीं' के बाद भी विद्युज्जिह्व ने उसका हाथ अपने हाथें में ले लिया और शूर्पणखा ने कोई प्रतिरोध नहीं किया। उसके हाथों की ओर देखते हुए, विद्युज्जिह्व ने कहा

"तुम्हारे नाखुन तो बहुत सुन्दर हैं फिर तुम्हारा नाम शूर्पणखा क्यों है?"

"मेरी माँ मुझे सुपर्णखा कहती थीं, पर लोगों ने मेरा नाम बिगाड़ दिया।"

"पर मैं भी तुम्हें सुपर्णखा ही कहूँ तो?"

"तुम्हारी इच्छा।"

"और तुम्हारी?"

"शूर्पणखा ने कोई उत्तर नहीं दिया" कुछ ठहरकर विद्युज्जिह्व ने पूछा,

"मेरे बारे में कुछ जानना नहीं चाहोगी?"

"बताओ।"

"तुम्हारी लंका से कुछ ही दूरी पर एक द्वीप है, जहाँ कालिकेयों का राज्य है, वे मुझे अपना नायक समझते हैं।"

"हाँ?"

"हाँ, पर मेरे पिता मुचकुन्द राक्षस धर्म को ही मानते हैं।"

"अच्छा।"

इसके बाद कुछ देर तक दोनों अपने-अपने बारे में बताते रहे। तब तक सन्ध्या काफी बीत चुकी थी।

"देर हो गयी है, चलूँ।" शूर्पणखा ने कहा।

"कुछ देर और।"

"नहीं यह उचित नहीं होगा।"

"कल फिर आओगी?"

"क्यों?"

"वैसे ही बैठेंगे, बातें करेंगे।"

"पता नहीं, देखूँगी।"

"किन्तु मैं तुम्हारी प्रतीक्षा करूँगा, यहीं इसी जगह।"

"तुम्हारी मर्जी।" शूर्पणखा लापरवाही से कहकर नेत्र चलाते हुए और एक बार फिर तिरछी हँसी हँसते हुए उस स्थान से बाहर आ गयी। विद्युज्जिह्व उसके पीछे था।

"तुम मेरे साथ मत आओ, किसी ने देख लिया तो व्यर्थ ही बातें बनेंगी।" शूर्पणखा ने उससे कहा। विद्युज्जिह्व वहीं ठहर गया।

शूर्पणखा आगे बढ़ी तो उसने देखा उन घने वृक्षों में बहुत-से सुन्दर फूलों से

लदे हुए थे। भूमि पर भी जहाँ-तहाँ फूल बिखरे हुए थे। हवा की गति मन्द और सुखकर तो थी ही, उसमें हलकी बहुत हलकी-सी सुगन्ध भी थी।

शूर्पणखा को लगा वातारण मुग्ध कर देने वाली अनुभूति से भरा हुआ है।

'आते समय यह अनुभूति मुझे क्यों नहीं हुई?' उसने अपने आप से पूछा।

दूसरे दिन आते समय शूर्पणखा को हृदय में हलकी-सी गुनगुनाहट थी। विद्युज्जिह्व खण्डहर में बैठा उसकी प्रतीक्षा कर रहा था। वे मिले। बहुत देर तक बातें करते रहे और फिर जब शूर्पणखा वापस चली तो उसे लगा जैसे प्रकृति में कुछ संगीत-सा था।

और फिर यह नित्य का एक सिलसिला हो गया।

लंका की आन्तरिक सुरक्षा की व्यवस्था सुमाली के हाथ में थी। कुछ दिनों बाद ही शूर्पणखा और विद्युज्जिह्व का यह मिलना सुमाली के सन्देह के घेरे में आ गया। चूँकि इससे सुमाली को लंका के लिए कोई खतरा नहीं दिखा, अतः उसने इसे सीधे रावण से तो नहीं कहा किन्तु उसने मन्दोदरी तक इस बात को पहुँचा दिया।

मन्दोदरी को पहले भी जब विद्युज्जिह्व, शूर्पणखा के कक्ष में रात्रि में आ गया था कुछ सन्देह हो चुका था। अब सुमाली के माध्यम से यह बात पहुँची तो उसने सीधे तो शूर्पणखा तो कुछ नहीं कहा किन्तु उसकी बातों और व्यवहार में कुछ परिवर्तन तो आ ही गया।

स्वयं शूर्पणखा से भी यह परिवर्तन छिप नहीं सका अतः अगली बार जब वह विद्युज्जिह्व से मिली तो उसने कहा,

"विद्युज्जिह्व, मुझे लगता है मन्दोदरी मुझ पर सन्देह करने लगी हैं, अतः कुछ दिनों के लिए हम आपस में मिलना बन्द कर देते हैं।"

"ठीक है; मैं भी बहुत दिनों से अपने घर नहीं गया हूँ अतः इस बीच मैं अपने घर हो आता हूँ।"

"ठीक।"

2

धुएँ की टहनियाँ

एक ओर समुद्र और दूसरी ओर ऊँची-ऊँची पहाड़ियाँ। बीच में बड़ा-सा मैदानी भू-भाग। मैदान में बहुत से घर और पहाड़ियों के मध्य कहीं-कहीं गुफाएँ थीं। इन्हीं घरों और गुफाओं में कई दैत्यों और दानवों के परिवार रहते थे। इन्हीं में से एक गुफा में राक्षस मुचकुन्द अपनी पत्नी विज्जला के साथ रहता था। उनका पुत्र अच्छी कद-काठी, मजबूत देह और पुरुषोचित सौन्दर्य का स्वामी था किन्तु युवावस्था प्राप्त होने के बाद से ही वह अपने अन्य साथियों के समान ही कहीं भी स्वच्छन्द विचरण करता रहता था। यही विद्युज्जिह्व था।

मुचकुन्द को हम असुन्दर कह सकते हैं। वह साधारण-सी देह का और वृद्धावस्था की ओर अग्रसर हो चुका व्यक्ति था, जबकि विज्जला आयु में उससे काफी छोटी तो थी ही, रंग-रूप में भी उसे सुन्दर ही कहा जा सकता था। मुचकुन्द जितना साधारण तरीके से रहने वाला था, विज्जला उतनी ही श्रृंगार-प्रिय थी। वह जहाँ तक हो सके बनी-ठनी ही रहती थी।

मुचकुन्द की युवावस्था की बात छोड़ दें तो अब स्वाभाविक ही विज्जला का मुचकुन्द की ओर आकर्षण पूर्ण समाप्त हो चुका था। इसे यदि थोड़ा और स्पष्ट करें तो उसे मुचकुन्द के प्रति आकर्षण नहीं विकर्षण हो चुका था। उधर मुचकुन्द कुछ अस्वस्थ भी रहने लगा था और सम्भवतः इन्हीं कुछ कारणों से उसका मन सांसारिकताओं से ऊब-सा चुका था।

इधर कुछ दिनों पूर्व ही उनके पड़ोस की गुफा में सुकेतु नामक एक युवा राक्षस आकर रहने लगा था। प्रारम्भ में पड़ोसियों जैसे परिचय के बाद वह अक्सर मुचकुन्द के यहाँ आने जाने लगा। मुचकुन्द के सामने भी और उसके पीछे भी और फिर शीघ्र ही वह और विज्जला एक-दूसरे पर मोहित होकर सम्बन्ध बना बैठे। नैतिकता और अनैतिकता जैसा भी कोई भी प्रश्न वहाँ नहीं

था।

शीघ्र ही मुचकुन्द, विज्जला और सुकेतु के सम्बन्धों का आभास हो गया किन्तु उसके पास न लड़ने योग्य शारीरिक शक्ति थी और न ही कोई ठोस प्रमाण। विज्जला से उसने जब भी इस सम्बन्ध में बात करने का प्रयास किया तब तब विज्जला उग्र विरोध ही नहीं करती थी उसकी हँसी भी उड़ाती थी। इन सम्बन्धों के बाद से मुचकुन्द के व्यवहार में विजज्ला के प्रति कुछ रूखापन भी आ गया था। स्वयं विज्जला भी मुचकुन्द से ऊबी हुई तो थी ही किन्तु मुचकुन्द के पास काफी मात्रा में सोना था और विज्जला उसके लालच में मुचकुन्द का घर नहीं छोड़ पा रही थी।

रात्रि का समय था। सारी बस्ती नींद की बाँहों में सिमटी हुई थी। कहीं कोई हलचल थी तो वह समुद्र की लहरों में थी जिनके बार-बार समुद्र के तट पर आकर सिर पटकने की ध्वनियाँ रात्रि की उस नीरवता को भंग कर रही थीं। सोते हुए मुचकुन्द की आँख अचानक खुल गयी। उसने विज्जला के बिस्तर की ओर देखा, वह वहाँ नहीं थी। 'पता नहीं कहाँ गयी होगी यह, उसने सोचा। वह उठा और बाहर आया। समुद्र की लहरों की ध्वनि के साथ साथ पेड़ों से गुजरती हवा की ध्वनियाँ भी थीं।

कुछ देर तक मुचकुन्द वहीं खड़ा रहा, फिर कुछ सोचकर वह सुकेतु की गुफा के द्वार पर आकर खड़ा हो गया। भीतर से थोड़ी-थोड़ी देर बाद फुसफुसाहट की आवाजें आ रही थीं। मुचकुन्द ने पहचाना। स्त्री की आवाज विज्जला की ही थी। मुचकुन्द का मन हुआ वह भीतर जाकर दोनों को पीट-पीटकर मार डाले किन्तु अपनी अवस्था और शारीरिक कमजोरी के चलते उसे यह सम्भव नहीं लगा। 'मुचकुन्द अगर तू भीतर गया, तो हो सकता है वे ही तुझे पीट-पीटकर मार डालें', उसने स्वयं से कहा। पीड़ा से भरी मुस्कान उसके अधरों पर खेल गयी। 'सुकेतु रावण की सेना में है अतः बस्ती का कोई दूसरा व्यक्ति भी कभी भी मेरे साथ और उसके विरुद्ध नहीं खड़ा होगा' सोचकर वह वापस अपनी गुफा में लौट आया और लेटकर सोने का प्रयास करने लगा।

सुबह जब मुचकुन्द सोकर उठा तब तक दिन ठीक से निकल चुका था।

विज्जला दैनिक क्रियायों से निपटकर जलपान की व्यवस्था में जुटी हुई थी। उसके मुख पर रोज जैसे ही भाव थे, कुछ भी विशेष नहीं था, जबकि मुचकुन्द सोच रहा था कि रात्रि भर के अभिसार के बाद लौटी विज्जला सम्भवतः कुछ विशेष हर्षित होगी।

विज्जला के मुख पर बहुत ही सामान्य भाव देखकर मुचकुन्द को कुछ आश्चर्य हुआ। 'इसका अर्थ तो यह हुआ कि यह अवश्य ही इसकी आदत में सम्मिलित हो चुका है तो यह रोज इसी प्रकार करती होगी क्या?' उसने स्वयं से प्रश्न किया।

'नित्य-क्रिया से निपटकर आता हूँ, फिर इससे पूछूँगा कि आखिर यह चाहती क्या है।' उसने सोचा और फिर गुफा से बाहर निकल गया।

मुचकुन्द जब नित्य-क्रिया से लौटकर आया तो उसने देखा विज्जला ने उसका भाग निकालकर रख दिया था और वह स्वयं जलपान कर रही थी। विज्जला को देखते ही मुचकुन्द की देह में घृणा की एक तरंग-सी दौड़ गयी।

"विज्जला!" मुचकुन्द ने उसके सामने खड़े होकर कहा। उसके स्वर में क्रोध की स्पष्ट झलक थी।

"क्या?" विज्जला ने उसी प्रकार जलपान करते हुए लापरवाही भरे स्वर में कहा।

"तू कल रात कहाँ गयी थी?"

"कहीं नहीं, यहीं तेरे पास ही सो तो रही थी।"

"नहीं, तू रात में यहाँ नहीं थी।"

"फिर..."

"तू सुकेतु की गुफा में थी।"

"तू स्वप्न देखता रहा होगा।" विज्जला ने लापरवाही से कहा।

"नहीं, स्वप्न नहीं, मैं सुकेतु की गुफा तक गया था और मैंने उसके अन्दर से आते हुए तेरे स्वर को स्पष्ट सुना था।"

"हूँ यह बात है; तो इसलिए तू इतना बमक रहा है। हाँ, कुछ देर के लिये गयी तो थी।"

"क्यों?"

"कुछ काम था उससे।"

"तुझे सुकेतु से ऐसा क्या काम आ पड़ा था कि तू सुबह होने तक प्रतीक्षा नहीं कर सकी, रात्रि में उठकर वहाँ चली गयी।"

"वह कार्य रात्रि में ही उचित था इसलिए रात्रि में ही जाना पड़ा।" कहकर विज्जला बहुत कुटिलतापूर्वक मुस्करायी, फिर बोली, चल तेरे हिस्से का जलपान उधर पड़ा है, जा जलपान कर और अधिक माथा मत खराब कर, न अपना न मेरा।"

"जलपान तो अभी मैं तुझे करवाता हूँ।" कहते हुए मुचकुन्द उसे मारने के लिये झपटा। विज्जला बहुत होशियारी से एक ओर हटकर बच गयी। मुचकुन्द पुनः उसकी ओर झपटा किन्तु तब तक विज्जला रसोई में पड़ी छुरी उठा चुकी थी। वह झपटकर कुछ दूर हटकर खड़ी हो गयी।

"ठहर जा मुचकुन्द! अन्यथा तेरे प्राण हरने में मैं कोई संकोच नहीं करूँगी।"

"कुलटा मेरे न रहने से कहीं कुछ भी बदलने वाला नहीं है, किन्तु तेरे न रहने से इस धरती का बोझ कुछ तो कम हो ही जाएगा।" कहकर मुचकुन्द पुनः उसकी ओर झपटा। अब विज्जला ने बहुत फुर्ती से बचते हुए हाथ में पकड़ी हुई छुरी उसके पेट में घुसेड़ दी।

मुचकुन्द चीत्कार कर गिर पड़ा। उसके पेट से खून का फव्वारा निकल पड़ा और विज्जला को भिगो गया। यह देखकर वह कुछ हिचकी। 'यह क्या हो गया।' उसने सोचा। वह कुछ पलों के लिये सोचती-सी खड़ी रही फिर उसे लगा कि यदि मुचकुन्द जीवित बच गया तो उसके लिए खतरनाक सिद्ध हो सकता है, अतः वह नीचे गिरे हुए मुचकुन्द की देह पर तब तक छुरी चलाती रही जब तक उसे मुचकुन्द के मरने का विश्वास नहीं हो गया। इसके बाद उसने मुचकुन्द के पैर पकड़े और घसीटते हुए उसे गुफा के द्वार तक लायी। इतने में उसे लगा वह बहुत थक गयी है अतः उसे जमीन पर छोड़कर सीधी खड़ी हो गयी। साँसें बहुत तेज हो गयी थीं। वह गुफा की दीवार का सहारा लेकर खड़ी हो गयी और कुछ देर में जब थकान कुछ कम हुई तो उसने पुनः मुचकुन्द के पैर पकड़े और घसीटते हुए गुफा के बाहर बने मार्ग पर लायी और फिर शव को मार्ग के एक ओर डालकर वापस आ गयी।

भीतर आकर उसने स्वयं को साफ किया, वस्त्र बदले और मुचकुन्द का

पुराना और बड़ा सन्दूक खोला। उसमें बहुत-से सोने के आभूषण और मुद्राएँ भरी हुई थीं। 'आज से यह सब मेरा है मुचकुन्द' उसने जोर से हँसते हुए और कुछ आवेग से कहते हुए अपने बायें हाथ की हथेली पर दायें हाथ की मुट्ठी से प्रहार किया। फिर सन्दूक बन्द किया, खड़ी हुई और उन्मत्तता जैसी स्थिति में स्वयं बोली, 'मैंने रास्ते के काँटे को सदा के लिए दूर कर दिया है।'

विज्जला कुछ देर बाद जब कुछ शान्त हुई तो बाहर निकली। बस्ती से एक श्रमिक को ले आयी, उससे गुफा की और मार्ग में मुचकुन्द को घसीटने से पड़े निशानों और उसके रक्त की भली-भाँति सफ़ाई करवायी, उसे मुँह बन्द रखने की सलाह के साथ ही सोने की कुछ मुद्राएँ दीं। इसके बाद बक्से से लेकर सिर से पाँव तक स्वयं को आभूषणों से लादा और फिर सुकेतु की गुफा की ओर चल पड़ी।

विज्जला, सुकेतु की गुफा में पहुँची। उस समय सुकेतु कहीं जाने का तैयारी कर रहा था। असमय ही विज्जला को देखकर वह कुछ विस्मित हुआ और उसे इस प्रकार सोने के आभूषणों से लदा देखकर तो उसका विस्मय कुछ और भी अधिक बढ़ गया।

"अरे विज्जला! तुम इस समय और ये इतने अधिक आभूषणों में।"

"ये सारे आभूषण अब मेरे हैं सुकेतु और यही नहीं इसके अतिरिक्त और भी बहुत स्वर्ण अब मेरा हो चुका है।"

"कैसे! कैसे हो गया यह सब? यह इतने आभूषण किसी ने दिये हैं क्या?"

"नहीं दिये किसी ने नहीं, मैंने स्वयं के प्रयास से इन्हें प्राप्त किया है।"

"किस प्रयास से?"

"मैंने अपने जीवन में उगे हुएँ काँटे को तोड़कर फेंक दिया है, अब वह कभी हमारे बीच नहीं आ सकेगा।"

"क्या किया है तुमने? तुम स्पष्ट क्यों नहीं कहती।"

"स्पष्ट यह है कि मैंने मुचकुन्द का वध कर उसे मार्ग के किनारे फेंक दिया है।"

"सच! यह सच कह रही हो तुम?"

"हाँ, तुम चाहो तो यहाँ से कुछ दूर पर मार्ग में पड़ा उसका शव देख सकते हो, यदि किसी मांसभक्षी जानवर ने उसे अब तक ठिकाने न लगा दिया हो।"

"यह क्या किया तुमने विज्जला और वह तुम्हारा पुत्र विद्युज्जिह्व, वह क्या आसानी से इसे स्वीकार कर लेगा?"

" वह मेरा पुत्र है, विज्जला का; मैं उसे प्रेम दूँगी, बहुत-सा स्वर्ण दूँगी और समझा लूँगी, वह कहीं कोई समस्या नहीं है।

"फिर भी यदि वह न समझे तो... यदि क्रोध में आकर तुम्हारा कुछ अप्रिय कर डाले तो; मुझे लगता है इस बात पर वह हिंसक भी हो सकता है।"

"प्रथम तो यह कि स्वयं इस विज्जला के हाथों में बहुत शक्ति है और फिर तुम भी तो हो, क्या तुम विद्युज्जिह्व से डरते हो सुकेतु?"

"नहीं सुकेतु डरता तो मृत्यु से भी नहीं है, किन्तु अब कुछ दिन तुम्हें बहुत अधिक सावधान रहना पड़ेगा, इसका ध्यान रखना।"

"ठीक है, अभी तुम कहीं जा रहे हो क्या?

"हाँ, सेना के बड़े नायक का बुलावा आया है पर मैं शीघ्र ही वापस आने का प्रयास करूँगा।"

"अति शीघ्र आना, मुझे तुम्हारी बहुत अधिक प्रतीक्षा रहेगी।"

इसके बाद सुकेतु आगे-आगे और विज्जला उसके पीछे-पीछे गुफा से बाहर आयी।

बाहर आकर सुकेतु ने एक राक्षस को विज्जला की गुफा के द्वार पर उसकी रक्षा के लिये नियुक्त कर दिया।

महर्षि कश्यप की पत्नी दनु के पुत्र दानव कहलाये थे। दनु की दो कन्यायें भी थीं, पुलोमा और कालिका। इनमें भी कालिका के पुत्र बहुत प्रतापी हुए और उनसे प्रभावित हो दानवों की एक नयी शाखा कालिकेय के नाम से विकसित हुई। रावण ने दानवों और दैत्यों को एक करने के उद्देश्य से राक्षस धर्म चलाया था और वह किसी प्रकार भी दूसरों को अपने इस धर्म में लाने में विश्वास करता

था। इस कार्य में किसी प्रकार की क्रूरता से भी उसे कोई परहेज नहीं था।

कालिकेय प्रभावी थे, वीर थे और रावण का यह राक्षस-धर्म उन्हें पूरी तरह अस्वीकार था, इस कारण रावण उनसे शत्रुता का भाव रखता था।

विद्युज्जिह्व का पिता मुचकुन्द तो राक्षस था किन्तु विद्युज्जिह्व स्वयं कालिकेयों से प्रभावित होकर कालिकेय ही बन चुका था। उसकी वीरता और बुद्धिमता के कारण कालिकेयों ने उसे अपना नायक स्वीकार कर लिया था और वह पिता का स्थान छोड़कर उन्हीं के साथ रहने लगा था। यह स्थान वास्तव में समुद्र के मध्य स्थित एक बड़ा-सा द्वीप था और इस पर कालिकेयों का ही शासन था।

विद्युज्जिह्व लंका से चला तो पहले इसी स्थान पर आया। वह सारे कालिकेयों का नायक था अतः उसका वैसा ही स्वागत हुआ। उसका पूरा दिन लोगों से मिलने-जुलने और वहाँ की शासन-व्यवस्था देखने में लग गया। सन्ध्या ढली तो वह कालिकेय समाज के लिए बनाये गये एक बड़े-से भोजन-कक्ष में आकर बैठ गया। एक सेवक ने उसके सम्मुख भुना हुआ मांस और मदिरा का पात्र लाकर रखा। विद्यिज्जह्व ने उन्हें देखा। कुछ देर पूर्व ही उसे लग रहा था कि उसे बहुत भूख भी लगी है और थकान भी। वह खा-पीकर शीघ्र ही सो जाना चाहता था किन्तु मांस के एक दो टुकड़े खाने के बाद ही अचानक उसे लगा जेसे उसके सीने में कुछ पीड़ा-सी है। उसने हाथ में पकड़ा हुआ मांस का टुकड़ा वापस पात्र में रख दिया और अपने बायें हाथ को सीने पर रखकर बैठ गया।

''क्या हुआ, आप स्वस्थ तो हैं!'' सेवक ने पूछा।

''हाँ, किन्तु सीने में कुछ हलकी पीड़ा-सी हो उठी है।''

''थके होंगे आप, भोजन समाप्त करें। कुछ मदिरा लें और फिर शीघ्र ही सोने चले जाएँ, प्रातःकाल तक सब ठीक हो जाएगा।''

''तुम ठीक कह रहे हो किन्तु अब मेरा कुछ भी लेने का मन नहीं है अतः मैं शयन के लिये जा रहा हूँ।'' कहकर विद्युज्जिह्व उठ गया। अपने शयन कक्ष में जाकर बिस्तर पर लेटने के बाद विद्युज्जिह्व के सीने की पीड़ा तो कुछ देर में शान्त हो गयी यद्यपि मन में कुछ बेचैनी-सी थी जो नहीं जा रही थी, किन्तु प्रयास करने पर उसे कुछ देर में नींद आ ही गयी।

सुबह वह चिड़ियों का कलरव सुनकर उठा। भोर हो रही थी, सूर्य का बहुत हलका-सा प्रकाश चारों ओर छा चुका था। विद्युज्जिह्व बिस्तर पर ही बैठ गया।

रात भर वह पता नहीं कैसे-कैसे स्वप्न देखता रहा था। अचानक ही उसे अपने पिता मुचकुन्द का स्मरण हो आया। प्रौढ़ावस्था के प्रस्थान और वृद्धावस्था के पदार्पण के मध्य एक अस्वस्थ देह। उसे लगा वह कहीं से अपने पिता को पा जाए तो अपनी बलिष्ठ बाँहों में भरकर अपने स्नेह और आदर से उन्हें आप्लावित कर दे।

पिता की स्मृतियों से विद्युज्जिह्व का मन भर आया। उन्हें देखे काफी समय हो गया था। उसने यथाशीघ्र उनके पास जाने का निश्चय किया।

भोर पूरी तरह एक उजली सुबह में बदल चुकी थी। विद्युज्जिह्व अपने पिता से मिलने के लिये प्रस्थान करने ही वाला था कि एक तरुणी बाला लगभग दौड़ती हुई-सी वहाँ आयी। यह तृषिता थी जो मन ही मन विद्युज्जिह्व को चाहती थी। विद्युज्जिह्व उसकी भावना को समझता था किन्तु स्वयं उसे तृषिता के प्रति ऐसा कुछ कभी नहीं लगा था। वह विद्युज्जिह्व के सामने आकर वह खड़ी हुई तो लगभग हाँफ रही थी। विद्युज्जिह्व ने उसे इस प्रकार दौड़कर आते देखा तो कुछ विस्मित हुआ,

"क्या बात है तृषिता, इतनी व्यग्र सी क्यों है?" उसने पूछा।

"तू..., तू इस समय कहाँ जा रहा है?" उसने हाँफते हुए कहा।

"अपने पिता के पास।"

"किन्तु वे तो राक्षस हैं।"

"हाँ, तो।"

"सुना है वह पूरी तरह राक्षसों की बस्ती है, वे सभी तो पूरी तरह रावण के अनुगामी हैं और हम कालिकेयों से शत्रुता रखते हैं।"

"इससे मुझे क्या? पितृ-चरणों के दर्शनों का अधिकार तो मुझे है ही।"

"वह तो ठीक है, पर सोच तू शत्रुओं की बस्ती में अकेला ही जा रहा है, वे तुझ पर आक्रमण कर सकते हैं; साथ में कुछ कालिकेय सैनिकों को भी क्यों नहीं ले जाता?"

विद्युज्जिह्व हँसा, "तू चिन्ता मत कर तृषिता, मैं अकेला ही पर्याप्त हूँ और पितृचरणों के दर्शन के बाद लौटकर शीघ्र ही तुझसे मिलूँगा।"

"ऐसा है तो मुझे भी साथ ले चल मैं तेरा बोझ नहीं बनूँगी अपितु काम ही आऊँगी।"

"मुझे पता है किन्तु तू चिन्ता मत कर, यहीं रुककर मेरी प्रतीक्षा कर मैं शीघ्र ही लौटता हूँ।" कहते हुए विद्युज्जिह्व समुद्र के किनारे पर लगी नाव से ही समुद्र नापता निकल पड़ा।

3
आग के बीच

विद्युज्जिह्व अपने पिता की भूमि तक पहुँचा तब तक सन्ध्या ढलने के निकट पहुँच चुकी थी। उसने नाव किनारे लगाकर बाँधी और चलने को हुआ। तभी एक वृद्ध राक्षस उसे देखकर दौड़ता हुआ उसकी ओर आया।

" विद्युज्जिह्व तू आ गया।"

" हाँ, किन्तु तुम इतने व्यग्र से क्यों हो?"

"तूने देर कर दी है विद्युज्जिह्व।"

"क्यों, क्या हुआ?"

"मार डाला, उसने तुम्हारे पिता को मार डाला है विद्युज्जिह्व।"

"किसने? किसने मार डाला है मेरे पिता को?"

"स्वयं तुम्हारी माँ ने पुत्र, तुम्हारी ही माँ ने।"

" जानते भी हो तुम क्या कह रहे हो।"

"हाँ मैं जानता हूँ कि मैं क्या कह रहा हूँ, तुम्हारे पिता की क्षत-विक्षत देह मार्ग पर पड़ी है।"

"कहाँ? कहाँ पड़ी है मेरे पिता की देह?"

"आ मेरे साथ।" कहकर वह राक्षस, विद्युज्जिह्व को लेकर चल पड़ा। कुछ देर में ही वह विद्युज्जिह्व को मार्ग पर पड़े उसके पिता के शव के पास ले गया।

विद्युज्जिह्व ने देखा, सचमुच उसके पिता का रक्तरंजित शव मार्ग पर एक ओर पड़ा था। वह पिता के शव के पैरों के पास खड़ा हो गया। शव पर चाकुओं से गोदने के कई निशान हत्या करने वाले की निर्ममता की कहानी कह रहे थे। विद्युज्जिह्व का मन कराह उठा। 'ओह' कहकर उसने नेत्र बन्द कर लिये इतने

सज्जन व्यक्ति का इतना दुखद अन्त... उसे लग रहा था जैसे सीने में बहुत अधिक पीड़ा और घुटन है।

उसे लगा जैसे चक्कर आ रहे हों। कुछ पलों बाद उसने नेत्र खोले। साथ आये राक्षस ने देखा विद्युज्जिह्व की आँसुओं से भीगी आँखों में लाल डोरे उभर आये थे।

"काका!"

"हाँ।"

"तुम्हें पक्का पता है कि इस हत्या में मेरी माँ का ही हाथ है।"

"हाँ, मैंने अपनी आँखों से देखा है, विज्जला स्वयं ही इसका शव घसीटते हुए गुफा से बाहर लायी और यहाँ इस मार्ग पर डाल दिया।"

"और वह सुकेतु राक्षस, वह कहाँ था उस समय?"

"वह कहाँ था यह तो मैं नहीं जानता, किन्तु उस समय विज्जला अकेली ही इसे घसीटते हुए बाहर लायी थी।"

"ठीक है, यह बताकर तुमने मुझ पर अनुग्रह किया है, अब मैं चलता हूँ।" कहकर क्रोध में काँपता विद्युज्जिह्व पिता के आवास की ओर चल पड़ा।

जिस गुफा में मुचकुन्द का निवास था, विद्युज्जिह्व उसके द्वार तक पहुँचा। एक युवा राक्षस उस द्वार पर खड़ा हुआ था। यह वही था जिसे सुकेतु ने वहाँ पर नियुक्त किया था। वह तेजी से विद्युज्जिह्व के सामने मार्ग अवरुद्ध कर खड़ा हो गया।

"कहाँ जाना है?" उसने तीखे स्वर में प्रश्न किया।

"यहाँ।" विद्युज्जिह्व ने कहा। उसका शूल उस राक्षस की अँतड़ियों को चीरता हुआ पार हो चुका था। विद्युज्जिह्व ने पैर की ठोकर से उसकी भूमि पर गिरी देह को एक ओर कर दिया और गुफा में प्रवेश कर गया।

भीतर उसकी माँ विज्जला सोने के आभूषणों से लदी हुई बैठी थी। पास ही एक और राक्षस स्त्री खड़ी थी जो उसकी सेविका लग रही थी। अचानक रक्त से लाल शूल लहराते विद्युज्जिह्व को सम्मुख देखकर विज्जला एक पल के लिए

सहम गयी किन्तु शीघ्र ही उसने स्वयं को सँभाल लिया और स्नेह प्रदर्शित करते हुए बोली,

"अरे मेरा लाल आ गया... आ विद्युज्जिह्व, कब आया तू।"

"बस अभी।" विद्युज्जिह्व ने गुफा के चारों ओर दृष्टि डाली, फिर आँखें विज्जला पर टिका दीं। विज्जला ने देखा उन आँखों में आग की लपटें-सी उठ रही थीं। उसने अपने चारों ओर उन लपटों की गर्मी अनुभव की।

"आ बैठ; दूर से आया है श्रमित होगा और तुझे क्षुधा भी लग रही होगी।" उसने कहा। फिर पास खड़ी सेविका से बोली,

"चेरी, जा इसके लिए कुछ खाने को ला"।

"नहीं मैं भूखा नहीं हूँ।" विद्युज्जिह्व ने कहा।

"तो फिर आ माँ के पास इधर आकर बैठ।" कहकर विज्जला ने अपने आसन पर ही खिसककर उसके लिए जगह बनायी।

"मेरी चिन्ता मत कर, तू यह बता कि मेरे पिता कहाँ हैं?"

" अब तेरे दो पिता हैं विद्युज्जिह्व, तू किस पिता के बारे में पूछ रहा है?"

"नहीं, दो नहीं मेरा केवल एक पिता है, तू उसी के बारे में बता।"

"यदि तेरा अभिप्राय उस वृद्ध मुचकुन्द से है तो वह बाहर मार्ग पर किसी ओर पड़ा होगा।"

"उसकी यह गति किसने की विज्जला?" विद्युज्जिह्व की वाणी से क्रोध बरस रहा था।"

"वह इसी योग्य था विद्युज्जिह्व, किन्तु तू मुझे माँ नहीं कहेगा, नाम से पुकारेगा!"

"मजबूरी है अन्यथा तेरा नाम लेकर मैं अपनी जिह्वा गन्दी नहीं करना चाहता था।"

"ओह! बड़ी-बड़ी बातें करने लगा है तू।"

"बातें छोड़ और यह बता कि पिता की यह दशा किसने की है?"

विज्जला ने इसका कोई उत्तर नहीं दिया।

"विज्जला तूने सुना नहीं क्या?"

अब तक विज्जला अपने को थोड़ा सँभाल चुकी थी, बोली,

“उसकी छोड़ तेरा नया पिता सुकेतु तुझे बहुत अधिक स्नेह देगा इसका मैं आश्वासन देती हूँ और देख स्वयं मेरे पास कितना अधिक स्वर्ण है; यह सब वह मुचकुन्द दबाये बैठा था, अब यह मेरा है और यह सब मैं तुझे ही तो दूँगी।”

“ओह! तेरा मुझ पर यह अनुग्रह तो कभी भी भूलने योग्य नहीं है, किन्तु तू उठ, खड़ी हो और शस्त्र उठा।”

“यह क्यों पुत्र, शस्त्र किसलिए।”

“क्योंकि मैं बाहर से ही सुनकर आ रहा हूँ कि तूने ही मेरे पिता का वध किया है और अभी तेरी बातों से यह और भी स्पष्ट हो गया है।”

“हाँ मैं झूठ नहीं बोलूँगी, यह सत्य ही है कि क्रोध में मुझसे ऐसा हो गया क्योंकि वह मुझे मारने के लिये झपटा था।”

“क्यों?”

“कोई विशेष बात नहीं थी; मैं सुकेतु से मिलने गयी थी मात्र इसलिए।

“उस समय मेरे पितृ चरण कहाँ थे?”

“वह उस समय यहीं सो रहा था।”

“क्या वह रात्रि का समय था?”

“हाँ, मध्य-रात्रि।”

“समझ गया, एक बार पुनः कहता हूँ विज्जला शस्त्र उठा।”

“किन्तु मैं शस्त्र किसलिए उठाऊँ?”

“ क्योंकि मैं निहत्थे पर प्रहार नहीं करना चाहता।”

“तू मुझ पर प्रहार करेगा?”

“हाँ, जिसका क्षत-विक्षत शव बाहर मार्ग पर पड़ा है, उसी वृद्ध मुचकुन्द का पुत्र विद्युज्जिह्व तेरा वध कर पितृ ऋण उतारेगा।

“तू मेरा वध करेगा, अपनी माँ का?”

“हाँ, क्योंकि जिस क्षण तूने मेरे निर्दोष पिता को धोखे से मार डाला, उसी क्षण से मेरी माँ नहीं रही; मैं फिर कह रहा हूँ विज्जला तू शस्त्र उठा।”

“नहीं मैं तुझ पर शस्त्र नहीं उठा सकती।” विज्जला ने कहा।

“तो ठीक है मैं भी यह शूल फेंकता हूँ।” कहते हुए विद्युज्जिह्व ने अपने हाथ का शूल एक ओर फेंक दिया, फिर बोला,

"अब मुझे अपने हाथो से ही तेरा वध करना पड़ेगा; चल खड़ी हो जा और बिना शस्त्रों के ही सही मुझसे युद्ध कर!" कहते हुए विद्युज्जिह्व ने आश्चर्य-चकित विज्जला का हाथ पकड़कर एक झटके से उसे खड़ा कर दिया।

विज्जला इससे काँप गयी। उसने जोर से आवाज लगाकर कहा-

"कोई है! इसे बाहर निकालो, सम्भवतः बहुत अधिक मद्य पीकर यह पागल हो गया है।"

विज्जला की यह जोर की आवाज गुफा में दूर तक गूँज गयी किन्तु कोई नहीं आया।

"हाँ मैं पागल हो गया हूँ, किन्तु मदिरा के कारण नहीं!" विद्युज्जिह्व का क्रोध से भरा हुआ बहुत तेज स्वर गुफा में गूँज गया। इसके बाद विद्युज्जिह्व ने विज्जला को हाथों में उठाकर कई बार भूमि पर पटका। उसका सिर फट गया।

विद्युज्जिह्व भूमि पर पड़ी विज्जला को तड़पता देखता रहा और जब उसकी देह मृतप्राय हो गयी तो घृणा से थूकता हुआ बाहर निकल गया।

विद्युज्जिह्व लौटकर लंका आया तो शूर्पणखा से मिला। शूर्पणखा ने देखा विद्युज्जिह्व बहुत सुस्त और उदास सा था।

"कितनी अधिक प्रतीक्षा करवायी है तुमने और अब आये भी हो तो इतने सुस्त और उदास से हो; कुछ विशेष है क्या?"

"मेरा पिता अब इस संसार में नहीं है।"

"अरे! कैसे? क्या हुआ?"

"उसे मेरी माँ ने मार डाला।"

"तुम्हारी सगी माँ ने?"

"हाँ सगी ही थी।"

"थी, अर्थात?"

"अब वह भी नहीं है।"

"अरे! कैसे?"

"उसे मैंने मार डाला।"

शूर्पणखा आश्चर्य में डूब गयी।

"कैसे हो गया यह सब?"

विद्युज्जिह्व ने शूर्पणखा को सारा घटनाक्रम बताया। शूर्पणखा सब कुछ बड़े ध्यान से सुनती रही।

"देख लो शूर्पणखा, क्या अब भी तुम मुझसे प्रेम कर सकोगी?" विद्युज्जिह्व ने बुझे हुये मन से पूछा।

"हाँ, अब भी, इसमें तुम्हारा कसूर ही क्या है; अपने पिता को जिस हालत में तुमने देखा और जो बातें तुमने बतायीं उसके बाद किसी का भी क्रोध में आना स्वाभाविक ही है।"

"मैं क्रोध में पागल हो उठा था शूर्पणखा, स्वयं पर नियंत्रण नहीं रख सका।"

"क्रोध में स्वयं पर नियंत्रण कहाँ रहता है, किन्तु तुम इतने दुःखी क्यों हो; यदि तुम्हारा यह दुःख अपने पिता के लिए है तो स्वाभाविक है और उचित भी, किन्तु यदि यह उसके बाद की घटनाओं के लिए है तो व्यर्थ ही है।"

इसके बाद विद्युज्जिह्व कुछ देर तक चुपचाप बैठा रहा, फिर कहा,

-"तुम नहीं जानती शूर्पणखा तुमने मुझे कितना मानसिक बल प्रदान किया है।"

विद्युज्जिह्व दुःखी थ। शूर्पणखा ने उसका सिर अपने सीने से लगा लिया। वे बहुत देर तक ऐसे ही शान्त बैठे रहे, फिर शूर्पणखा अचानक चौंक उठी।

"अरे! सन्ध्या ढल चुकी है, चलूँ, मन्दोदरी भाभी वैसे भी आजकल बहुत प्रश्न करने लगी हैं।" शूर्पणखा ने कहा और वह विद्युज्जिह्व का सिर हटाकर खड़ी हो गयी।

"हम फिर मिलेंगे।" शूर्पणखा ने आगे जोड़ा।

" ठीक है।" विद्युज्जिह्व ने बुझे हुए मन से कहा।

"दुःखी मत हो विद्युज्जिह्व।" कहते हुए शूर्पणखा ने विद्युज्जिह्व का हाथ अपने हाथों में लेकर दबाया और फिर मुस्कराकर उसकी ओर देखते हुए चली गयी।

4
प्रश्नों की आँच तले

शूर्पणखा वापस पहुँची तो दिये जल चुके थे। मन्दोदरी उसकी प्रतीक्षा में थी। अन्दर आते ही उसने शूर्पणखा से कहा,

"शूर्पणखा! आज बहुत देर हो गयी।"

शूर्पणखा देर होने के कारण कुछ घबड़ायी हुई तो थी, किन्तु आज के घटना -क्रम के बाद वह कुछ दुःखी भी थी और मन ही मन कुछ निश्चय भी कर चुकी थी। मन्दोदरी के पूछने पर बिना रुके, - "हाँ, ऐसे ही, आज देर हो गयी।" कहती हुई वह अपने कक्ष की ओर बढ़ गयी।

मन्दोदरी को शूर्पणखा का इस प्रकार बोलना अच्छा तो नहीं लगा किन्तु उस समय कुछ भी और कहना उचित न समझकर वह चुप हो गयी। मन्दोदरी को लगा कि इस सम्बन्ध में रावण से ही बात करना उचित रहेगा किन्तु सब कुछ उसके सम्मुख रखने से पूर्व उसने शूर्पणखा से बात करना उचित समझा।

अतः दूसरे दिन दोपहर ढलने के बाद शूर्पणखा जब सभागार में जाने की तैयारी कर रही थी, मन्दोदरी अचानक उसके कक्ष में आ गयी। मन्दोदरी उसके कक्ष में लगभग न के बराबर ही आती थी। वह कोई आवश्यकता पड़ने पर शूर्पणखा को ही अपने कक्ष में बुला लिया करती थी, अतः स्वाभाविक ही इस समय अचानक मन्दोदरी को देखकर शूर्पणखा विस्मित हुई।

"भाभी आप! विराजिए।" शूर्पणखा ने मन्दोदरी से कहा। मन्दोदरी बैठ गयी तो शूर्पणखा ने कहा,

"कुछ विशेष है क्या? आपने क्यों कष्ट किया, मुझे बुलवा लेतीं।"

"नहीं, विशेष कुछ नहीं, यूँ ही; बैठे हुए कुछ ऊब-सी रही थी सोचा चलो तुमसे बातें करते हैं।" मन्दोदरी ने कहा,

मन्दोदरी की यह बात शूर्पणखा गले के नीचे से कम ही उतरी। उसने यह भी देखा कि मन्दोदरी बैठी तो थी किन्तु उसकी दृष्टि लगातार शूर्पणखा के कक्ष का सूक्ष्म निरीक्षण-सा कर रही थी।

'मन्दोदरी की आँखें क्या ढूँढ़ रही होंगी।' उसने मन ही मन सोचा। उधर मन्दोदरी यद्यपि शूर्पणखा के कक्ष में बहुत दिन बाद आयी थी, किन्तु कक्ष पहले की अपेक्षा कुछ अधिक सजा-सँवरा था और खिड़की में बाँस से बने एक पात्र में बहुत तरतीब से सजाये हुए कुछ फूल रखे हुए थे।

इस सबने मन्दोदरी के मन में उठते प्रश्नों में एक और जोड़ दिया था।

"बहुत अच्छे फूल हैं शूर्पणखा और तुमने इन्हें सजाया भी बहुत ढंग से है।"

"हाँ भाभी बस ऐसे ही, अच्छे लगे तो सजा लिये।" शूर्पणखा ने उत्तर दिया।

"किन्तु शूर्पणखा..."

"जी।"

"फूलों का अपनी डालों से जुड़ा रहने ही उनके लिए अच्छा होता है; डाल से टूटे हुए फूल कभी कुछ समय के लिए किसी के मन को खुशी दे सकते हैं, किन्तु यह स्वयं उन फूलों के लिए समय पूर्व ही मुरझा जाने की सूचना मात्र ही तो है।"

सच तो यह था कि जैसे मन्दोदरी को शूर्पणखा पर कुछ सन्देह था, उसी तरह शूर्पणखा का स्त्री-मन भी उससे कई बार कह चुका था कि मन्दोदरी सम्भवतः उसके बारे में कुछ जान गयी है। 'मन्दोदरी का यह वाक्य सहज तो नहीं है। अवश्य ही यहाँ शब्दों से इतर कुछ और भी कहा जा रहा है।' शूर्पणखा ने सोचा।

"अपने जीवन की लालसा में डाल पर ही बने रहना अच्छा है, किन्तु स्वयं की परवाह न करते हुए कुछ समय के लिए ही सही किसी की खुशियों से जुड़ना, उन्हें बढ़ाना, क्या एकदम अर्थहीन है?" उसने कहा।

"नहीं, वह भी बिलकुल अर्थहीन तो नहीं है।

"बिलकुल से क्या अर्थ है भाभी?"

"यही कि कभी-कभी वह अर्थहीन हो भी सकता है।"

"तो उसके अर्थहीन होने के भय से क्या अपने आपमें ही सिकुड़े रहना अधिक श्रेयस्कर है?"

"नहीं मैं ऐसा नहीं कह रही शूर्पणखा, किन्तु जीवन से जुड़े फैसले बहुत सोच-समझकर ही लेने चाहिए।"

इसके बाद कुछ पल के मौन के बाद मन्दोदरी ने चुप्पी तोड़ी,

"शूर्पणखा!"

"जी।"

"यह विद्युज्जिह्व कौन है?"

मन्दोदरी के इस सीधे प्रश्न से शूर्पणखा को ऐसा लगा जैसे अचानक किसी ने किसी के मुख पर पड़ा आवरण हटा दिया हो। वह इतने सीधे प्रश्न के लिए तैयार नहीं थी।

"विद्युज्जिह्व, कौन विद्युज्जिह्व?" शूर्पणखा ने अपने को सँभालते हुए कहा।

"अरे वही लड़का जो आजकल हमारे सभागार में लगभग नित्य ही आने लगा है, तू उससे बात तो करती है।

अब शूर्पणखा के पास इसे नकारने का साहस नहीं बचा।

"अच्छा वह... हाँ वह वहाँ आता तो है।"

"तू उससे प्रेम करने लगी है क्या?" मन्दोदरी ने एक और सीधा और तीखा प्रश्न शूर्पणखा की ओर उछाल दिया। शूर्पणखा इसका उत्तर नहीं दे सकी, चुप रह गयी। कुछ अन्तराल के बाद ही मन्दोदरी ने पुनः पूछा,

"तूने उत्तर नहीं दिया, क्या तू उससे प्रेम करती है?"

"प्रे...म.... मुझे नहीं पता।"

-"तुझे नहीं पता अर्थात?"

-"मैं क्या कहूँ समझ नहीं पा रही हूँ, सम्भवतः हाँ, सम्भवतः नहीं।" शूर्पणखा ने कहा किन्तु इसके साथ ही उसे लगा जैसे हृदय में कुछ हुआ है।

"तुझे न पता हो पर मुझे उत्तर मिल गया है।

"क्या?"

"वही जो तूने बिना कहे कह दिया है।"

मन्दोदरी की इस बात पर कुछ पलों के लिए शूर्पणखा के मुख पर हलकी-सी लाली दौड़ गयी।

"जिस अवस्था में तू चल रही है उसमें इस तरह प्यार हो जाने में कुछ भी अद्भुत नहीं है, किन्तु प्रायः अनुभवहीनता के कारण विवाह के कुछ समय बाद ही सम्बन्धों में वह ऊष्णता नहीं रहती; उसके कारण कुछ भी हो सकते हैं किन्तु प्यार खोखला और विवाह एक दुःखद घटना-सा लगने लगता है।"

शूर्पणखा सिर झुकाये सुनती रही, बोली कुछ भी नहीं।"

"शूर्पणखा, तुमने कुछ कहा नहीं!" मन्दोदरी ने फिर कहा।'

"मैं विद्युज्जिह्व को भली-भाँति जानती हूँ, उसने मुझसे कुछ भी छिपाया नहीं है, अतः जैसा आप सोच रही हैं वैसा कभी नहीं होगा।"

शूर्पणखा के इस उत्तर पर मन्दोदरी हँस पड़ी।

"मैं जानती थी कि तू यही उत्तर देगी।"

"कैसे?"

"क्योंकि इस स्थिति में सौ में निन्यान्बे लड़कियों के यही उत्तर होते हैं, किन्तु फिर भी शीघ्रता मत कर, थोड़ा और सोच विचार कर फिर कोई निर्णय ले।"

शूर्पणखा ने अब कोई उत्तर नहीं दिया। बस वह जो अभी तक सिर झुकाये सब कुछ सुन रही थी उसने सिर उठाया और मन्दोदरी की ओर न देखकर कनखियों से एक ओर रखी किसी वस्तु की ओर देखने लगी। मन्दोदरी समझ गयी कि शूर्पणखा अब इस विषय पर और कुछ कहना-सुनना नहीं चाहती है। वह उठी और वहाँ से चली गयी।

रात्रि आ चुकी थी। रावण और मन्दोदरी शयनकक्ष में थे। उसने देखा मन्दोदरी के मुख पर कुछ चिन्ता की लकीरें थीं।

"क्या हुआ मन्दोदरी, तुम किसी सोच में लग रही हो।"

"मैं सोच रही थी शूर्पणखा बड़ी हो चुकी है हमें उसके विवाह की बात सोचनी चाहिए।"

"यह बात मेरे मस्तिष्क में है।"

"तो फिर।"

"उसके योग्य वर ढूँढ़ता हूँ।"

"मैं सोचती हूँ आपको शीघ्रता करनी चाहिए अन्यथा बाद में लग सकता है कि देर हो गयी।"

"ऐसा क्यों सोचती हो तुम? कुछ विशेष है तो कहतीं क्यों नहीं।"

"मुझे लगता है कि शूर्पणखा बिना कुछ जाने-समझे किसी के प्रेम में आबद्ध है।"

"किसके प्रेम में?"

"विद्युज्जिह्व के।"

"कौन है यह?"

"मुझे अधिक तो नहीं पता, किन्तु वह उससे मिलने जाती है।"

-"कहाँ?"

-"सभागार में,"

"किस समय?"

"सन्ध्या को, जब वहाँ नृत्य या कुछ और चल रहा होता है।"

"किन्तु वहाँ तो उस समय भीड़ होती है।"

"तो क्या हुआ वे कहीं कोने में खड़े होकर वार्ता तो कर ही सकते हैं।"

"कहीं खड़े होकर कुछ देर तक वार्ता करने से क्या होता है।"

"मातामह सुमाली भी एक बार संकेतों में ऐसा ही कुछ कह रहे थे।"

"किन्तु उन्होंने मुझसे तो इस विषय में कभी कुछ नहीं कहा।"

"हो सकता है आपसे सीधे कुछ कहने में वह संकोच कर गये हों।"

"सम्भव है।"

"और मुझे तो सन्देह है कि एक बार रात्रि के अन्धकार में विद्युज्जिह्व उससे मिलने भी आया था।"

"कहाँ?"

"उसके कक्ष में।"

"यह तो दुःसाहस है; लंकाधिपति राक्षसेन्द्र रावण के महल में, सुरक्षा व्यवस्था की आँखों में धूल झोंककर आने वाला व्यक्ति साधारण तो नहीं हो सकता, किन्तु तुमने मुझे क्यों नहीं बताया?"

"क्योंकि वह मात्र सन्देह ही तो था।"

"हूँ" रावण ने कहा।

"फिर क्या सोचा है आपने?"

"तुमने कभी शूर्पणखा से ऐसी कोई बात की क्या?"

"हाँ, एक बार।"

"फिर?"

"मैंने उसे समझाने का प्रयास किया था और उससे इस सम्बन्ध में एक बार और सोच लेने को कहा था जिसका उसने कोई स्पष्ट उत्तर नहीं दिया किन्तु उसके मुख पर लिखा हुआ जो कुछ मैंने पढ़ा वह तो यही कहता था उसे मेरी बात अच्छी नहीं लगी।"

"ठीक है मैं पता करवाता हूँ।"

दूसरे दिन से रावण के आदेशानुसार शूर्पणखा पर दृष्टि रखी जाने लगी। शीघ्र ही रावण को यह पता लग गया कि राक्षस मुचकुन्द का पुत्र विद्युज्जिह्व नामक यह युवक कालिकेयों का नायक ही नहीं, अपनी माँ का हत्यारा भी है।

जब रावण ने शूर्पणखा को इस विषय पर बात करने के लिये बुलाया तो मन्दोदरी भी वहीं थी।

"शूर्पणखा मेरी बहन, तू किसी से प्रेम करती है?" रावण ने उससे कहा। शूर्पणखा ने इसके उत्तर में सिर झुका लिया।

"समझा; कौन है वह?"

शूर्पणखा अभी भी चुप रही।

" विद्युज्जिह्व तो नहीं?"

शूर्पणखा ने हलके से नेत्र उठाकर रावण की ओर देखा, सहमति में बहुत धीरे-से सिर हिलाया और पुनः सिर झुका लिया।

रावण मन बना चुका था कि यदि विद्युज्जिह्व कालिकेयों का साथ छोड़कर अपने पिता के राक्षस धर्म में वापस आ जाए तो वह सम्बन्ध को स्वीकार कर

लेगा। उसने शूर्पणखा से कहा,

"भगिनी तुझ पर मेरा अत्यधिक स्नेह है, तू सुखी रहे यह मेरी कामना भी है और उद्देश्य भी... किन्तु उन कालिकेयों के साथ तू कैसे सुखी रह पाएगी जो मात्र एक द्वीप तक सिमटे हुए हैं और सुरक्षित भी तभी तक हैं जब तक राक्षस सेना उन पर आक्रमण नहीं करती।"

कालिकेयों पर आक्रमण की बात ने शूर्पणखा के संकोच की बलि ले ली। वह मुखर हो उठी।

"किन्तु राक्षस सेना उन पर आक्रमण करना ही क्यों चाहती है, जबकि आप स्वयं कह रहे हैं कि वे मात्र एक द्वीप तक सिमटे हुए हैं।"

"क्योंकि वे हमारे शत्रु हैं शूर्पणखा।"

"क्या शत्रुता है हमारी उनसे।"

"वे राक्षस नहीं हैं, कालिकेय हैं।"

"मात्र यह तो कोई कारण नहीं हुआ।"

"लेकिन जो हमारे साथ नहीं है, हम कैसे समझें कि वह शत्रु नहीं है और शत्रु कभी छोटा नहीं होता।"

"मुझे लगता है कि आप व्यर्थ ही किसी को शत्रु मानकर शत्रुता को बड़ा कर रहे हैं।

"मुझे समझने का प्रयास करो शूर्पणखा।"

"मैं जितना समझ पा रही हूँ उससे लगता है कि आप अपनी शत्रुता को छोटा नहीं करना चाहते हैं।"

"यदि वह राक्षस धर्म स्वीकार कर हमारी ओर आ जाए तो यह शत्रुता, मित्रता में भी परिवर्तित हो सकती है।"

"क्या यह एक अनुचित प्रतिबन्ध नहीं है राक्षसेन्द्र?"

"मैं तेरा भाई हूँ शूर्पणखा, तू मुझे राक्षसेन्द्र कहकर पीड़ित मत कर।"

"आपको पीड़ा पहुँचाने का मेरा कोई उद्देश्य नहीं है, किन्तु आप भाई की तरह नहीं राक्षसेन्द्र की तरह ही तो व्यवहार कर रहे हैं।"

"मेरी बात समझने का प्रयास कर शूर्पणखा, यह राक्षसों की प्रतिष्ठा का प्रश्न है।"

"कैसे? यह प्रतिष्ठा का प्रश्न कैसे हुआ?"

"शूर्पणखा क्या तुझे पता है कि वह मातृहन्ता भी है; उसने अत्यन्त क्रूरतापूर्वक अपनी माँ को मार डाला है।"

"पता है मुझे और यह भी पता है कि उसकी माँ कैसी थी और क्यों विद्युज्जिह्व ने उसे मारा।"

"हम कैसे किसी ऐसे व्यक्ति को अपनी बहन देकर उसे अपना बहनोई मानकर सुपूजित बना लें।"

"आपकी इस बात पर मेरा एक प्रश्न है।"

"क्या?"

"मैं स्त्री हूँ, इसलिए कोई पुरुष मुझे किसी को दे सकता है और कोई दूसरा मुझे ले सकता है यह किस प्रकार की व्यवस्था है; पुरुषों के लिए स्त्री कोई वस्तु भर है क्या?"

"मैं फिर कह रहा हूँ शूर्पणखा, तू समझने का प्रयास कर, कुछ बातें केवल तर्कों से तय नहीं होतीं।"

"जानती हूँ राक्षसेन्द्र और समझ भी रही हूँ। निश्चिन्त रहें। आपको शूर्पणखा को किसी विद्युज्जिह्व को नहीं देना पड़ेगा।"

"ओ भगिनी शूर्पणखा, तूने मुझे एक भयानक द्वन्द्व से उबार लिया है; मेरी दृष्टि में ऐसे बहुत से युवक हैं जो तेरे लिए अति योग्य वर सिद्ध होंगे, उनमें से जिसे भी तू कहेगी मैं उससे तेरा विवाह करवा दूँगा।"

"नहीं, विद्युज्जिह्व नहीं तो कोई नहीं।"

"तू अच्छी तरह सोचकर निर्णय ले, किन्तु अभी मात्र यह बता कि मैं तेरा क्या प्रिय करूँ?"

"कुछ नहीं भ्राताश्री, आपका दिया हुआ सभी कुछ है मेरे पास।"

"मैं अनुगृहीत हुआ शूर्पणखा; कोई भी इच्छा हो तो कहना, संकोच मत करना।" कहकर रावण वहाँ से चला गया।

भाई-बहन के इस वार्तालाप में मन्दोदरी कई बार कुछ कहने को हुई किन्तु हर बार रावण ने संकेत से उसे रोक दिया। रावण के जाने के बाद मन्दोदरी भी उठकर चली गयी। बस शूर्पणखा उसी स्थान पर चित्र-लिखित सी खड़ी रह गयी। 'स्त्री होना, कोई सामान होने जैसा है क्या।' यह बात उसके मन में बराबर

घूम रही थी। फिर अचानक सुस्त-सी लग रही शूर्पणखा के मुख पर कुछ ऐसे भाव आये जैसे उसने कोई कठोर निर्णय ले लिया हो। उसने हुँह कहकर अपना सिर झटका और अपने कक्ष की ओर चली गयी।

5

संवेदनाएँ भी

प्रेम की यह कथा महर्षि विश्रवा के आश्रम में शूर्पणखा के पिता विश्रवा और माँ कैकसी तक भी पहुँची। विश्रवा ने इसको बहुत साधारण घटना की भाँति लिया। उनकी सूक्ष्म-सी टिप्पणी थी 'किसी से प्रेम हो जाने में अनुचित या असाधारण कुछ भी तो नहीं है।' किन्तु कैकसी इस समाचार से कहीं बहुत गहरे सोच में डूब गयी।

उसे अपना विवाह स्मरण हो आया। यह कोई विवाह था ही नहीं, यह तो अपने स्वार्थ की पूर्ति के लिये अपनी कन्या को एक वृद्ध हो रहे व्यक्ति को सौंप देना था। उसके पिता सुमाली ने विश्रवा मुनि से मात्र एक पुत्र पाने के लिये उसकी इच्छा-अनिच्छा की परवाह किये बिना और बिना किसी वैवाहिक संस्कार के ही उसे यहाँ भेज दिया था और अपने इतने क्रूर निर्णय के लिए उस पिता को कभी कोई पछतावा भी नहीं हुआ।

विश्रवा के पहले से ही एक पत्नी इलविड़ा थी, जिससे कुबेर का जन्म हुआ था। कैकसी के विश्रवा से चार सन्तानें रावण, कुम्भकर्ण, विभीषण और शूर्पणखा हुईं।

लंका पर कभी सुमाली का राज्य था, जिसे देवताओं ने उससे छीनकर कुबेर को दे दिया था। रावण बहुत ही बलवान, बुद्धिमान और सुमाली के बहुत निकट था। सुमाली लंका को भूल नहीं सका था अतः रावण जब बड़ा हो गया तो सुमाली ने लंका पर कब्जा करने की सलाह दी। सुमाली के कहने पर वह सेना लेकर लंका पर चढ़ाई करने के मन्तव्य से गया किन्तु कुबेर ने पिता विश्रवा की सलाह पर भाई से युद्ध न कर वहाँ से पलायन करना ही उचित समझा। लंका पर रावण का आधिपत्य हो गया, इससे वह अत्यधिक घमण्डी और सुमाली की संगत में धीरे-धीरे उसी की भाँति क्रूर और स्वार्थी होता गया।

अचानक कैकसी के विचारों की दिशा बदली। 'हे ईश्वर! मेरी बेटी और उसके प्यार की रक्षा करना।' उसने ईश्वर से प्रार्थना की। कैकसी के मन में तूफान-सा चल रहा था। वह पीड़ित थी। विश्रवा ने इसे जाना। उन्होंने एक दिन कैकसी से पूछा,

"कैकसी!"

"जी।"

"तुम कुछ चिन्तित-सी रहती हो।"

"शूर्पणखा की सोचती हूँ।"

"क्या?"

"मन में बहुत कुछ आता रहता है।" कैकसी ने कहा और फिर कुछ क्षणों के मौन के बाद बोली,

"मैं एक बार उससे मिलना चाहती थी।"

"ठीक है मैं प्रबन्ध कर देता हूँ।"

कैकसी का लंका आना सभी के लिए लगभग अप्रत्याशित ही था। रावण और मन्दोदरी ने उसका स्वागत किया। आपसी कुशल-क्षेम की बातों के बाद शूर्पणखा की बात आ गयी तो तय हुआ कि शूर्पणखा को सामने बिठाकर उसके मन की बात पूछी जाए और फिर उचित-अनुचित समझाने का प्रयास किया जाए।

शूर्पणखा को माँ के आने की सूचना मिली तो वह भागी हुई आयी और खींचकर अपने कक्ष में ले गयी।

"शूर्पणखा, कैसी है बेटी!" कैकसी ने कहा।

शूर्पणखा ने कैकसी के इस प्रश्न के उत्तर में उससे लिपटकर उसके कन्धे पर अपना सिर टिका दिया। कैकसी ने उसकी पीठ सहलाकर उसे प्यार किया फिर अपने हाथों में उसका मुख लेकर अपने सामने किया। शूर्पणखा के नेत्रों में आँसू थे।

"क्या हुआ तू रो क्यों रही है मेरी बच्ची?"

"कुछ नहीं वैसे ही, आँसुओं का क्या है दुःख में तो निकलते ही हैं खुशी में भी आ जाते हैं।"

"सच कहती है बेटी, आँसुओं का क्या है चाहे-अनचाहे कभी भी आँखें भर देते हैं, पर अभी क्यों रोयी तू?"

"नहीं रोई नहीं ये खुशी के आँसू थे।" कहकर शूर्पणखा अपने गोल और सुडौल नाखुनों को देखने लगी।

"माँ, तूने मुझे सुपर्णखा नाम क्यों दिया था?"

"तेरे इन सुन्दर नाखूनों के कारण; इतने सुन्दर नाखून कम ही लड़कियों के होते हैं।"

"पर तुझे पता है, यहाँ आकर मैं पता नहीं कब मात्र शूर्पणखा बनकर रह गयी हूँ... सूप जैसे नाखुनों वाली और पिता का दिया हुआ नाम वज्रमणि और तेरा दिया नाम मीनाक्षी तो कब खो गये यह पता भी नहीं चला।"

"होता है बेटी, किन्तु इसके लिए दुःखी मत हो, कभी फूल कभी काँटें, जीवन ऐसे ही चलता रहता है।

कुछ देर बाद शूर्पणखा जब सामान्य हुई तो कैकसी ने फिर पूछा,

"बेटी यह विद्युज्जिह्व कौन है?"

कैकसी का अनुमान था कि शूर्पणखा, विद्युज्जिह्व के नाम पर सम्भवतः कुछ असहज हो जाएगी किन्तु शूर्पणखा ने कैकसी के प्रश्न को बहुत सहजता से लिया।

"माँ, उससे मेरी भेंट सभागार में नृत्य के समय हुई थी।"

"कैसा है वह?"

"सुदर्शन और वीर।"

"तुझे अच्छा लगता है?"

शूर्पणखा इस प्रश्न पर कुछ देर मौन रही फिर बोली,

"माँ जानती हो, उसने जब मेरा नाम सुना तो मेरे नाखुनों की ओर देखकर बोला, अरे तुम्हारे नाखून तो इतने सुन्दर हैं तुम्हारा नाम तो शूर्पणखा नहीं सुपर्णखा होना चाहिए और अब वह जब भी मिलता है तुम्हारी ही तरह मुझे

शूर्पणखा नहीं सुपर्णखा ही कहता है।''

''क्या तू उससे बहुत प्रेम करती है?''

''सम्भवतः इसे प्रेम ही कहते होंगे, मैं भावनात्मक-रूप से उससे बहुत अधिक जुड़ाव अनुभव करती हूँ।''

शूर्पणखा के इस उत्तर ने कैकसी को कहीं बहुत पीछे पहुँचा दिया। पिता के आदेश से जब केवल पुत्र प्राप्ति के लिये उसे विश्रवा के आश्रम पहुँचा दिया गया था, तब वहाँ 'भावनात्मक जुड़ाव' जैसे प्रेम के इस आधार का कहीं कोई नाम-निशान ही नहीं था और पति-पत्नी के रूप में जीवन व्यतीत करते हुए भी यह सम्भवतः कभी हो नहीं पाया।

''क्या तुझे लगता है कि उससे विवाह करके तू सुखी रहेगी?''

''हाँ मुझे ऐसा विश्वास है।''

''किन्तु वह कालिकेय है; वे राक्षसों से शत्रुता रखते हैं, उसका क्या।''

''नहीं माँ, ऐसा नहीं है, कालिकेय राक्षसों से शत्रुता नहीं रखते।'

''फिर?''

''राक्षस, कालिकेयों से शत्रुता रखते है, वे कालिकेयों को जबरन राक्षस धर्म में ले आना चाहते हैं, क्या यह अनुचित नहीं है?''

''किन्तु तेरा भाई रावण, वह तुझे उस कालिकेय को सौंपने के लिये कभी तैयार नहीं होगा।''

''माँ, हम स्त्रियाँ क्या कोई सामान या किसी की सम्पत्ति हैं जो कोई हमें किसी को सौंपेगा?''

कैकसी इसका क्या उत्तर देती। जब उसे उसकी इच्छा के विरुद्ध विश्रवा के आश्रम में डाल दिया गया था, तब यही प्रश्न उसने भी स्वयं से पता नहीं कितनी बार पूछा था।

कैकसी कुछ पलों के लिए कहीं खो सी गयी थी।

''माँ!'' शूर्पणखा ने उसे आवाज दी।

''हाँ।'' विचारों में खोयी कैकसी कुछ चौंक-सी उठी।

''भाई मेरा हाथ विद्युज्जिह्व के हाथों में देने से अपना अपमान समझता होगा न।''

“हाँ।”

“तो उससे कहना यह स्थिति कभी नहीं आएगी, उसे ऐसा कुछ भी नहीं करना पड़ेगा।”

“तेरे मन में क्या है सुपर्णखा स्पष्ट कह।”

“मैं अपनी माँ जैसा बेजान जीवन बिताने के लिये तैयार नहीं हूँ।”

शूर्पणखा की बात ने अनचाहे ही कैकसी के जख्मों को कुरेद दिया। जिस पीड़ा को वह भूल चुकी थी कि वह पुनर्जीवित हो उठी। कैकसी की आँखें नम हुईं और फिर आँसू की एक-एक बूँद उसकी दोनों पलकों में ठहर गयीं।

“माँ तू रो मत। अनजाने ही मैंने तुझे जो व्यथा पहुँचायी है उसके लिए मैं लज्जित हूँ।”

“नहीं बेटी, तूने जो भी कहा सच ही कहा है पर...”

“पर क्या?”

“कुछ नहीं, कुछ भी नहीं।”

“नहीं कुछ है तेरे मन में, कह डाल माँ, मन हलका हो जायेगा।”

“कुछ ऐसा विशेष नहीं है पर ऐसा अवश्य लगता है कि मैंने कुछ भी चाहा हो उसका कोई मूल्य कभी किसी ने नहीं लगाया।”

“क्यों? क्यों हुआ ऐसा?” आपने कभी कोई विरोध क्यों नहीं किया माँ?

“मैं विवश कर दी गयी थी, वहाँ मेरे विरोध का कोई अर्थ नहीं था।”

“आपने सचमुच बहुत सहा है माँ, मैं वह सब कुछ सोचकर भी काँप जाती हूँ।”

“नियति, सम्भवतः यही मेरी नियति रही होगी।” कैकसी के स्वर में बहुत अधिक ठण्ढापन था।

“पर मैं ऐसी किसी भी बात को अपनी नियति नहीं बनने दूँगी।” शूर्पणखा की बात में युवावस्था की ऊष्णता थी।

“ईश्वर तेरा साथ दे।” कहते हुए कैकसी ने शूर्पणखा की पीठ पर अपना हाथ रख दिया।

ईश्वर को मेरा साथ देना ही पड़ेगा माँ।” शूर्पणखा ने कहा। उसके स्वर में विश्वास की खनक थी।

कैकसी को उसका यह स्वर अच्छा लगा और इसके साथ ही उसे शूर्पणखा का बचपन स्मरण हो आया। युद्धोन्माद की आग में जलते उसके पिता सुमाली, भाई प्रहस्त, अकम्पन और विकटादि आदि और सुमाली के पट्टशिष्य रावण के मध्य शूर्पणखा किसी भी युद्ध में काम न आ सकने वाली अर्थहीन और कमजोर लड़की बनकर रह गयी थी जिसके सुख-दुःख की ओर ध्यान देने की कोई विशेष आवश्यकता नहीं थी।

इस वातावरण से निकली उसकी बेटी आज अपने अस्तित्व की तलाश में किसी भी परिस्थिति से मोर्चा लेने के लिए तैयार थी।

"मेरी बेटी अपनी माँ की तरह बिना लड़े मत हारना।" कैकसी ने मन ही मन शूर्पणखा से कहा।

शूर्पणखा की बातों ने कैकसी के मन को बहुत-सी पीड़ा भरी स्मृतियों ने घेर लिया। सुमाली दैत्य से छीनकर देवताओं ने विश्रवा-पुत्र कुबेर को उसका अधिपति नियुक्त कर दिया था। सुमाली ने लंका में इतनी अधिक सम्पदा छोड़ी थी कि कुबेर को धन का देवता कहा जाने लगा था। सुमाली को लंका छोड़कर भागना पड़ा था। वह पुनः लंका पर अधिकार प्राप्त करने के लिये छटपटा रहा था, किन्तु वह कुबेर को जीत पाने की स्थिति में नहीं था अतः उसने एक दीर्घकालिक योजना बनायी। विश्रवा के पुत्र को विश्रवा का पुत्र ही हरा सकेगा, यह सोचकर उसने अपनी किशोरी कन्या कैकसी को विश्रवा के आश्रम में जाकर उनसे एक पुत्र प्राप्त करने का आदेश दिया। यह कैकसी को अपने लिए मृत्यु-दण्ड जैसा लगा, किन्तु वह पिता के आदेश को मानने के लिये बाध्य थी। इसके बाद उसने शेष जीवन जिया नहीं मात्र बिताया था।

आज उसकी लड़की किसी से प्रेम करती है जानकर उसे अच्छा ही लगा था। 'हे ईश्वर उसे अपने प्रेम के साथ जीने की अनुमति दे, ताकि वह जीवन में आनन्द का अनुभव भी कर सके, मेरी तरह केवल उसे बिताये नहीं।' उसने ईश्वर से कहा।

कैकसी को आये दो तीन दिन हो गये थे। शूर्पणखा को समझाने के रावण और मन्दोदरी के प्रयासों से इतना हुआ था कि उसने सभागार में जाना बन्द कर

दिया था किन्तु विद्युज्जिह्व उसके मन से बिलकुल भी गया नहीं था।

सुबह हुए देर हो चुकी थी। दिन चढ़ने लगा था। रावण का सारा महल जाग चुका और अपने अपने कार्यों में व्यस्त था। बस रोज सुबह जल्दी उठ जाने वाली शूर्पणखा आज अभी तक अपने कक्ष से बाहर नहीं आयी थी। कैकसी चिन्तित हो उठी। वह शूर्पणखा के कक्ष की ओर चली। कुछ ही दूर गयी थी कि उसे मन्दोदरी भी उसी ओर आती हुई मिल गयी।

"शूर्पणखा आज अभी तक कक्ष से बाहर नहीं आयी है।" कैकसी ने चिन्तित से स्वर में मन्दोदरी से कहा।

"हाँ देखते हैं।" मन्दोदरी ने कहा।

दोनों शूर्पणखा के कक्ष तक पहुँची। दरवाजा भिड़ा हुआ था पर अन्दर से बन्द नहीं था जैसा कि अक्सर हुआ करता था। कुछ आश्चर्य से मन्दोदरी ने एक किवाड़ पर हाथ रखकर ढकेला। दरवाजा खुला ओर मन्दोदरी और कैकसी भीतर आ गयी।

शूर्पणखा का बिस्तर खाली था। उन्होंने कक्ष में दृष्टि दौड़ायी। शूर्पणखा कहीं भी नहीं थी। मन्दोदरी के मुख पर हलकी-सी कठोरता आ गयी थी। कैकसी ने इसे देखा और दबे से स्वर में कहा,

"पता नहीं कहाँ गयी होगी वह।"

कैकसी की इस बात पर मन्दोदरी ने हलका-सा मुख बिचकाया, बोली, "आइए इन्हें बताते हैं।" मन्दोदरी का संकेत रावण की ओर था। इसके बाद शूर्पणखा को महल के कोने-कोने में ढूँढ़ा गया और फिर रावण के आदेश से पूरी लंका में... किन्तु वह कहीं नहीं मिली। दिन ढलते-ढलते सभी के मुख पर मालिन्य छा गया।

"कहीं ऐसा तो नहीं कि वह विद्युज्जिह्व के साथ कहीं चली गयी हो?" मन्दोदरी ने कहा। उसके स्वर से लग रहा था कि वह तनाव में है।

"हो सकता है।" रावण ने बहुत सहजता से कहा। उसके स्वर में कहीं किसी तनाव की झलक नहीं थी।

“फिर?”

“हम राक्षसों में इस प्रकार भाग कर विवाह कर लेना कुछ भी अनुचित नहीं है। बस यदि वह कालिकेय न होकर राक्षस होता तो यह सम्बन्ध भी उचित ही होता।”

“क्या हम उससे राक्षस-धर्म स्वीकार करने का प्रस्ताव नहीं कर सकते हैं? हो सकता है वह मान जाए।”

“हाँ क्यों नहीं, देखता हूँ।” रावण ने कहा। उसके स्वर में चिन्ता नहीं थी।

6

थोपा हुआ

विद्युज्जिह्व शूर्पणखा के साथ कालिकेयों के द्वीप पर पहुँच गया था। वहाँ पहुँचने पर उनका बहुत अधिक स्वागत किया गया। विद्युज्जिह्व उनका नायक था अतः शूर्पणखा को महिषी के समान ही सम्मान प्राप्त हुआ। इसके बाद पूर्ण वैदिक विधि-विधान से उनका विवाह सम्पन्न कराया गया। सारा दिन भागदौड़ और विधि-विधानों में बीत गया। सन्ध्या ढलने को हुई तो विद्युज्जिह्व ने कहा,

''शूर्पणखा आओ कुछ देर समुद्र के किनारे बैठते हैं।''

''ठीक है।'' शूर्पणखा ने कहा और वे भीड़ से दूर एक शान्त समुद्री किनारे पर जाकर बैठ गये। सूर्य का प्रकाश बहुत धीमा हो चुका था। बीच-बीच में समुद्र के पानी में कोई-कोई मछली उछलती दिख जा रही थी।

''सुनो!'' शूर्पणखा ने विद्युज्जिह्व से कहा।

''हाँ।''

''लंका में पता नहीं क्या रहा होगा।''

''लोग हमें खोज रहे होंगे और साथ ही मुझे अपशब्द कह रहे होंगे और क्या।''

''यदि वे हमें खोजते हुए यहाँ तक आ ही गये तो हमारे साथ पता नहीं कैसा व्यवहार करेंगे।''

''अच्छा तो नहीं ही करेंगे।''

''युद्ध की-सी स्थिति हुई तो।''

''तो युद्ध करेंगे और क्या।''

''और उस युद्ध का परिणाम?''

शूर्पणखा के इस प्रश्न पर विद्युज्जिह्व मौन हो गया।

“बोलते क्यों नहीं।” शूर्पणखा ने फिर कहा।

“क्या कह सकता हूँ एक बात छोड़कर।”

“क्या है वह बात?”

“मेरे जीते जी तो कोई तुझे हाथ भी नहीं लगा पाएगा।”

“ओह सच!” कहकर सूर्पणखा ने अपना सिर विद्युज्जिह्व के सीने पर टिका दिया और फिर जोड़ा-

“शूर्पणखा और विद्युज्जिह्व में कोई अन्तर है क्या?”

“नहीं।” कहते हुए विद्युज्जिह्व ने अपना हाथ शूर्पणखा के सिर पर रख दिया।

“इस रात्रि की नीरवता में यह तुम्हारा वक्षस्थल, गुनगुनाकर चलती हवा, गवाह के रूप में नीचे समुद्र में उठती गिरती लहरें और ऊपर वह चाँद, अब इसके बाद और कुछ नहीं चाहिए इस शूर्पणखा को।”

दोनों बहुत देर तक वहीं समुद्र तट पर पता नहीं कितनी बातें करते रहे, एक समुद्री चिड़िया पंख फड़फड़ाती और शोर मचाती अचानक ही उनके इतने पास से गुजरी कि उसके पंखों की हवा उन्हें छू गयी।

“रात्रि हो रही है चलो हम घर की ओर चलें।” विद्युज्जिह्व ने कहा

“चलो।”

विद्युज्जिह्व और शूर्पणखा समुद्र के तट से तो लौटे।

रात्रि कब बीत गयी पता ही नहीं चला। सुबह के शोर से जब वे उठे तब तक काफी हलचल हो चुकी थी।

इसके बाद वे एक अलग ही संसार में जीने लगे। उनकी सुबहें सुनहरी और रातें चमकदार होने लगीं। शूर्पणखा अपने इस निर्णय पर बहुत अधिक प्रसन्न थी किन्तु उनके जीवन में यह अमृत की वर्षा मात्र तीन-चार दिनों ही हो पायी थी कि एक दिन लंका से रावण का सन्देश लेकर एक राक्षस आ गया। विद्युज्जिह्व ने उसका उचित सत्कार किया।

“लंकापति राक्षसेन्द्र यहाँ आना चाहते हैं।”

“जब इच्छा हो वे आएँ उनका स्वागत है।”

इसके बाद दूत वापस हो गया। कालिकेयों के मध्य रावण के आने के कारण

के सम्बन्ध में तरह-तरह के अनुमान लगने लगे। राक्षसेन्द्र दुष्ट, क्रूर और स्वार्थी है, उसके यहाँ आने का क्या उद्देश्य हो सकता है, यह प्रश्न सभी के मस्तिष्क को मथ रहा था। वह हम कालिकेयों से अपनी शत्रुता भूलकर मित्र भाव से अपनी बहन और बहनोई को देखने आ रहा है या इसके पीछे कुछ और भी कारण हो सकता है?

शूर्पणखा स्वयं भी रावण के आने के समाचार पर आशंकित ही थी। वह इस विवाह के लिए रावण या मन्दोदरी की सहमति न होने पर भी विद्युज्जिह्व के साथ भाग आयी थी। बस उसकी माँ कैकसी ही थी जो चाहती थी कि उसका विवाह उसकी इच्छा से ही हो जाए तो अच्छा है।

विद्युज्जिह्व ही था जो रावण के आने की बात पर निर्विकार था। उसने न कोई प्रसन्नता दर्शायी और न ही आशंका। शूर्पणखा ने उससे पूछा,

"भाई यहाँ क्यों आ रहा होगा?"

"पता नहीं, सही उद्देश्य तो उसके आने के बाद ही पता लगेगा।"

"किसी अप्रिय घटना की आशंका है क्या?"

"किस तरह की आशंका?"

"उसका जो स्वभाव है, उससे वह कुछ भी कर सकता है।"

"हम उससे अच्छे से मिलेंगे, उसका स्वागत करेंगे, उसके बाद जैसी परिस्थिति होगी उसके अनुसार निर्णय लेंगे।"

"किन्तु वह राक्षसों और कालिकेयों की शत्रुता, उसका क्या, क्या भाई उसे भूल जायेगा।"

"हमारा यह सम्बन्ध स्थापित होने के बाद हो सकता है कि इस कटुता को भी विराम मिले; वैसे भी हम कालिकेयों की ओर से तो राक्षसों के प्रति कोई बात है ही नहीं, वे ही हमें अपना शत्रु समझते हैं।"

"हमारे इस सम्बन्ध में कहीं राजनीति भी है क्या?"

"नहीं, किन्तु राजनीति पर इसका प्रभाव पड़ना तो स्वाभाविक ही है।"

"क्या तुम्हें इसका पूर्वानुमान था?"

"सच कहूँ तो हाँ।"

विद्युज्जिह्व के इस उत्तर से शूर्पणखा मौन रह गयी किन्तु उसने भीतर ही भीतर कहीं स्वयं को आहत अनुभव किया। क्या विद्युज्जिह्व का यह प्रेम किसी

शूर्पणखा से नहीं, राक्षसेन्द्र की बहन से था?

"अर्थात यह स्वतः स्फूर्त प्रेम नहीं था?" शूर्पणखा के स्वर में कुछ पीड़ा और कुछ आश्चर्य था।

"नहीं गलत मत समझो, यह स्वतः स्फूर्त ही था किन्तु जिससे था वह राक्षसेन्द्र की बहन है यह सच्चाई तो थी ही।"

"फिर तो तुम्हारे मन में राजनीति का गणित भी रहा ही होगा।"

"नहीं मेरे मन में कोई गणित नहीं था; मुझे तुमसे प्रेम था और है, किन्तु इस विवाह के लिए और इसके बाद भी मुझे विषम परिस्थितियाँ झेलनी पड़ेंगी इसका अनुमान तो था ही।"

"हाँ।" कह कर शूर्पणखा ने एक गहरी साँस ली और बात को समाप्त कर वहाँ से चली गयी।

रावण आया तो उसके साथ बहुत-सी नावों में सवार बहुत-से राक्षसों की सेना भी थी। पलक झपकते ही वे सभी अपनी नावों से द्वीप पर उतर पड़े। शूर्पणखा और विद्युज्जिह्व को रावण के इस तरह सेना लेकर आने पर आश्चर्य हुआ, किन्तु शीघ्र ही वे समझ गये रावण युद्ध की रणभेरी लेकर आया है और यह कभी भी बज सकती है।

शूर्पणखा और विद्युज्जिह्व दोनों रावण के सम्मुख आये।

"कालिकेयों की इस भूमि पर आपका स्वागत है राक्षसेन्द्र!" विद्युज्जिह्व ने कहा।

"स्वागत करने का तेरा वचन मुझे तेरे अभिनय का भाग ही लग रहा है।"

"क्यों राक्षसेन्द्र?"

"क्योंकि तू मेरी भगिनी को भगाकर लाया है।

"हम प्रेम करते हैं अतः हमारे पास अन्य उपाय ही क्या था?"

"तू मेरी शरण में आ सकता था विद्युज्जिह्व, इससे तेरा कार्य भी सिद्ध होता और राक्षस कुल का सम्मान भी बना रहता।"

"कालिकेयों ने किसी के शरणापन्न होना सीखा ही नहीं है फिर मैं क्या करता, मैं तो उनका नायक हूँ।

"यह तेरा अहं बोल रहा है विद्युज्जिह्व।"

"यह अहं नहीं आत्मसम्मान भर है; वैसे आप मेरी पत्नी के बड़े भ्राता हैं अतः मेरे लिए भी पूजनीय हैं, आदेश करें मैं आपका क्या प्रिय कर सकता हूँ।"

"यदि यचमुच तेरे अन्दर ऐसा भाव है तो अभी भी समय है तू मेरी शरण में आकर राक्षस धर्म स्वीकार कर ले और सुपूजित होकर भगिनीपति होने का सम्मान और स्नेह प्राप्त कर।"

"मुझे सुपूजित होने की आकांक्षा नहीं किन्तु आपका स्नेह प्राप्त कर सकूँ यह मेरा सौभाग्य होगा।"

"तो फिर विलम्ब क्यों, मेरी शरण में आकर राक्षसधर्म स्वीकार कर ले और निष्कण्टक होकर जी।"

"यही तो सम्भव नहीं है राक्षसेन्द्र।"

"तो शस्त्र उठा और युद्ध कर।"

"यदि शस्त्र उठाना ही एक मात्र विकल्प है तो मैं प्रस्तुत हूँ।"

शूर्पणखा जो बहुत देर से इस वार्तालाप को सुन रही थी बोली,

"ठहरो!"

"क्या हुआ?" आश्चर्य चकित से विद्युज्जिह्व और रावण दोनों ने उसकी ओर देखा।

"यदि हमारा विवाह करना इतना ही बड़ा अपराध है तो इसके लिए यह अकेला नहीं हम दोनों ही बराबर के दोषी हैं, तुझे मुझसे भी युद्ध करना होगा राक्षसेन्द्र।"

"तू! तू मुझसे युद्ध करेगी शूर्पणखा अपने भाई से।

"मैं भाई से नहीं अपने पति के शत्रु से युद्ध करूँगी।"

"मैं स्त्रियों पर शस्त्र नहीं उठाता शूर्पणखा।"

"यह भी तेरा अभिमान बोल रहा है राक्षसेन्द्र; तू स्त्रियों पर शस्त्र नहीं उठाता किन्तु उन पर अत्याचार करने में कभी कोई संकोच करता है क्या।"

रावण, शूर्पणखा के इस कथन पर कुछ देर के लिये निःशब्द रह गया। तब

तक शूर्पणखा ने शस्त्र उठा लिया था। यह देखकर विद्युज्जिह्व बोला,

"ठहरो शूर्पणखा!"

" क्यों?"

"यह राक्षसों के नायक हैं और मैं कालिकेयों का, हमें ही आपस में भिड़ने दो।'

"और मैं इसे नाटक के दर्शक की भाँति देखती रहूँ?"

"नहीं, मेरे और राक्षसेन्द्र के मध्य युद्ध प्रारम्भ होते ही हमारी सेनाओं के मध्य भी युद्ध प्रारम्भ हो जाएगा, तू हमारी कालिकेयों की सेना का नेतृत्व कर, यह कम आवश्यक या छोटा कार्य नहीं है।"

"ठीक है।" शूर्पणखा ने कहा।

इस निर्णय के बाद रावण और विद्युज्जिह्व भिड़ गये। राक्षसों की सेना रावण के भाई कुम्भकर्ण के नेतृत्व में कालिकेयों पर प्रहार करना प्रारम्भ कर चुकी थी। विद्युज्जिह्व की अनुपस्थिति में कालिकेय अपने को नेतृत्व विहीन अनुभव कर रहे थे, तभी शूर्पणखा कालिकेयों का नेतृत्व करने आगे आ गयी।

शूर्पणखा को कालिकेयों के नेतृत्व के लिये सामने देखकर कुम्भकर्ण रुक गया। उसने अपनी सेना को भी रुकने को कहा। सेनाओं के बीच हो रहे युद्ध में कुछ क्षणों के लिये विराम लग गया।

"भगिनी, तू!" कुम्भकर्ण ने शूर्पणखा से कहा।

"हाँ मैं।"

"तू मुझसे युद्ध करेगी, अपने भाई से?"

"यही बात लंकापति रावण ने भी कही थी।"

-"फिर?"

-"मैं किसी भाई से नहीं, एक विवेकहीन घमण्डी अत्याचारी और उसकी सेना से युद्ध कर रही हूँ।

"किन्तु तू स्त्री भी है और मेरी बहन भी, मैं तुझ पर शस्त्र नहीं उठा

सकता।''

''मैं इस समय न स्त्री हूँ और न आपकी बहन, यदि आप मुझ पर शस्त्र नहीं उठा सकते तो यह आपकी समस्या है।''

''ठीक है यह मेरी समस्या है और मैंने इसका हल भी खोज लिया है।'' कहकर कुम्भकर्ण शस्त्र रखकर एक ओर हट गया।

इसके बाद शूर्पणखा ने कालिकेयों को ललकार कर राक्षस सेना पर हमला बोल दिया। घोर युद्ध पुनः प्रारम्भ हो गया।

विद्युज्जिह्व बहुत बहादुरी से रावण का मुकाबला कर रहा था किन्तु अचानक रावण ने अपना परुश साधकर विद्युज्जिह्व पर फेंका। उसकी चोट से विद्युज्जिह्व रक्त से लथपथ भूमि पर गिर पड़ा। रावण ने युद्ध रोक दिया। उसने विद्युज्जिह्व के पास जाकर कहा,

''अभी भी मेरी शरण में आना स्वीकार कर ले विद्युज्जिह्व, मैं अच्छे से अच्छा उपचार करवाकर तेरा जीवन बचा लूँगा।''

''मुझे जीवन से अधिक अपना स्वाभिमान प्रिय है।'' विद्युज्जिह्व ने कहा।

'' विद्युज्जिह्व, यह सात द्वीपों का स्वामी, राक्षसों का अधिपति रावण अपने भगिनी- पति की इस वीरता और स्वाभिमान को प्रणाम करता है।'' रावण ने कहा।

रावण की इस बात पर उस घोर पीड़ा में भी विद्युज्जिह्व के होंठों पर हलकी-सी हँसी खेल गयी, जिसमें 'अब इस बात का कोई अर्थ नहीं का भाव भी था और सम्भवतः रावण के प्रति उपेक्षा भी।

''मेरा समय आ गया है राक्षसेन्द्र।'' उसने कहा।

''मैं तेरा क्या प्रिय करूँ भगिनीपति विद्युज्जिह्व बोल, इस रावण के लिए तुझे कुछ भी अदेय नहीं हैं।''

''यदि ऐसा है तो सुपर्णखा को मेरा एक सन्देश देना।''

''कहो, जो भी कहना हो कहो।''

''उससे कहना तुम्हें शूर्पणखा नहीं सुपर्णखा कहने वाला तो मर गया किन्तु हमारा प्यार हमेशा जीवित रहेगा कभी मरेगा नहीं।'' भयंकर पीड़ा झेलते हुए विद्युज्जिह्व ने कहा।

उसके प्राण त्यागते ही कालिकेयों का मनोबल टूट गया। शूर्पणखा के बहुत

अधिक आवाज देने पर भी वे युद्ध-स्थल से जान बचाकर भागने लगे। राक्षसों की सेना ने उन्हें खदेड़-खदेड़ कर मारा। कुछ ही देर में युद्ध समाप्त हो गया। शूर्पणखा, रावण के सम्मुख आयी।

"विजयी राक्षसेन्द्र के सम्मुख कालिकेयों की नायिका पराजित शूर्पणखा खड़ी है, वे उसे जो चाहे दण्ड दे सकते हैं।"

"ऐसा मत कह शूर्पणखा तू आज भी मेरी अत्यन्त प्रिय बहन ही है।"

"यह भी क्रूर व्यंग्य ही तो है।" बुरा-सा मुँह बनाकर शूर्पणखा ने बहुत धीरे से कहते हुए अपना सिर हिलाया, किन्तु रावण इसे सुन नहीं पाया।

विद्युज्जिह्व की चिता सजायी गयी और कुम्भकर्ण ने स्वयं इस कार्य में सहयोग किया। चिता को घी से सींचा गया। तभी सद्यःविधवा शूर्पणखा श्रृंगार करके वहाँ आयी और चिता की परिक्रमा करने लगी। यह देखकर रावण सशंकित हो गया।

"यह क्या शूर्पणखा, तू इस चिता की परिक्रमा कर रही है!" उसने पूछा, किन्तु शूर्पणखा कोई उत्तर न देकर परिक्रमा करती रही। परिक्रमा पूरी करने के बाद वह चिता की ओर मुख करके खड़ी हो गयी, तभी रावण ने आकर उसे पकड़ लिया।

"क्या करने जा रही शूर्पणखा!"

"रोको मत राक्षसेन्द्र! मुझे अपने धर्म का पालन करने दो; हम सभी में स्त्रियों के सती होने की प्रथा है, मुझे भी उसी मार्ग पर जाने दो; विद्युज्जिह्व नहीं रहा अब मैं भी जीकर क्या करूँगी।"

"मुझे राक्षसेन्द्र मत कहा कर शूर्पणखा, तेरे लिए मैं तेरा बड़ा भाई हूँ और तू मेरी प्रिय बहन।

"यदि तू मेरा बड़ा भाई होता तो इस प्रकार निर्ममता से मेरे पति का वध नहीं करता; उसने मुझसे प्रेम किया था उसका एकमात्र अपराध यही तो था।"

"जो हो गया उसे स्वीकार कर, वही प्रारब्ध रहा होगा।"

"स्वीकार करना तो विवशता है किन्तु तू अपनी क्रूरता को प्रारब्ध का नाम क्यों दे रहा है रा.....क्षसे....न्द्र!"

"मैं एक राज्य का स्वामी भी हूँ और मेरे इस राज्य को जो भी चुनौती-सा लगेगा उसका उन्मूलन तो मुझे करना ही पड़ेगा।"

"किन्तु विद्युज्जिह्व ने तुझे कब चुनौती दी?"

"मेरी इच्छा के विरुद्ध मेरी बहन को ले जाना यह मेरी सत्ता को चुनौती ही तो थी, किन्तु अब मैं तुझे इस चिता की आग में कूदने तो नहीं दे सकता।"

"फिर?"

"मैं तुझे ले जाने ही आया हूँ; मेरे साथ चल तू पुनः उसी मान-सम्मान की अधिकारिणी होगी।"

'मान-सम्मान...' शूर्पणखा ने पुनः बहुत धीरे-से स्वयं से कहा। उसके अधर व्यंग्य से तिरछे हो गये।

"तूने उत्तर नही दिया शूर्पणखा। मैं फिर कहता हूँ तू यह सब भूल जा और मेरे साथ चल।"

"नहीं अब यह सम्भव नहीं है।"

"क्यों?"

"तेरा मुझ पर अनुग्रह हो सकता है किन्तु वह विद्युज्जिह्व जिसने मेरे लिये प्राण दिये उसको भूल जाऊँ और ये कालिकेय जो कठिन समय में भी मेरे पति के साथ खड़े रहे हैं उनको छोड़ दूँ, मैं इतनी कृतघ्न नहीं हो सकती।"

"तो ठीक है मैंने तुझको दण्कारण्य का क्षेत्र दिया, आज से तू उसकी स्वामिनी हुई और अपने साथ इन कालिकेयों को भी ले जा ताकि ये भी अपना शेष जीवन शांति से जी सकें, किन्तु...।"

"किन्तु क्या?"

"जो भी कालिकेय तेरे साथ उस दण्डकवन में जाएँगे उन्हें राक्षस-धर्म स्वीकार करना होगा।"

'वही राक्षस-धर्म जिसके लिये तूने मेरे पति को मार डाला।' शूर्पणखा ने मन ही मन कहा और इसके साथ ही शूर्पणखा को सीने में बहुत पीड़ा-सी लगी। शूर्पणखा ने पास ही पड़े एक पत्थर पर बैठकर नेत्र बन्द कर लिये। उसे लगा जैसे विद्युज्जिह्व उसके सम्मुख खड़ा है और कह रहा है, "आत्महत्या मत कर शूर्पणखा, यह परिस्थितियों से भागना है!"

विद्युज्जिह्व की चिता तैयार थी। उसे अग्नि दी गयी। शूर्पणखा कुछ देर तक खोयी-खोयी आँखें लिये उसे देखती रही फिर फूट-फूटकर रोते हुए वहाँ से चली गयी।

कोई अन्य रास्ता न देख रावण की सलाह के अनुसार शूर्पणखा दण्डकवन आ गयी। उसके साथ ही अधिकतर कालिकेय भी राक्षस-धर्म अपनाकर दण्डकवन आ गये। दण्डकारण्य पर रावण ने कुछ ही दिन पूर्व अधिकार किया था अतः उसने उन सभी कालिकेयों को जो राक्षस-धर्म स्वीकार कर चुके थे अपनी सेना में सम्मिलित कर सेना की वह टुकड़ी भी दण्डकारण्य की रक्षा के लिये भेजी। उसने अपने रिश्ते के भाइयों खर और दूषण को भी शूर्पणखा के अधीन वहाँ भेजा। खर को शूर्पणखा का सचिव और दूषण को सेनापति नियुक्त किया।

शूर्पणखा दण्डकवन आ तो गयी किन्तु उसे संसार पूरी तरह उजड़ा हुआ लग रहा था और इसके लिए वह मन ही मन रावण और सिर्फ रावण को ही दोषी मान रही थी। विद्युज्जिह्व का अपने लिए दिया अन्तिम सन्देश वह भूल नहीं पा रही थी और रावण के प्रति उसका क्रोध बिलकुल भी शान्त नहीं हुआ था।

शूर्पणखा को लग रहा था जैसे उसके सामने कई मोर्चे एक साथ खुल गये हैं। विद्युज्जिह्व की स्मृतियाँ उसके मस्तिष्क से एक पल के लिये भी नहीं जा रही थीं। रावण के प्रति मात्र क्रोध ही नहीं, प्रतिशोध की भावना भी थी और कुछ भी न कर पाने की अपनी लाचारी भी। दण्डकारण्य उसके लिए एकदम नया स्थान तो था ही, उसका किसी से बात करने का भी मन नही होता था। शूर्पणखा निपट अकेलेपन से भी जूझ रही थी।

वह अकेले बैठे-बैठे विद्युज्जिह्व की स्मृतियों में खोने का प्रयास करती। वे बहुत ही मधुर स्मृतियाँ होती थीं किन्तु इन्हीं स्मृतियों के मध्य बार-बार रावण का चेहरा आ जाता था और फिर विद्युज्जिह्व का रावण को उसके लिए दिया हुआ यह संदेश भी कि "उसे सुपर्णखा कहने वाला तो नहीं है किन्तु हमारा प्यार सदैव जीवित रहेगा।"

शूर्पणखा नेत्र बन्द कर इन पंक्तियों में खोने का प्रयास करती और फिर नेत्रों में अनायास भर आये जल को पोंछ लेती।

7
आँधियों के पाँव

कुम्भीनसी रावण की ममेरी बहन थी। मधु नामक दैत्य रावण का सम्बन्धी और एक छोटे-से राज्य का स्वामी था। एक बार वह लंका आया। रावण उस समय दूसरे प्रदेशों को जीतने और राक्षस धर्म का प्रचार करने में व्यस्त था। मेघनाद एक यज्ञ का आयोजन कर उसमें व्यस्त था और विभीषण किसी तप में लगा हुआ था। स्वयं सुमाली, जिसे रावण ने प्रधानमन्त्री बना रखा था किसी कार्यवश किसी अन्य द्वीप पर गया हुआ था और कुम्भकर्ण के सोने का समय चल रहा था। फिर भी लंका में मधु का यथायोग्य स्वागत हुआ और वह कुछ काल के लिये वहाँ ठहर गया।

एक दिन मधु यूँ ही टहलते हुए महल में बने उद्यान में चला गया। एक युवती पहले से ही वहाँ थी। उस तीखे नैन नक्श और खुलते हुए रंग की युवती के खुले हुए लम्बे केश उसकी पीठ पर लहरा रहे थे। युवती उद्यान में ही बने एक छोटे-से सरोवर के किनारे बैठी हुई थी। मधु आया तो उसने मधु की ओर देखा। स्वयं मधु भी उसी की ओर देख रहा था। पल भर के लिए नेत्र मिले और फिर युवती उठी और धीरे-धीरे उद्यान से बाहर चली गयी।

मधु कुछ देर तक उद्यान में टहलता रहा और फिर वह भी वापस हो गया, किन्तु दूसरे दिन पुनः लगभग उसी समय उद्यान में पहुँच गया। युवती आज भी वहाँ थी और मधु को आता देखकर वह वहाँ से जाने लगी। मधु ने पास जाकर उससे कहा,

"क्षमा प्रार्थी हूँ किन्तु आपको मेरे यहाँ आने से असुविधा होती है क्या?"

"नहीं तो।"

"किन्तु कल भी मेरे आने से आप उठकर चल दी थीं और आज भी ऐसा ही करने जा रही हैं।"

"नहीं ऐसा कुछ भी नहीं है, किन्तु मुझे कुछ कार्य है इसलिए जाना है।"

"मैं मधु हूँ, राक्षसेन्द्र का सम्बन्धी और एक छोटे से राज्य का अधिपति; आप अपने बारे में कुछ बतलाएँगी क्या?"

"मैं कुम्भीनसी, राक्षसेन्द्र की ममेरी बहन; मातामह सुमाली के बड़े भाई माल्यवान की दौहित्री।"

"आज तो आप शीघ्रता में हैं किन्तु कल मिलेंगी क्या?"

"कुछ कार्य है?"

"नहीं ऐसा कुछ विशेष तो नहीं।"

"प्रयास करूँगी।"

प्रेम सम्भवतः समय की राह नहीं देखता। मेलजोल का यह सिलसिला चला तो एक दो दिन के बाद ही मधु आप से तुम तक पहुँच गया और फिर एक दिन...

"कुम्भीनसी!"

"हाँ।"

"मेरी ओर देखो।"

कुम्भीनसी ने आँखें उठाकर मधु की ओर देखा।

"तुम्हारे ये नेत्र बहुत सुन्दर हैं, मेरा इन नेत्रों में खो जाने का मन करता है।"

कुम्भीनसी के लिए मधु की यह बात बिलकुल अप्रत्याशित थी। उसने शरमाकर नेत्र नीचे कर लिये।

"मैं तुमसे प्रेम करने लगा हूँ कुम्भीनसी।"

कुम्भीनसी ने कोई उत्तर नहीं दिया।

"बोलो कुम्भीनसी, मैं तुम्हारे प्रेम का याचक हूँ, तुमसे विवाह करना चाहता हूँ।

कुम्भीनसी वैसे ही चुपचाप खड़ी रही।

"तुम्हारे इस मौन का क्या अर्थ समझूँ! तुम्हारे हृदय में मेरे लिए कहीं कोई स्थान है क्या; मैं तुमसे विवाह करना चाहता हूँ।"

अब कुम्भीनसी ने मौन तोड़ा,

"विवाह के सम्बन्ध में आपको मेरे भाई लंकापति राक्षसेन्द्र से बात करनी होगी।"

"क्या वे इसके लिए मान जाएँगे।"

"मुझे यह आसान तो नहीं लगता।"

"क्यों? मुझमें कोई कमी है क्या?"

"इसकी बात नहीं है।"

"फिर।"

"आप दैत्य हैं और राक्षसेन्द्र मेरा हाथ किसी राक्षसधर्म को मानने वाले को ही देना चाहेंगे।"

"क्या कोई अन्य उपाय नहीं है?"

"वह आपको ही सोचना होगा।"

"ठीक है किन्तु तुम्हारी सहमति तो है?"

कुम्भीनसी ने इसका कोई उत्तर नहीं दिया। वह वहाँ से भागकर महल में चली गयी।

मधु उसे जाते हुए देखता रहा और फिर स्वयं से बोला 'समझ गया।'

दूसरे दिन जब वे मिले तो मधु ने कहा,

"कुम्भीनसी!"

"हाँ।"

" मुझे नहीं लगता कि राक्षसेन्द्र हमारे विवाह की स्वीकृति देंगे।"

"मुझे भी यही लगता है।"

"एक ही उपाय शेष है।"

"क्या?"

"मैं तुम्हारा अपहरण करूँगा।"

"एक ओर तुम अकेले और दूसरी ओर लंका की सेना, ऐसे में क्या यह कार्य सफल हो सकेगा?"

"सफलता या असफलता की चिन्ता मैं नहीं करता; असफल रहा तो अधिक से अधिक क्या होगा, मृत्यु ही तो... किन्तु सफल हो गया तो तुम मेरी होगी, मुझे यह सौदा स्वीकार है।"

अब कुम्भीनसी कुछ नहीं कह सकी।

दूसरे दिन प्रातःकाल कुम्भीनसी किसी कार्य के बहाने बाहर आयी तो मधु अपना रथ लिये तैयार खड़ा हुआ था। कुम्भीनसी को देखते ही उसने उसे उठाकर रथ में बिठा लिया और रथ भगा दिया। राक्षसों के लिए यह कदम अप्रत्याशित था किन्तु फिर भी उन्होंने मोर्चा सँभाल लिया। एक ओर मधु और दूसरी ओर बहुत से राक्षसों की टोली। दोनों ओर से तीरों की वर्षा हो रही थी और उसी के बीच मधु का रथ भी दौड़ रहा था। राक्षस उसे रोकने में सफल नहीं हो पाये। मधु ने सफलता पूर्वक कुम्भीनसी का अपहरण कर लिया।

यह सारा प्रकरण मात्र चार-पाँच दिनों में ही हो गया था। मधु को पता था कि रावण उस पर आक्रमण अवश्य करेगा और युद्ध हुआ तो बहुत से निर्दोष मारे जाएँगे। कुम्भीनसी से विवाह के बाद मधु अपना जीवन शान्ति से बिताना चाहता था अतः उसने स्वयं को राज्य के लालच से मुक्त किया और लौटकर अपने राज्य में वापस नहीं गया, इसके स्थान पर उसकी विपरीत दिशा में चला गया और वहाँ उसने मधुपुरी नामक एक बहुत छोटा-सा नया नगर बसाया जिसे आज मथुरा नाम से जाना जाता है। मधु, कुम्भीनसी का अपहरण करके अवश्य लाया था किन्तु उसने उससे वैदिक रीति-रिवाजों से विवाह किया और पत्नी का पूरा सम्मान दिया। कुम्भीनसी अपने जीवन से पूर्ण सन्तुष्ट थी किन्तु रावण के गुप्तचरों ने कुछ ही दिनों में मधु का नया ठिकाना ढूँढ़ लिया और सेना की एक टुकड़ी के साथ रावण ने कुम्भीनसी के अपहरण का बहाना लेकर मधुपुरी पर आक्रमण कर दिया।

रावण का यह सेना सहित आक्रमण कुम्भीनसी और मधु के लिए बहुत ही अप्रत्याशित और विकट आपदा जैसा था। वे बहुत शान्तिपूर्वक और बिलकुल आम लोगों जैसा ही जीवन व्यतीत कर रहे थे। उनके पास किसी तरह की कोई सेना होने का प्रश्न ही नहीं था और मधु निपट अकेले रावण और उसकी सेना से नहीं लड़ सकता था।

रावण ने उसके छोटे से घर को चारों ओर से घेरकर बाणों की वर्षा प्रारम्भ कर दी। मधु अपने घर के द्वार बन्द कर भीतरी कक्ष में छुपकर बैठ गया किन्तु थोड़े से प्रयास से ही उसके घर का मुख्य द्वार तोड़कर रावण भीतर घुस गया। कन्धे पर परुश रखे रावण उन्मत्त-सा 'मधु बाहर निकल!' की आवाजें लगाने

लगा। मधु तो सामने नहीं आया किन्तु कुम्भीनसी दौड़कर आयी। उसके सम्मुख हाथ जोड़कर खड़ी हुई और फिर उसके पैरों पर सिर रखकर रोने लगी।

"भाई तू महावीर है, सप्तद्वीपों का अधिपति है, राक्षसेन्द्र है; शूर्पणखा की भाँति ही मेरा सुहाग मत ले... विधवा का जीवन बहुत पीड़ा दायक होता है, मुझे उस जीवन में मत ढकेल... मधु ने वैदिक विधि-विधानों से मुझसे विवाह किया है, मुझे प्रेम और सम्मान देता है, मैं बहुत सुखी हूँ मेरा संसार मत उजाड़।"

"किन्तु उसने बलात् तेरा अपहरण किया है सो?"

"उसमें मेरी सहमति थी और फिर भाई, राक्षसों में यह मर्यादा तूने ही तो स्थापित की है।"

"किन्तु वह तो राक्षस नहीं है।"

"हो जाएगा पर पहले तू उसे अभयदान दे।"

"ठीक है बहन तू रो मत, उसे मेरे सम्मुख उपस्थित कर मैं उसके प्राण नहीं लूँगा।"

कुम्भीनसी भीतर छिपे हुए मधु को रावण के सम्मुख ले आयी। मधु बहुत डरा हुआ था।

"भयभीत मत हो मधु, पर क्या तू मेरी शरण में है?" रावण ने उससे पूछा।

"हाँ।"

"क्या तुझे राक्षस-धर्म स्वीकार है?"

"हाँ।" मधु ने कहा।

इसके बाद रावण ने उसे राक्षस धर्म की दीक्षा दी फिर कुम्भीनसी से बोला,

"कुम्भीनसी, मधु वीर है, मैं इसे लेकर जा रहा हूँ।"

"कहाँ?" रावण की इस बात से कुम्भीनसी बुरी तरह चौंक उठी।

"मैं इसे अपने साथ ही रखना चाहता हूँ।"

"अपने साथ अर्थात?"

"मैं आर्यों और देवताओं से युद्ध करने जा रहा हूँ, उस युद्ध में मैं इसे अपने साथ ही रखूँगा।"

"और मैं?" कुम्भीनसी ने पूछा। रावण के इस प्रस्ताव से वह भीतर तक हिल गयी थी।

"तुझे क्या तू आराम से रह; कुछ दिनों बाद यह भी बहुत-सा स्वर्ण इत्यादि लेकर वापस आ जाएगा।" रावण ने कहा।

न कुम्भीनसी में और न मधु में ही रावण के इस प्रस्ताव को नकारने की हिम्मत थी, यद्यपि रावण का यह प्रस्ताव उनके लिए किसी वज्रपात से कम नहीं था।

"भाई!" कुम्भीनसी ने बहुत कातर स्वर में रावण से कहा।

"क्या?"

-"हमें स्वर्ण नहीं चाहिए।"

-"फिर?"

-"हम बहुत शान्ति से जीवन जी रहे हैं, तेरा यह प्रस्ताव उसमें चक्रवात की भाँति है; हमने तेरा कुछ भी तो अहित नहीं किया, क्या तू हमें अपने हाल पर नहीं छोड़ सकता?" कहकर कुम्भीनसी रोते हुए, रावण के पैरों पर झुक गयी।

"तू चिन्ता मत कर बहन, यह मात्र कुछ दिनों की ही बात है, उसके बाद तेरा मधु तेरे पास ही होगा।" कहते हुए रावण ने उसे थाम लिया। अब कुम्भीनसी रावण की ओर हाथ जोड़कर रोने लगी किन्तु रावण बिलकुल भी नहीं पसीजा और उसने मधु का हाथ पकड़कर अपनी ओर खींच लिया।

अब रावण से बचने का कोई मार्ग शेष नहीं बचा था। मधु को रावण के साथ जाना ही पड़ा कुम्भीनसी रोती रह गयी और फिर वही हुआ जिसका अन्देशा था। मधु कभी लौटकर कुम्भीनसी के पास वापस नहीं आ सका। रावण जगह-जगह लोगों से युद्ध मोल ले रहा था। मधु कब, कहाँ, किस युद्ध में काम आ गया यह भी पता नहीं लगा, बस कुछ दिनों बाद यह समाचार अवश्य आ गया कि वह अब नहीं है।

इस समाचार के बाद कुम्भीनसी ने अपना सिर पीट-पीटकर विलाप किया। रोने के साथ-साथ वह रावण को कोसती भी जाती थी, जिसने अकारण ही उसका संसार नष्ट कर दिया था। रावण उसका भाई था किन्तु अब वह कुम्भीनसी के लिये क्रोध और घृणा का पात्र बन चुका था। रोते-रोते कुम्भीनसी थक गयी तो आसमान की ओर फटी- फटी आँखों से देखने लगी। उसकी आँखों में शून्य भरा हुआ था। अचानक वह उठी, बहुत कसकर दाँतों को भींचा, दायें हाथ की मुट्ठी बाँधी। उससे बायें हाथ की हथेली पर प्रहार किया और बोली, "रावण! तूने मुझे विधवा बनाया है मैं तेरी पत्नी को विधवा बनाऊँगी।"

8

जीना मरना, मरना जीना

रावण की सलाह के अनुसार शूर्पणखा दण्डकवन में रहने आ गयी थी। रावण ने वहाँ उसकी सुख-सुविधा के सारे प्रबन्ध भी किये थे, किन्तु फिर भी महलों में पली-बढ़ी शूर्पणखा को दण्डकवन बिलकुल भी नहीं भा रहा था। उसे यह दण्डकानन, दण्ड जैसा ही लग रहा था।

विद्युज्जिह्व को वह भूल नहीं पा रही थी। कभी-कभी उसे लगता था जैसे विद्युज्जिह्व उसके सम्मुख खड़ा कह रहा हो 'मेरी गलती क्या थी शूर्पणखा?'

शूर्पणखा अवसाद की-सी स्थिति में थी। बहुत देर तक चुपचाप बैठी रहती और फिर अचानक क्रोध में आकर मन ही मन बोल उठती 'रावण! तू मेरा भाई नहीं शत्रु है, तूने केवल अपने घमण्ड में आकर मेरे निर्दोष पति की हत्या की है, ईश्वर तुझे कभी क्षमा नहीं करेगा।'

कुछ समय बाद ही शूर्पणखा को पता लगा कि उसके गर्भ में विद्युज्जिह्व का अंश पल रहा है। अब उसकी दिनचर्या बदल गयी। अवसाद ने अभी भी उसे जकड़ रखा था किन्तु आने वाले शिशु को लेकर शूर्पणखा के मन में तरह-तरह के अन्य विचार भी उठने लगे थे। शूर्पणखा भविष्य के स्वप्न देखने लगी थी, जब उसका पुत्र इस दण्डकारण्य का राजा होगा और वह राजमाता।

समय पाकर शूर्पणखा ने शिशु को जन्म दिया। शूर्पणखा उसे देखती और उसके नाक, कान, नेत्र सबकी तुलना विद्युज्जिह्व से करती। उसे लगता कि विद्युज्जिह्व ही शिशु रूप में उसकी गोद में आ गया है। शूर्पणखा ने उसका नाम शाम्भरी रखा। उसके दिन पूरी तरह उसी बालक की देख-रेख में ही बीतने लगे।

इस बालक के कारण शूर्पणखा का अवसाद कम होने लगा। जीवन को लेकर उसके जो स्वप्न मर चुके थे वे पुनः उसकी आँखों में तैरने लगे। धीरे-धीरे बालक बड़ा होने लगा। वह बैठने और खेलने लगा था। तभी एक दिन उसकी

तबियत खराब हो गयी।

शूर्पणखा अपने पुत्र शाम्भरी की तबियत बिगड़ने से बहुत परेशान हो गयी। वह आस-पास के लोगों को बुला लायी। सारे घरेलू उपचार आजमा लिये गये किन्तु शाम्भरी की तबियत बिगड़ती ही चली गयी। अब सबको लगने लगा कि घरेलू उपचारों से काम नहीं चलेगा किसी वैद्य को दिखाना ही उचित होगा। किन्तु दण्डकवन में किसी की जानकारी में आस-पास कहीं कोई वैद्य नहीं था और लंका तो वहाँ से बहुत दूर थी ही।

शूर्पणखा सोचने लगी, काश वह दण्डकवन में नहीं लंका में होती तो आज उसके पुत्र को उचित चिकित्सा मिल जाती। शाम्भरी की हालत बिगड़ती जा रही थी और शूर्पणखा की समझ में नहीं आ रहा था कि वह क्या करे। वह उसे अपनी गोद में लेकर सहलाने लगी किन्तु बालक की स्थिति बिगड़ती ही जा रही थी। कुछ देर में ही बालक की साँसें रुक गयीं। शूर्पणखा दहाड़ मारकर रो पड़ी।

शाम्भरी की मृत्यु को कई दिन बीत चुके थे। रो-रोकर शूर्पणखा की आँखों के आँसू सूख चुके थे। वह पुनः अवसादग्रस्त लगने लगी थी। तभी एक दिन कुम्भीनसी वहाँ आ पहुँची। कुम्भीनसी को देखकर शूर्पणखा सुखद आश्चर्य से भर उठी। दोनों ने एक-दूसरे को गले से लगाया और फिर शूर्पणखा उसका हाथ पकड़कर घर के भीतर ले गयी।

"कब आयी कुम्भीनसी!" शूर्पणखा ने पूछा

"बस अभी आ ही तो रही हूँ।"

"कैसे आ पायी इतनी दूर?"

"मधुपुरी से तो रथ पर चली थी।"

"फिर?"

" किन्तु यहाँ से कुछ दूरी पर मैंने रथ छोड़ दिया।"

"क्यों?"

"मैं नहीं चाहती थी मेरा यहाँ आना कोई समाचार बने इसीलिए।"

इसके बाद कुछ शिष्टाचार की बातें हुईं। शूर्पणखा ने कुम्भीनसी के लिए

कुछ अल्पाहार का प्रबन्ध किया और फिर दोनों एक साथ बैठीं तो कुम्भीनसी ने पूछा,

"तू सुखी तो है शूर्पणखा?"

"सुख क्या होता है कुम्भीनसी?"

"क्यों ऐसा क्यों कहती है तू; तेरा इतना बड़ा साम्राज्य है, खर और दूषण जैसे वीर तेरी सेवा में हैं, फिर भी तू कह रही है सुख क्या होता है।"

"विवाह के बाद मात्र कुछ ही दिनों में जो विधवा हो गयी हो, जिसका नवजात शिशु वैद्य न मिल पाने के कारण बिना समुचित इलाज के मर गया हो वह सुखी होगी यह कल्पना भी व्यंग्य ही तो है।"

"तू सच कहती है बहन।"

"मुझे रावण का दिया यह साम्राज्य नहीं चाहिए था; सोच यदि रावण मेरे पति को व्यर्थ ही मेरे घर में घुसकर न मारता तो आज मैं अपने पति और पुत्र के साथ कालिकेयों के उस द्वीप में कितने सुख से रह रही होती। उसने पहले मेरे पति को मारा और फिर मुझे रहने के लिये इस वन में भेज दिया, जहाँ एक अच्छे वैद्य के अभाव में मेरा नन्हा-सा शिशु भी मर गया... क्या करूँ मैं इस जंगल का, ओढ़ूँ या बिछाऊँ?"

कुम्भीनसी क्या कहती वह बस शूर्पणखा का मुख निहारती रही। कुछ समय बाद शूर्पणखा ने कहा,

"क्षमा करना बहन, अपने दुःख के आवेग में मैं तुम्हारा हाल पूछना ही भूल गयी।"

"विधाता ने हमारा भाग्य एक ही कलम से लिखा है शूर्पणखा।"

"अर्थात्?"

"मैं मधु नामक दैत्य को चाहने लगी थी किन्तु वह दैत्य था राक्षस नहीं, इस कारण मैं जानती थी कि रावण उससे मेरा विवाह करने को तैयार नहीं होगा, बिलकुल वेसे ही जैसे कालिकेय होने के कारण विद्युज्जिह्व से तेरा विवाह करने को वह तैयार नहीं था।"

" ठीक कहती है।"

"तो इस कारण मधु ने मेरा अपहरण करने की ठानी। जिस समय रावण वहाँ नहीं था, मेघनाद यज्ञ में बैठा हुआ था और विभीषण तपस्या में लीन था,

उसी समय मधु ने मेरा अपहरण कर लिया। हम चले ही थे कि राक्षसों ने हमें घेर लिया किन्तु मधु उनसे युद्ध करते हुए मुझे ले जाने सफल हो गया।

सुमाली ने इसे राक्षस कुल का अपमान समझा और रावण के आने पर उसे मधु के विरुद्ध भड़काया। यद्यपि मधु मेरे साथ शान्ति से रहने के लिये अपना राज्य छोड़कर उससे बहुत दूर मधुपुर नाम से एक नयी बस्ती बनाकर रहने लगा था किन्तु रावण वहाँ भी सेना लेकर आ धमका।

"हाँ इन बातों का मुझे कुछ तो अनुमान है, किन्तु अब तू इस हालत में यहाँ कैसे आयी है और मधु का क्या हुआ?"

"रावण ने पहले उसे राक्षस-धर्म में दीक्षित किया फिर मेरे बहुत रोने-गिड़गिड़ाने पर भी उसे अपने साथ पकड़ ले गया। इसके बाद क्या होना था, कहीं किसी युद्ध में उसके प्राण चले गये होंगे। मुझे केवल यह समाचार मिला कि वह युद्ध में मारा गया है; कहाँ, कैसे और किस युद्ध में, यह भी पता नहीं।"

"ओह!"

"रावण को उसके प्राण लेने थे; सीधे नहीं लिये तो किसी और तरीके से सही।"

"ये कैसा दुर्भाग्य है कुम्भीनसी, हम दोनों ही बहनें अपने भाई के कारण ही वैधव्य को भोगने पर विवश हैं।"

कुम्भीनसी को दण्डकवन में शूर्पणखा के साथ रहते हुए कई दिन बीत चुके थे। दोनों के मन रावण के प्रति बहुत अधिक क्रोध से भरे हुए थे। एक सन्ध्या को जब शूर्पणखा नेत्र बन्द किये दीवार से टिकी सुस्त-सी बैठी थी तभी कुम्भीनसी ने कहा,

"अच्छा शूर्पणखा, एक बात बता!"

"क्या?"

"तेरे मन में कभी रावण को लेकर क्रोध उपजता है क्या?"

"बहुत।"

"फिर भीतर ही भीतर कुढ़ती रहती है, ठीक है न!"

"और कर भी क्या सकती हूँ?"

"कभी प्रतिशोध लेने की बात मन में नहीं आयी?"

"किससे? रावण से?"

"हाँ"

"कभी-कभी लगता है कि जैसे उसने अपने परुश को विद्युज्जिह्व पर फेंककर उसे मृत्यु की ओर ढकेल दिया था वैसे ही मैं भी कोई अस्त्र या शस्त्र उस पर फेंक कर उस रावण को इसकी सजा दूँ, किन्तु कहाँ सम्भव है।"

"यह भले ही सम्भव न हो किन्तु उसे सजा देने के कुछ अन्य उपाय भी तो हो सकते हैं।"

"क्या?"

"कभी मिलकर सोचेंगे, किन्तु तू अपने को कमजोर मत समझ शूर्पणखा; स्त्री यदि अपने पर आ जाए तो काली हो जाती है।"

"कैसे?"

"देख! तेरी और मेरी दोनों की पीड़ाएँ एक ही हैं।"

"हाँ।"

"और बल्कि तेरी पीड़ा तो अधिक गहरी है; मेरा पति मुझसे छीना अवश्य गया, पर युद्ध में मारा गया, किन्तु तेरा पति तो तेरी आँखों के सामने ही मारा गया है।"

"हाँ" शूर्पणखा के स्वर में बहुत अधिक पीड़ा थी।

"और फिर तेरा नवजात शिशु; यदि रावण तुझे लंका में ही रहने देता, दण्डकवन का साम्राज्य देने के बहाने तुझे लंका से इतनी दूर इस वन में न भेजता और उसे समय पर उचित उपचार मिल जाता तो सम्भवतः आज तेरा पुत्र जीवित होता।"

शूर्पणखा रोने लगी।

कुम्भीनसी उसे चुप कराने लगी।

"कुम्भीनसी! पता है?" थोड़ा शान्त होने पर शूर्पणखा ने कहा।

"क्या?"

"रात्रि में कई बार स्वप्न में मुझे विद्युज्जिह्व की भूमि पर पड़ी हुई रक्त-रंजित

देह दिखाई पड़ती है, कभी अपना मृत शिशु और कभी-कभी रक्त से सना एक भयानक हाथ अपनी ओर बढ़ता दिखाई देता है और भय से काँपकर मैं जाग जाती हूँ।''

''अरे!'' कहकर कुम्भनसी ने शूर्पणखा का हाथ थाम लिया।

''और पता है कुम्भीनसी, मुझे स्वप्न में ही लगता है कि यह हाथ रावण का है।''

कुम्भीनसी क्या कहती किन्तु शूर्पणखा ने फिर कहा,

''मेरा कुछ भी करने का मन नहीं करता। रावण ने मेरा पति छीन लिया और मुझे यह विशाल वन दे दिया; मुझे क्या करना है इस वन का और फिर असली स्वामी तो यहाँ का भी रावण ही है, मैं इसकी स्वामिनी हूँ यह मात्र एक भ्रम ही तो है।''

''किन्तु शूर्पणखा तू अवसाद की स्थिति में है पहले इससे बाहर आ।''

''हाँ मुझे भी ऐसा लगता है; शाम्भरी के जन्म के बाद यह कम हुआ था पर अब पुनः बढ़ गया है, मैं भी इससे बाहर आना चाहती हूँ किन्तु कैसे?''

''मेरी बात मानेगी?''

''हाँ।''

''तो कल प्रातःकाल हम कहीं टहलने चलेंगे।''

''उससे यह अवसाद दूर हो जायेगा?''

''यहाँ से बाहर निकलेंगे तो कुछ तो अन्तर पड़ेगा ही।''

''ठीक है।'' शूर्पणखा ने कहा।

आज शूर्पणखा और कुम्भीनसी चलते हुए प्राकृतिक सौन्दर्य से भरे इस स्थान पर आयी थीं। भोर हुई ही थी। धीमी-धीमी बहती शीतल हवा हलकी ठण्ड की अनुभूति दे रही थी। पेड़-पौधे शान्त शान्त खड़े थे यद्यपि उनकी पत्तियाँ हवा के झोकों से हलके-हलके हिल रही थीं। कुछ पक्षी डैने फैलाये आकाश में खेलकूद करते हुए आवाजें कर रहे थे। ओस में भीगी हुई घास पैरों को गीला कर

रही थी।

किसी बड़े गुलाब की पंखुड़ी के सिरे-सा सूर्य झाँकने लगा था। एक संगीतमय मौन पसरा हुआ था जो कानों से नहीं हृदय से सुना जा सकता था। एक नया दिन, कुछ नयी सम्भावनाएँ और जीवन का एक नया पृष्ठ सामने था। प्रकृति से ऊर्जा का निरन्तर प्रवाह तन और मन दोनों को भर रहा था।

"आओ चलते-चलते सामने फैले नीले आकाश को देखते हैं, हवा के स्पर्श और पैरों के नीचे की कोमल और भीगी घास के अनुभव में डूबते हैं," कुम्भीनसी ने शूर्पणखा से कहा।

"ठीक है।" शूर्पणखा ने कहा और दोनों बहुत धीरे-धीरे उस घास पर टहलने लगीं।

"अच्छा लग रहा है न!" कुछ देर बाद कुम्भीनसी ने पूछा

"हाँ बहुत अच्छा।" शूर्पणखा ने उत्तर दिया।

"चल तितलियाँ पकड़ते हैं।"

"नहीं उन्हें कष्ट होगा।"

"अच्छा तो चल मैं भागती हूँ तू मुझे छूकर दिखा।"

शूर्पणखा हँस पड़ी।

"हम बच्चियाँ हैं क्या?"

"थोड़ी देर के लिये बच्ची बन जाने में अनुचित भी क्या है, फिर यहाँ तो दूर-दूर तक कोई है भी नहीं।" कहकर कुम्भीनसी थोड़ा-सा दौड़कर कुछ दूर गयी और बोली,

"आ पकड़।"

शूर्पणखा थोड़ा-सा ही भागी, फिर हँसकर रुक गयी, किन्तु दो एक बार के बाद कुम्भीनसी को शूर्पणखा को दौड़ाने के अपने प्रयास में सफलता मिल ही गयी। उनका यह दौड़भाग का खेल चल निकला। इस बीच दोनों ही बहुत हँसती भी रहीं।

कुछ देर बाद दोनों थककर बैठीं तो शूर्पणखा ने कहा,

"थक गये किन्तु अच्छा बहुत लगा।"

"यह बता तू कितने दिनों बाद इतना खुलकर हँसी है।"

"बचपन में जब पिता के आश्रम में खेला करती थी, उसके बाद से कब इतना हँसी हूँ पता नहीं।"

"मैं भी शूर्पणखा पता नहीं कितने दिनों बाद इतना हँसी हूँ।"

"कल से हम रोज सुबह यहाँ आया करेंगे।"

"ठीक है, साथ ही सन्ध्या को भी हम टहलने चला करेंगे।"

"कहाँ?"

"कहीं भी।"

इसके बाद सुबह की यह भागदौड़ और सन्ध्या का टहलना उनकी दिनचर्या बन गयी। एक सन्ध्या जब वे टहलते-टहलते एक वृक्ष के नीचे बैठी थीं तो कुम्भीनसी ने कहा,

"शूर्पणखा! तुझे गाना आता है?"

शूर्पणखा फीकी-सी हँसी हँसी, बोली,

"बचपन में कभी माँ ने सिखाया तो था।"

"तो सुना।"

"अब?"

"हाँ अब और अभी।"

"कितना समय बीत चुका है उसे कुम्भीनसी, अब तो ठीक से स्मरण भी नहीं है।"

"जैसा भी स्मरण हो वैसा ही सही, पर सुना।"

"तू भी साथ में गाएगी?"

"मुझे तो गाना बिलकुल भी नहीं आता।"

"देख तू भी साथ में गायेगी तब तो मैं गाऊँगी अन्यथा नहीं।"

"अच्छा चल शुरू कर।"

इसके बाद दोनों ने मिलकर एक बहुत पुराना गीत गाना प्रारम्भ किया। गाते समय शूर्पणखा का स्वर बहुत दबा हुआ था और कुम्भीनसी का स्वर बहुत खुला हुआ था। कुम्भीनसी उससे भी जोर से गाने का आग्रह करने लगी। उसके कई बार कहने पर शूर्पणखा ने कुछ आवाज तेज तो की किन्तु कुम्भीनसी उससे सन्तुष्ट नहीं हुई।

दूसरे दिन पुनः जब दोनों उसी स्थान पर पहुँचीं और गाने की बात आयी तो कुम्भनसी ने कहा,

"शूर्पणखा देख कल तू बहुत धीमे स्वर में गा रही थी, किन्तु कल तो पहला ही दिन था इसलिए चल गया पर आज इतना धीमा स्वर नहीं चलेगा; तू खुलकर क्यों नहीं गाती?"

"पहले अवश्य मेरा स्वर दबा हुआ था किन्तु बाद में तो मैं कितना खुलकर गा रही थी।

"थोड़ा और तेज नहीं हो सकती?"

"और कितना तेज, बिलकुल गला फाड़ स्वर में क्या?"

"गला फाड़ स्वर में नहीं, पर तू जानती है मैं ऐसा क्यों कह रही हूँ?"

"नहीं, तूने बताया ही नहीं।"

"तेज स्वर में गाना, जोर से हँसना और कसकर मुस्कराना भले यह सब बनावटी हो किन्तु तनाव बहुत दूर करता है।

"अच्छा! तो चल शुरू करते हैं।" शूर्पणखा ने कहा।

इसके बाद दोनों ने इसे प्रयास पूर्वक अपनी दिनचर्या का भाग बना लिया।

कुम्भीनसी जब आयी थी तब थोड़े बहुत अवसाद में वह भी रहती थी किन्तु इस दिनचर्या के बाद दोनों ही अवसाद से बाहर आने लगीं।

एक सन्ध्या जब वे टहलकर लौटीं तो कुम्भीनसी ने कहा,

"शूर्पणखा!"

"हाँ।"

"रावण ने हमारे साथ जो किया, स्मरण है न!"

"वह भी कभी भूल सकती हूँ क्या।" शूर्पणखा ने एक ठण्ढी साँस भरकर कहा।

"उसे अपने बल का बहुत घमण्ड है न।"

"हाँ बहुत अधिक।"

"हमें उसका यह घमण्ड तोड़ना है।"

"किन्तु हम यह कैसे कर पाएँगे?"

"धैर्य रख, हम लोग मिलकर सोचेंगे तो सम्भवतः कोई न कोई मार्ग निकल ही आएगा।

दण्डकवन के उत्तर में अयोध्या का राज्य था। वहाँ के राजकुमार राम, अपनी पत्नी सीता और भाई लक्ष्मण के साथ इस समय दण्डकवन के पंचवटी नामक स्थान पर निवास कर रहे थे। उनके पौरुष की बहुत-सी कथाएँ दूर-दूर तक फैली हुई थीं। सती अनुसुइया और शिव के धनुष को भंग करने के प्रकरण ने उनकी कीर्ति में अलौकिकता के आयाम भी जोड़ दिये थे।

दण्डकारण्य आने के बाद से कुम्भीनसी वहीं रह रही थी। कुम्भीनसी ने भी राम और लक्ष्मण के पौरुष के सम्बन्ध में ये बातें सुन रखी थीं। इन बातों के कारण वह इस निष्कर्ष पर पहुँची कि राम और रावण का युद्ध हुआ तो राम अवश्य ही रावण पर भारी पड़ेंगे। उसने शूर्पणखा से इस सम्बन्ध में बात करने का मन बनाया और एक दिन जब शूर्पणखा उदास बैठी थी, कुम्भीनसी उसके पास गयी, बोली,

"शूर्पणखा!"

"हाँ।" शूर्पणखा ने कहा।

"राम, सीता और लक्ष्मण यहीं पास में पंचवटी में ही ठहरे हुए हैं।"

"हाँ तो।"

"तुझे यह नहीं लगता कि वे हमारे काम के हो सकते हैं।"

"किस काम के?"

"रावण के घमण्ड को तोड़ने के।"

"किन्तु कैसे? क्या हम उनसे सहायता की याचना करें?"

"नहीं इसकी आवश्यकता भी नहीं है और यह उचित भी नहीं होगा।"

"फिर।"

"हमें कुछ और सोचना होगा।"

"क्या?"

"पहले तो तू पूरी तरह निश्चय कर ले कि हमें रावण का घमण्ड तोड़ना ही है।"

"हाँ मैं निश्चय कर चुकी हूँ।"

"तो फिर हमें क्या करना है यह तू भी सोच और मैं भी सोचती हूँ।"

"किन्तु क्या यह सचमुच सम्भव है कुम्भीनसी?"

"असम्भव तो कुछ भी नहीं है।"

"तूने कुछ सोचा है क्या?"

"हाँ सोचा तो है।"

"तो कहती क्यों नहीं?"

"पर देख यह बात यदि हमारे अतिरिक्त तीसरे व्यक्ति तक किसी भी रूप में गयी तो रावण हमारा क्या करेगा यह कल्पना बहुत मुश्किल नहीं होगी।"

"वह हमें मार ही तो डालेगा, मरे हुए तो हम वैसे भी हैं।"

"छोड़ वह बात, मेरी बात सुन, समझ और फिर अपनी राय दे।"

इसके बाद दोनों सिर जोड़कर आपस में बहुत देर तक कुछ सलाह करती रहीं।

9

धूप भी छाँव भी

मय दानव मन्दोदरी का पिता था। मन्दोदरी की माँ हेमा नामक अप्सरा थी जो मन्दोदरी के जन्म के बाद इन्द्रद्युम्न नामक वारुणेय के पास चली गयी थी। मय, हेमा के इस कृत्य से दुःखी था और मन्दोदरी का पाणिग्रहण करते समय रावण ने हेमा को इन्द्रद्युम्न से छीनकर लाने का उसे वचन दिया था।

हेमा, इन्द्रद्युम्न के साथ देवलोक के अति सुन्दर और सम्पन्न नगर में रहती थी। रावण ने अपनी सेना लेकर उस पर आक्रमण किया। वारुणेयों को परास्त किया और हेमा को बन्दी बनाकर मय के सम्मुख प्रस्तुत कर दिया। सबको आशा थी कि मय, हेमा को दण्डित करेगा, किन्तु मय उसके सौन्दर्य पर मुग्ध था। वह पत्नी हेमा को वापस पाकर निहाल हो उठा और इस खुशी में एक विशाल आयोजन किया जिसमें बहुत से दानवों, दैत्यों और राक्षसों ने भाग लिया।

उस समारोह में रावण का प्रताप सिर चढ़ कर बोल रहा था। इस अवसर पर उसके मन में स्थान पाने के लिये बहुत से दानवों ने उसके साथ विवाह करके उसे अपनी कन्याएँ भेंट की। उस समय विभिन्न राजाओं और सरदारों द्वारा रावण को अपनी कन्याएँ भेंट करने की होड़ मची हुई थी। इसके पीछे उनके क्षुद्र राजनीतिक स्वार्थ ही थे। इस काल में रावण ने बहुत सी स्वर्णिम रातें बितायीं। उसे इतना स्वर्ण, रत्न और अन्य उपहार मिले कि उन्हें हाथियों पर लाद कर लाया गया।

इस विजय के बाद रावण का मनोबल बहुत बढ़ गया और वहाँ से लौटकर उसने देवताओं के राजा इन्द्र पर आक्रमण करने का मन बनाया और एक बड़ी सेना लेकर इन्द्र की राजधानी अमरावती की ओर बढ़ चला। इस युद्ध में उसका नाना सुमाली तो साथ था ही, उसका पुत्र मेघनाद भी साथ में था। मेघनाद उस समय तक बहुत अधिक रण-कौशल प्राप्त कर चुका था, किन्तु किसी बड़े युद्ध

की समर-भूमि में उसका यह प्रथम पदार्पण था। वास्तव में रावण उसे अपने साथ रखकर इस तरह के युद्धों में भी निपुण बनाना चाहता था।

रावण ने उसे एक सफेद घोड़े जिसके मस्तक पर तिलक के समान एक बड़ा-सा काला निशान था, से युक्त रथ दिया। उसके रथ के सारथी के रूप में उसने एक युद्ध करने और रथ हाँकने दोनों में अति कुशल सारण नाम के योद्धा को नियुक्त किया और फिर मेघनाद से बोला,

"पुत्र! अब आज तू अपने रण-कौशल का परिचय दे, हम सभी तेरे नेतृत्व में युद्ध करेंगे।"

"पिताश्री, नेतृत्व तो सदैव आपका ही रहेगा किन्तु आपने मुझे आगे बढ़कर युद्ध करने का अवसर दिया है तो अब बस मेरा युद्ध कौशल देखें और प्रतीक्षा करें, मैं शीघ्र ही इन्द्र को बाँधकर आपके सम्मुख उपस्थित करता हूँ।"

मेघनाद रथ पर सवार हुआ तो सारण ने तीर की भाँति उसे अमरावती में प्रवेश कराया। उसके पीछे रावण, सुमाली, सुमाली के पुत्र और उनके साथ एक बड़ी राक्षस सेना भी थी। अमरावती में इस अचानक हमले से हड़कम्प मच गया किन्तु शीघ्र ही देवता सँभल गये और रावण के पुत्र मेघनाद को आगे देखकर इन्द्र ने अपने पुत्र जयन्त को मातिल नाम के योद्धा को उसका सारथी बना कर युद्ध में उतार दिया।

दोनों योद्धाओं और दोनों ओर की सेना के मध्य भयंकर युद्ध प्रारम्भ हो गया। अमरावती का आसमान मानों तीरों से ढँक सा गया था। जयन्त ने मेघनाद के सारथी सारण को अपने तीरों की मार से इतना व्याकुल कर दिया कि सारण रथ से अपना नियंत्रण खोने लगा। अब मेघनाद ने सारण से अपना रथ देवताओं के मध्य दौड़ाने का आदेश दिया और स्वयं दौड़ते हुए रथ से चारों ओर तीरों की भयंकर वर्षा करने लगा। देवता भ्रमित और व्याकुल हो गये। युद्ध की दिशा और दशा दोनों परिवर्तित हो गयी। देवताओं के पक्ष में भगदड़ मच गयी।

इसके बाद मेघनाद पुनः जयन्त के सामने आया और उस पर प्राणान्तक प्रहार करने लगा। जयन्त शिथिल हो गया और उसका सारथी मातिल भी। यह देखकर जयन्त के नाना पुलोमा ने जयन्त को अपने रथ पर खींचकर बिठाया और उसे युद्ध-स्थल से भगा ले गया।

अब देवताओं की ओर से स्वयं इन्द्र ने युद्ध की कमान सँभाल ली और राक्षसों की ओर से रावण उससे भिड़ने के लिये आ गया। इस युद्ध में पुनः

देवता, राक्षसों पर भारी पड़ने लगे। उन्होंने रावण को घेर लिया। रावण इससे बुरी तरह त्रस्त हो गया। यह देखकर सुमाली और उसके पुत्र रावण की सहायता के लिये आगे आये। देवताओं के दो योद्धाओं ने आगे आकर उनसे मोर्चा सँभाल लिया। वृद्ध सुमाली मारा गया और उसके पुत्र उन योद्धाओं का सामना नहीं कर सके, पीछे हट गये।

रावण का भाई कुम्भकर्ण यह देखकर दौड़ा और शस्त्र भूलकर देवताओं को अपने हाथों और पैरों के प्रहार से विकल करने लगा। किन्तु शस्त्रहीन कुम्भकर्ण के इस युद्ध का देवताओं पर कोई विशेष प्रभाव नहीं पड़ा। मेघनाद ने यह देखा तो पिता की सहायता करने आगे आ गया। उसकी भयंकर बाण-वर्षा से देवता शिथिल होकर पीछे हटने लगे। इन्द्र कुछ समय के लिये अकेले हो गये, तभी मेघनाद ने अपने तीरों से इन्द्र के धनुष की डोरी काट दी। इन्द्र अस्त्र-विहीन हो गये और इस बीच मेघनाद दौड़कर इन्द्र के रथ पर चढ़ गया। कुम्भकर्ण भी दौड़कर मेघनाद की सहायता के लिये आगे आया। उसने इन्द्र को अपनी भुजाओं में जकड़ लिया और मेघनाद ने इन्द्र को बन्धनों से जकड़कर बन्दी बना लिया। इन्द्र के बन्दी होते ही देवताओं में एक बार फिर भगदड़ मच गयी।

रावण युद्ध में जीत गया। अमरावती को बुरी तरह लूटा गया। उसने और उसकी सेना ने निर्दयतापूर्वक अमरावती की स्त्रियों के साथ अनाचार ही नहीं किया, रावण उन्हें बन्दी बनाकर अपने साथ लंका ले गया। लंका में रावण का तुमुल हर्ष-ध्वनि, बाजों और नगाड़ों के साथ स्वागत हुआ। इस जीत की खुशी में विशाल उत्सव का आयोजन किया गया और रावण ने मेघनाद को इन्द्रजित की उपाधि से सम्मानित किया।

देवताओं पर रावण की विजय का यह समाचार दण्डकवन में रह रही सूर्पणखा और कुम्भीनसी तक भी पहुँचने में देर नहीं लगी। रावण ने अपनी विजय के इस समारोह में उन्हें भी बुलाया। वहाँ से दोनों जब लौटकर आयीं तो कुम्भीनसी ने कहा,

"शूर्पणखा देवताओं पर अपनी इस विजय से रावण का घमण्ड निश्चित ही बहुत बढ़ गया होगा।

"हाँ।"

"और यह घमण्ड की अति ही बहुत बार व्यक्तियों को ऊँचाई से रसातल तक ले जाने का कारण भी बनती है।

"हाँ।"

"रावण की इस विजय पर वह भी खुश होगा और मैं भी। वह इसलिए खुश है कि उसने एक बहुत बड़ी विजय प्राप्त की है और मैं इसीलिए कि वह घमण्ड से थोड़ा और अधिक फूल गया होगा।"

कुम्भीनसी की इस बात पर शूर्पणखा को हँसी आ गयी।

"कैसी बातें करती है कुम्भीनसी तू भी।"

"कुछ गलत कह रही हूँ क्या?"

"किन्तु घमण्ड का यह गुब्बारा पता नहीं कब फूटेगा।"

"इसके लिए प्रतीक्षा भी करनी पड़ेगी और उपाय भी।"

"प्रतीक्षा की बात तो मैं समझी किन्तु उपाय की बात तो स्पष्ट नहीं है।"

"देख हम सीधे तौर पर तो इसका कुछ भी बिगाड़ नहीं सकते, किन्तु समय आने पर कुछ न कुछ तो ऐसा उपाय भी सामने आ ही जाएगा जो इस गुब्बारे के फूटने में उत्प्रेरक का कार्य तो कर ही सके।"

"सच कहती है।"

"अच्छा एक बात और।"

"क्या?"

"वैसे तो सुमाली तेरा सगा नाना था और रिश्ते में तो मेरा भी, किन्तु..."

"किन्तु क्या?"

"सच तो यह है वह बहुत कुटिल व्यक्ति था।"

"इस बात को मुझसे अधिक और कौन जानता है कुम्भीनसी। उसने कितनी कम उम्र में ही अपनी बेटी, मेरी माँ कैकसी को कुबेर को हराने का मोहरा बना लिया था।"

"जानती हूँ शूर्पणखा।"

"मेरी माँ ने कैसे यह अत्याचार सहा और कैसे अपना सारा जीवन पीड़ाओं की देहरी पर काटा यह सोचकर आज भी मेरी आँखें भर आती हैं।"

"समझ सकती हूँ मैं।"

"और जैसे इतना की पर्याप्त नहीं था। इस रावण के जन्म के समय ही निर्लज्जतापूर्वक अपने ग्यारह पुत्रों के साथ यह सुमाली स्वयं भी वहीं आकर बस गया। कभी-कभी अपने स्वार्थ में अन्धा होकर व्यक्ति कितना नीचे गिर सकता है, मेरा नाना उसका एक ज्वलन्त उदाहरण है।"

"तू ठीक ही कहती है शूर्पणखा।"

"तूने मेरी दुखती रग को छेड़ दिया है कुम्भीनसी, इसका सारा जीवन कुटिलताओं की कहानी मात्र ही तो है।"

"छोड़ शूर्पणखा इन बातों को, अब तो वह मर भी चुका है।"

"ठीक हुआ और मैं चाहती हूँ कि उसे नर्क में भी ठौर न मिले।"

"उसके प्रति इतनी कडुआहट है तेरे मन में।"

"इस रावण को दुष्टता के मार्ग पर इसी ने ढकेला और फिर तो इस रावण के इस तरह के घृणित कर्मों की सूची बहुत लम्बी होती गयी। कुम्भीनसी, वो फिर कभी जब समय होगा तब बताऊँगी, अभी देख इसने अमरावती पर विजय प्राप्त की, इन्द्र को बन्दी बनाया, पर वहाँ की स्त्रियों से इसकी क्या शत्रुता थी। उनके साथ अनाचार और उन्हें निर्दयतापूर्वक भेड़-बकरियों की तरह पकड़कर ले आना यह बताता है कि यह निरा पशु ही हैं, किन्तु हम लोगों ने जो कुछ भुगता है और कुछ हम अभी भुगत रहे हैं उसका प्रत्यक्ष कारण भले ही रावण हो किन्तु इस सबके पीछे इस सुमाली का कुटिल मस्तिष्क तो था ही इसमें कोई सन्देह नहीं है।

"शूर्पणखा, इस सुमाली की मृत्यु से इस धरती का बोझ कुछ तो हलका हुआ ही होगा।"

"हाँ और जिस दिन यह रावण भी जाएगा, उस दिन धरती सचमुच सुख की साँस लेगी।"

हैहय एक प्रतापी राजवंश था और काशी से खम्बात की खाड़ी तक तथा मथुरा से नर्मदा तक अर्थात् लगभग पूरे मध्य भारत में उसका साम्राज्य फैला हुआ था। इस समय अर्जुन चक्रवर्ती नाम का राजा उस पर राज्य कर रहा था। वह

बुद्धिमान होने के साथ ही बहुत वीर भी था।

हैहयों ने नर्मदा के किनारे महिष्मती नामक नगरी को अपनी राजधानी बना रखा था जिसे उनके पूर्वज माहिष्मत ने बसाया था। नर्मदा एक बहुत विशाल नदी थी और सम्पूर्ण भारत से इस के जलमार्ग का उपयोग करके व्यापारी वहाँ आते थे। इस प्रकार वह व्यापार का एक प्रमुख केन्द्र भी बनी हुई थी और इस कारण स्वाभाविक ही यह एक समृद्ध नगरी थी। इस अर्जुन चक्रवर्ती के पास उस समय को देखते हुए एक विशाल नौसेना भी थी जो इस जल मार्ग से आने-जाने वालों पर दृष्टि भी रखती थी और उन पर नियंत्रण भी।

रावण ने जब दण्डकारण्य पर अधिकार किया तो पूरे दण्डकवन में जगह-जगह सैनिक ठिकानों की स्थापना भी की। इन्हीं ठिकानों में से एक नर्मदा के तट पर भी था।

एक बार रावण जब इसी सैन्य ठिकाने पर आया हुआ था उसे समाचार मिला कि अर्जुन चक्रवर्ती महिष्मती में ही है और अनेक स्त्रियों के साथ विहार कर रहा है। रावण बहुत समय से इस राज्य पर दृष्टि गड़ाये हुए था। इस समाचार के मिलने के बाद रावण के दल में खुशी की लहर दौड़ गयी।

''हमें अवसर का लाभ उठाना चाहिए चक्रवर्ती इस समय असावधान होगा।'' रावण के मंत्रियों ने उससे कहा।

''हाँ सम्भावना तो यही है।'' रावण ने कहा।

''यदि इस समय हम उस पर आक्रमण कर दें तो सहजता से ही इस पर विजय प्राप्त कर लेंगे।''

''क्या यह उचित होगा?''

''यह हम राक्षसों और हमारे राक्षस-धर्म के हित में तो होगा ही।''

''मुझे लगता है कि पहले हम चक्रवर्ती से वार्ता करके देख लें, हो सकता है कि वह राक्षस-धर्म को स्वीकार कर ले। यदि ऐसा हो गया तो एक तरह से यह बिना लड़े ही उस पर विजय प्राप्त करने जैसा होगा।''

''क्या हम उस तक कोई सन्देश-वाहक भेजेंगे?''

''नहीं चूँकि यह उसकी प्रतिष्ठा के अनुकूल नहीं होगा, अतः इस प्रयास की सफलता की बिलकुल भी आशा नहीं करनी चाहिए।

''फिर?''

“इस राक्षस-धर्म का प्रवर्तक मैं स्वयं हूँ अतः मैं स्वयं उसके पास जाऊँगा।”

“अकेले?”

“हाँ यह प्रश्न विचारणीय है।” रावण ने कहा। उसके बाद रावण और उसके मन्त्रियों में मन्त्रणा हुई और उसके अनुसार निश्चय किया गया कि रावण ऋषि विश्रवा का पुत्र है अतः वह स्वयं एक ऋषि की वेशभूषा में ही अर्जुन चक्रवर्ती के पास जाएगा, किन्तु किसी भी अप्रिय स्थिति से निपटने के लिये उसकी सेना के लोग व्यापारियों के वेष में नर्मदा को पार कर वहाँ आस-पास ही उपस्थित रहेंगे।

तय की हुई योजना के अनुकूल ही रावण ऋषि की वेशभूषा बनाकर किन्तु कन्धे पर परुश लेकर वहाँ पहुँचा जहाँ चक्रवर्ती था। ‘महर्षि विश्रवा का पुत्र पौलस्त्य रावण आपसे मिलना चाहता है’ रावण ने यह सन्देश उसे भिजवाया। पौलस्त्य रावण का कुल था। चक्रवर्ती ने उसे सादर बुलवाया। रावण उसके सम्मुख पहुँचा तो चक्रवर्ती ने उसका स्वागत करते हुए उचित आसन प्रदान किया।

“हे विश्रवा पुत्र पौलस्त्य रावण आपका स्वागत है!” चक्रवर्ती ने उससे कहा।

“मैं मित्रता का सन्देश लेकर आया हूँ।”

“क्या मात्र मित्रता ही आपके आने का उद्देश्य है?”

“हाँ।”

“तो कहें मैं आपका क्या प्रिय करूँ?”

“मैंने राक्षस-धर्म का प्रतिपादन किया है।”

“अच्छा है, किन्तु इसका उद्देश्य क्या है?”

“मैं चाहता हूँ कि सभी एक ही धर्म को मानने वाले हों और समाज से विभिन्न वर्गों का भेद समाप्त हो।”

“किन्तु जिसका अपने धर्म पर पूर्ण विश्वास हो और साथ ही वह अपने धर्म में पूर्ण सन्तुष्ट भी हो, वह अपना धर्म क्यों बदले।”

चक्रवर्ती की इस बात पर रावण की दृष्टि सहसा ही अपने परुश की ओर गयी। चक्रवर्ती की दृष्टि रावण की ओर ही थी। रावण का परुश की ओर देखना उसके संज्ञान में आ गया। उसकी भृकुटि पल भर को सिमटी और फिर होंठो पर

हलकी-सी हँसी तैर गयी।

"कहीं तुम ऐसा तो नहीं चाहते कि विश्व में बस एक ही संस्कृति रहे।"

"हाँ मैं यही चाहता हूँ ताकि यह मेरी संस्कृति है यह तेरी, ये झगड़े समाप्त हों।"

"तुम्हें लगता है एक ही धर्म और एक ही संस्कृति होने से सारे झगड़े समाप्त हो जाएँगे।"

"बहुत कम तो हो ही जाएँगे।"

"एक ही धर्म और एक ही संस्कृति वालों के मध्य झगड़े नहीं रह जाते क्या?"

"कम तो हो ही जाएँगे।"

"भ्रम है तुम्हारा; झगड़ों में धर्म और संस्कृति का नाम ही होता है पर उनकी जड़ में कहीं न कहीं स्वार्थ ही होता है, किन्तु क्या तुम सचमुच सबको एक जैसा बना देना चाहता हो।"

"हाँ।"

"तो रावण और एक साधारण राक्षस को एक जैसा कब बनाओगे और सारे फल एक से हों, सारे पेड़ों में एक ही फल लगे और एक ही अनाज उत्पन्न हो यह भी सोचकर देखना। सारे पक्षी एक से ही हों और सारे जानवर भी और इस सबके बाद भी बहुत कुछ एक जैसा करने को रह जाएगा, उसके बारे में भी विचार करना।"

"यह सब कुछ परिहास जैसा है और यह तर्क भी मात्र तर्क के लिये है इस व्यर्थ की चर्चा में नहीं पड़ना मुझे।"

"फिर?"

"जो इस राक्षस-धर्म को स्वीकार नहीं करता उसके लिये मेरा यह परुश है।"

"तुम जो कह रहे हो उस पर मुझे बिलकुल भी आश्चर्य नहीं हो रहा है। जब व्यक्ति के पास कहने के लिये कुछ नहीं होता तब वह ऐसा ही करता है जैसा तुम कर रहे हो। तुम परुश लेकर क्यों आये हो यह मैं तभी समझ गया था जब वार्ता के मध्य तुमने साभिप्राय दृष्टि से परुश की ओर देखा था।"

"महिष्मती नरेश यह मत भूलें कि मैं एक विशाल साम्राज्य का अधिपति भी

हूँ। शस्त्र रखना मेरी आवश्यकता है।''

''ठीक है, तो यह ऋषियों जैसे वेष में आने की क्या आवश्यकता थी, नृपों की भाँति आते।''

''आप व्यर्थ की बातों में समय नष्ट न करें।''

''यह व्यर्थ की बात नहीं है किन्तु मैं समझ रहा हूँ कि तुम्हारे पास अब कोई तर्क शेष नहीं हैं।''

चक्रवर्ती की इस बात से रावण क्रोध में आ गया और आसन से उठकर खड़ा हो गया।

''मुझे बातों में बहलाना बन्द करें और स्पष्ट उत्तर दें कि आपको राक्षस-धर्म स्वीकार है या नहीं?''

''मुझे तो इसे स्वीकार करने की कोई आवश्यकता नहीं प्रतीत होती।''

''ऐसी स्थिति में मेरा यह परुश है।''

''वह तुम पहले भी कह चुके हो; मुझे तुम्हारे धर्म की अपेक्षा तुम्हारा परुश स्वीकार करना अधिक श्रेयस्कर लग रहा है।''

''तो कल पुनः इसके साथ आपसे भेंट करूँगा, अनुमति दें।''

''ठीक है।'' अर्जुन चक्रवर्ती ने कहा।

दूसरे दिन नर्मदा के किनारे रावण और चक्रवर्ती की सेना आमने-सामने आ डटीं। चक्रवर्ती रावण की सेना की विशालता देखकर विस्मित रह गया। एक रात्रि में ही नर्मदा पार कर इतनी बड़ी सेना एकत्र करना असम्भव न सही किन्तु बहुत कठिन अवश्य था। अवश्य ही कल जब रावण उनसे मिलने आया था तभी उसकी अधिकांश सेना किसी न किसी रूप में महिष्मती में आ चुकी रही होगी' उसने सोचा। उसे अपने गुप्तचरों पर क्रोध भी आया।

रावण और चक्रवर्ती जब एक-दूसरे के सम्मुख आये तो चक्रवर्ती ने उससे कहा,

''रावण मुझे लगता है तुम्हारी अधिकांश सेना जब तुम मुझसे मिलने आये तब तक महिष्मती में प्रवेश कर चुकी थी।

''हाँ और यह सावधानी मेरे लिए अपेक्षित भी थी।''

''पृष्ठ पर सेना और सामने ऋषि का वेष, क्या यह छल नहीं था और क्या

यह वीरोचित था?''

''लगभग पूरे मध्य भारत के अधिपति के गुप्तचर-तंत्र की इस असावधानी के लिये मैं उत्तरदायी हूँ क्या?''

''ठीक कह रहे हो।'' चक्रवर्ती ने कहा।

इसके बाद युद्ध का उद्‌घोष हुआ। सेनायें भिड़ने लगीं तो रावण ने कहा,

''ठहरो!''

''क्यों? क्या मुझसे राक्षस-धर्म स्वीकार कराने का निश्चय तुम त्याग रहे हो?''

''नहीं।''

''फिर ?''

''मैं सोचता हूँ दोनों ओर के निर्दोष लोग क्यों व्यर्थ ही मारे जाएँ जबकि इस विवाद का निर्णय तो मात्र हम दोनों के मध्य युद्ध से भी हो सकता है।''

''श्लाघ्य है तुम्हारा यह विचार, फिर सेना को रोको हम आपस में ही इसका निर्णय कर लेते हैं।''

इसके बाद दोनों ओर की सेना को रुकने का संकेत कर दोनों ही योद्धा आपस में भिड़ गये। कुछ देर के युद्ध में ही दोनों बुरी तरह घायल हो गये। तभी रावण ने अचानक चक्रवर्ती के सीने पर लात से बहुत तीव्र प्रहार किया। चक्रवर्ती पीड़ा से दोहरा हो गया। रावण पुनः उस पर प्रहार करता इसके पूर्व ही उसने रावण के सिर पर गदा से प्रहार किया। रावण मूर्छित हो गया। चक्रवर्ती ने अपनी भुजा उसकी गरदन में फँसायी और उसे अपने दल में खींच लिया।

रावण के मूर्छित होते ही उसकी सेना में हाहाकार मच गया और गर्व से झूमती चक्रवर्ती की सेना से भिड़ने के स्थान पर उनमें भगदड़ मच गयी।

रावण कैद हो गया है यह समाचार दण्डकारण्य से होता हुआ लंका तक पहुँच गया। राक्षसों में हाहाकार मच गया किन्तु कुछ लोग ऐसे भी थे जो भीतर ही भीतर इस समाचार से प्रसन्न हुए और एक बड़े साम्राज्य में यह सम्भवतः कुछ

अनोखा भी नहीं था। इनमें रावण की बहनें दण्डकारण्य की स्वामिनी शूर्पणखा और उसकी बहन कुम्भीनसी भी थीं।

जिस समय यह समाचार उन्हें मिला शूर्पणखा ने 'ऐह' कहकर हाथ अपनी जाँघों पर मारे। ऐसा लगा जैसे वह खुशी से चीख पड़ना चाहती हो। कुम्भीनसी ने तत्काल उसे रोका।

''क्या करती है शूर्पणखा, स्वयं भी मरेगी और मुझे भी मरवाएगी।''

''अब इस रावण का दर्प चूर-चूर होगा।'' शूर्पणखा ने कहा।

''हाँ किन्तु बस तब तक के लिये जब तक वह चक्रवर्ती की कैद में है; इस कैद से जब भी छूटेगा वह पुनः वही रावण हो जाएगा इसमें कुछ भी सन्देह नहीं है।''

''इतना अपमान सहने के बाद भी?''

''हाँ, क्योंकि इस प्रकृति के लोगों को इस तरह के मान-अपमान से कोई अन्तर नहीं पड़ता।'' कुम्भीनसी ने कहा।

''तू ठीक कह रही है, मुझे स्मरण है, इसने मन्दोदरी की बड़ी बहन मयतनया से उसके पति शम्बर की अनुपस्थिति में जबरदस्ती करने का प्रयास किया था, किन्तु इसके दुर्भाग्य से तभी शम्बर आ गया था। उसने इसकी सारी बहादुरी धो दी और इसे बहुत अधिक पीटने के बाद अन्धे कुएँ में कैद कर दिया था किन्तु वह अपमान भी यह सहज ही भूल गया था।'' शूर्पणखा ने कहा।

-''हमारा भाई मान-अपमान से ऊपर उठकर परम सन्त हो गया लगता है।'' कुम्भीनसी ने तंज किया।

''ऐसा है कुम्भीनसी, हमारा भाई सन्त हो न हो परम तो है ही।

''अर्थात?''

''दुष्ट के साथ परम नहीं जुड़ सकता क्या, जैसे परम दुष्ट।''

कुम्भीनसी जोर से हँस पड़ी।

''देखो अब कब छूट कर आता है।''

''हाँ देखो।'' शूर्पणखा ने कहा।

लंका में रावण के चक्रवर्ती की कैद से छुड़ाने के तरीकों पर विचार हो रहा था। मन्दोदरी ने रावण के मन्त्रियों प्रहस्त, शुक, धूमाक्ष आदि को बुलवाया। सभी मन्दोदरी के सम्मुख उपस्थित हुए तो मन्दोदरी ने पूछा,

"आप लोगों ने राक्षसेन्द्र को छुड़ाने के लिये कोई रणनीति बनाई है क्या?"

"सन्धि ही हमारे पास एक मात्र मार्ग है, बल प्रयोग तो उचित नहीं होगा।"

"नहीं इस स्थिति में बल प्रयोग की बात तो हम सोच भी नहीं सकते।" मन्दोदरी ने कहा, "किन्तु दूसरा जो भी उपाय है उस पर शीघ्रता करने की आवश्यकता है।"

"मातामह माल्यवान हमारे वरिष्ठ हैं, उनके नेतृत्व में बहुमूल्य उपहार आदि लेकर यदि हम चक्रवर्ती के पास जायें तो?" एक मन्त्री ने कहा।

"हाँ, यह उचित रहेगा और मैं चाहती हूँ कि आप लोग बिना विलम्ब किये अति शीघ्र इस कार्य के लिये प्रस्थान करें।"

इसके बाद लंका से एक प्रतिनिधिमण्डल ने बहुत से स्वर्ण, रत्न और उपहार लेकर महिष्मती के लिये प्रस्थान किया। यह प्रतिनिधि मण्डल जब चक्रवर्ती के सम्मुख पहुँचा तो चक्रवर्ती ने उसका स्वागत किया।

"हम अपनी महारानी के आदेश से लंका और महिष्मती के मध्य मित्रता का प्रस्ताव लेकर आये हैं और लंका की ओर से यह स्वर्ण और रत्न उपहार-स्वरूप हैं।"

"महिष्मती को लंका का यह प्रस्ताव सहर्ष स्वीकार है वैसे भी संघर्ष हमने नहीं प्रारम्भ किया था।" चक्रवर्ती ने कहा।

इसके बाद चक्रवर्ती के आदेश से रावण को कारागार से निकालकर राजसभा में लाया गया। रावण की मुख की आभा धूमिल हो चुकी थी।

"आइए राक्षसेन्द्र मैंने तो प्रारम्भ में ही मित्र की भाँति ही आपका स्वागत किया किन्तु युद्ध की अभिलाषा तो आपकी ही थी।"

"हाँ मुझे स्मरण है।"

"अब आप स्वतन्त्र है।"

"मैं आपका आभारी हूँ।" रावण ने कहा।

"आज से हम मित्र हुए।" चक्रवर्ती ने रावण को सीने से लगाते हुए कहा।

“हाँ और हमारी यह मित्रता सदैव अटूट रहेगी।” रावण ने कहा और अपने दल के साथ लंका लौट आया।

रावण के महिष्मती से लौटने पर लंका में खुशियाँ मनायी गयीं, दण्डकारण्य में भी और शूर्पणखा के निवास पर भी, किन्तु शूर्पणखा और कुम्भीनसी के हृदय में नहीं।

-“विश्वास रख, हमारा भी समय आयेगा शूर्पणखा।” कुम्भीनसी ने उससे कहा।

10

प्रतिशोध की साँसें

राम, सीता और लक्ष्मण अपने आश्रम से कुछ दूर गोदावरी के तट पर बैठे हुए थे। उनकी उपस्थिति और आस-पास लगे हुए वृक्ष, उन पर प्रकृति के सजाए फूल और धीरे-धीरे बहती वायु वातावरण को जितना सुन्दर और रमणीक बना रही थी उसकी कल्पना और वर्णन सम्भवतः कोई कवि और उसकी कलम भी पूर्ण रूप से नहीं कर सकेगी।

गोदावरी के पानी की कलकल और वृक्षों से होकर बहती हुई हवा के कारण होती ध्वनि ऐसी लग रही थी मानो प्रकृति कोई वाद्य-यन्त्र बजा रही हो। राम ने गोदावरी के पानी के ऊपर तैरते एक हंस को देखा। 'हंस की चाल और सीता की चाल में कितना साम्य है' उन्होंने सोचा 'वह हंस जैसी ही निर्दोष और सुन्दर हैं।' इसके साथ ही उन्होंने सीता की ओर देखा। सीता ने राम की दृष्टि की छुअन भी अनुभव की और उसमें मौजूद प्रेम की भी। उन्होंने भी अपनी बड़ी-बड़ी आँखों से राम की ओर निहारा और दोनों ओर अधरों पर हलकी किन्तु अर्थपूर्ण मुस्कान खेल गयी।

'नहीं, यद्यपि हंस बहुत सुन्दर है किन्तु सीता इससे कहीं अधिक सुन्दर और निर्दोष हैं' राम को लगा।

इसी बीच गोदावरी के उस पार वाले किनारे पर वन से निकलकर हाथियों का झुण्ड पानी पीने के लिये आता हुआ दिखाई पड़ा। झुण्ड के आगे-आगे दल का नेता था। सीता उसे देखने लगीं। 'पुष्ट शरीर, राजसी चाल, दल के नेतृत्व की अनुभूति और उसके पीछे चलने वालों में उसके कारण सुरक्षित होने की भावना'। 'ऐसी ही चाल तो उनके प्रियतम की है और उनके पीछे चलते हुए ऐसे ही सुरक्षित होने की भावना तो मेरे मन में भी होती है' सीता के मन में आया। उन्होंने गर्व से राम की ओर देखा। 'यह मेरे हैं' की भावना ने उन्हें आनन्द-मिश्रित

रोमांच से भर दिया।

इस बार राम ने सीता की दृष्टि की छुअन और उसके साथ ही सीता के प्रेम की ऊष्मा अपने मुख पर अनुभव की। उन्होंने सीता की ओर देखा। नेत्र मिले, दोनों ओर अधरों पर एक अर्थपूर्ण मुस्कान खिली और सीता ने लजाते हुए नेत्र नीचे कर सिर थोड़ा झुका लिया।

इसी समय कुम्भीनसी से हुई अपनी मंत्रणा के अनुरूप ही शूर्पणखा उन्हें ढूँढ़ती हुई वहाँ पहुँची। वे लोग नदी की ओर मुख किये बैठे थे अतः शूर्पणखा पर उनकी दृष्टि नहीं गयी।

शूर्पणखा उन्हें देखकर एक पल के लिए ठिठकी। 'वह क्या करने जा रही है, एक षड्यंत्र ही तो' उसने सोचा, 'अपने स्वार्थ के लिए किसी निर्दोष को रावण जैसे बलशाली और क्रूर से भिड़ा देना उचित है क्या?' किन्तु इसके साथ ही उसकी आँखों के आगे पति विद्युज्जिह्व और पुत्र शाम्भरी का मुख घूम गया और हृदय में पीड़ा की तीव्र अनुभूति हुई। शूर्पणखा वहीं पास में एक वृक्ष का सहारा लेकर खड़ी हो गयी।

तभी राम और सीता की सुरक्षा के लिये सजग रहने वाले लक्ष्मण उसकी आहट पाकर उठकर खड़े हो गये। उन्होंने अपने चारों ओर दृष्टि डाली और मात्र कुछ ही दूरी पर पेड़ के सहारे खड़ी और इसी ओर दृष्टि किये शूर्पणखा पर उनकी दृष्टि पड़ी तो वे चकित हुए। 'यह कौन है और क्यों आयी है' उन्होंने सोचा।

शूर्पणखा ने भी लक्ष्मण को देखा। गौर वर्ण, मुख पर तेज, बलिष्ठ दिखता शरीर, बाल जटाओं की तरह बढ़े हुए, कन्धे पर धनुष और भेदती हुई दृष्टि।

'मैं सही जगह पर हूँ, अवश्य ही ये वही लोग हैं' उसने सोचा। शूर्पणखा ने हवा से उड़कर मुख पर आ रहे केशों को व्यवस्थित किया। वह उनकी ओर कुछ पग ही बढ़ी थी कि लक्ष्मण उसके सम्मुख आ गये। वे उससे कुछ पूछने ही वाले थे कि शूर्पणखा उनकी उपेक्षा करते हुए राम और सीता के पास जाकर खड़ी हो गयी।

"कौन हो तुम लोग?" शूर्पणखा यद्यपि यह समझ चुकी थी कि वे कौन हैं, फिर भी पूर्ण आश्वस्त होने के लिये उसने पूछा। उसके स्वर में अधिकार की भावना थी।

उसका स्वर सुनकर राम और सीता ने उसकी ओर देखा। अब शूर्पणखा भी

राम को ठीक से देख सकी और कुछ पलों के लिये देखती ही रह गयी। इतना आकर्षक पुरुष उसने आज तक नहीं देखा था।

राम भी शूर्पणखा की ओर ही देख रहे थे। एक रूपवती और गर्वीली नारी जो आयु की दृष्टि से युवावस्था के कई बसन्त बिता चुकी लगती थी, सामने थी।

"हम स्वर्गीय अयोध्या नरेश दशरथ के पुत्र हैं; मैं राम, ये मेरी पत्नी सीता और वह मेरा छोटा भाई लक्ष्मण," राम ने सहज भाव से उत्तर दिया।

शूर्पणखा ने सीता की ओर और सीता ने शूर्पणखा की ओर देखा। सीता के बड़े-बड़े बोलते हुए-से नेत्र देखकर शूर्पणखा कुछ पलों के लिए कहीं खो गयी। कभी उसके भी नेत्रों को मछली सा बताकर उसकी माँ कैकसी ने उसका नाम मीनाक्षी रखा था। अपने ऊपर चिपके 'शूर्पणखा' नाम को सोचकर उसका मन कड़वाहट से भर उठा। 'जिस राक्षस समाज ने उसे, एक लड़की को भद्दा नाम दिया हो, उसके जीवन को नष्ट किया हो वह रहे या नष्ट हो मुझे क्या।' उसने सोचा।

"और आप!" कुछ देर बाद राम ने पूछा!

शूर्पणखा खोयी-सी खड़ी थी। राम का स्वर सुनकर चौंक पड़ी।

"मैं इस दण्डकवन क्षेत्र की स्वामिनी, लंकापति राक्षसेन्द्र रावण की भगिनी शूर्पणखा।" उसने कहा। वह सोच रही थी कि उसका यह परिचय सुनकर वे लोग चौंक उठेंगे और उसे प्रणाम करेंगे, किन्तु ऐसा कुछ भी न होते देखकर उसने स्वर को कठोर बनाकर कहा,

"क्यों आये हो यहाँ?"

"अपने पिता की आज्ञा से इस वन में चौदह वर्षों का वनवास पूरा करने।"

"हूँ...।" शूर्पणखा ने कहा।

उसकी और कुम्भीनसी की योजना के अनुसार उसे किसी प्रकार इन लोगों से विवाद खड़ा कर अपने ऊपर हमला करने के लिये उकसाना था। उसके मन में राम को लेकर और इस क्षण को लेकर बहुत सी कल्पनाएँ थीं, वे सभी राम को और उनके व्यवहार को देखकर ध्वस्त होती जान पड़ने लगीं। उसने राम को एक बार भरपूर दृष्टि से देखा और उनके पुरुषोचित सौन्दर्य पर मुग्ध हो गयी।

'अद्भुत और अविस्मरणीय' शूर्पणखा ने स्वयं से कहा। क्या वह साक्षात कामदेव के सम्मुख खड़ी है" उसके मन में आया, 'किन्तु नहीं, कामदेव के पास

तो शरीर ही नहीं है, वह तो पहले ही शिव के श्राप से भस्म हो चुका है, फिर क्या ये स्वयं विष्णु या शिव हैं, किन्तु विष्णु सदैव मुकुट धारण किये और गदा लिये रहते हैं। इनके तो मुकुट के स्थान पर जटाएँ हैं और शस्त्र के नाम पर धनुष है। ये विष्णु तो नहीं हो सकते, क्या फिर शिव! किन्तु शिव तो अपनी जटाओं का सिर पर जूड़ा-सा बनाये रहते हैं और वे तो कर्पूर के समान गौरवर्ण के हैं जबकि इन्होंने तो अपनी जटाओं का जूड़ा नहीं बनाया हुआ और इनका तो रंग भी साँवला है अतः ये शिव भी नहीं हो सकते।

'फिर क्या ये अश्विनी कुमारों में से कोई हैं; किन्तु वे भी तो गौरवर्ण के हैं। फिर अवश्य ही पश्चात्ताप की अग्नि में तपकर और किसी कठिन तपस्या के द्वारा कामदेव ने पुनः शरीर प्राप्त कर लिया होगा। ये साक्षात कामदेव ही हैं', शूर्पणखा ने सोचा।

'मैं तो राक्षस-धर्म से हूँ; हम राक्षसों में किसी से प्रणय निवेदन या किसी पुरुष द्वारा कई स्त्रियाँ रखना पूरी तरह स्वाभाविक और मान्यता प्राप्त है' सोचकर शूर्पणखा ने राम से प्रणय-निवेदन का मन बनाया। 'यदि इन्होंने मेरा प्रणय-निवेदन स्वीकार कर लिया तो मैं बहुत सरलता से इन्हें रावण के विरुद्ध भड़का सकूँगी। ' उसने सोचा।

स्वाभाविक ही शूर्पणखा अपना परिचय देने के बाद जितनी देर इन विचारों में उलझी रहीं उतनी देर वहाँ मौन ही छाया रहा। बस इतना ही हुआ कि इस के बीच शूर्पणखा, राम के मुख से अपनी दृष्टि नहीं हटा सकी।

"मैं आपके लिए कुछ कर सकता हूँ क्या?" राम ने इस शान्ति को भंग करते हुए कहा।"

"ओह!" शूर्पणखा ने कहा, "हाँ मुझे तुमसे कुछ कहना है।"

"कृपया कहें।"

"राम, मैं तुम्हें अपना परिचय तो दे ही चुकी हूँ।"

"हाँ।"

"मेरे स्वर्गीय पति विद्युज्जिह्व के बाद यदि कोई पुरुष मुझे अच्छा लगा है तो वह तुम हो।"

"मैं!"

"हाँ तुम और मैं तुम्हें अनुगृहीत करना चाहती हूँ।"

"मैं आभारी हूँ; यह आपकी महानता का ही परिचायक है किन्तु कैसे?"

"इस दण्डकवन की स्वामिनी और दिग्विजयी, लंकापति राक्षसेन्द्र की भगिनी शूर्पणखा तुमसे प्रणय निवेदन करती है।"

"सचमुच यह आपका अनुग्रह ही है, किन्तु..."

सीता मौन इस वार्तालाप को सुन रही थीं। 'कितना घमण्ड है इसमें; मात्र इतनी देर के वार्तालाप में यह अपने को दो बार दण्डकवन की स्वामिनी और लंकापति राक्षसेन्द्र की भगिनी बता चुकी है और इस बार तो इसने लंकापति के साथ दिग्विजयी भी जोड़ दिया है' उन्होंने सोचा।

"किन्तु परन्तु मत करो राम; सौभाग्य तुम्हारे द्वार पर खड़ा है, मेरे समान दूसरी नारी तुम्हें नहीं मिलेगी।"

"हे इस दण्डकवन की स्वामिनी और दिग्विजयी लंकापति राक्षसेन्द्र की बहन मैं यह प्रणय-निवेदन स्वीकार नहीं कर सकता।"

"क्यों, इसमें बाधा क्या है?"

"मैंने एक पत्नी का व्रत लिया है, सीता मेरी पत्नी है और मैं इनके होते हुए किसी भी अन्य स्त्री के बारे में सोच भी नहीं सकता।"

"किन्तु मैं तुम्हें देखने के बाद कामासक्त हो चुकी हूँ उसका क्या?"

राम ने इसका कोई उत्तर नहीं दिया। शूर्पणखा कुछ देर तक उनकी ओर देखती रही फिर उसने लक्ष्मण की ओर देखा। वे इस सारे प्रकरण को देख रहे थे। 'यदि यह भी मेरे प्रणय-निवेदन को स्वीकार कर ले तो भी मेरा काम तो हो ही जाएगा' उसने सोचा।

"और वह तुम्हारा भाई लक्ष्मण, वह तो अकेला ही दिखता है।"

शूर्पणखा की इस बात पर राम मुस्कराये।

"उसके बारे में मैं क्या कहूँ, उसी से बात क्यों नहीं करतीं।" राम ने कहा।

राम की इस बात पर शूर्पणखा लक्ष्मण के पास गयी।

"लक्ष्मण! तुम्हारा भाई तो एक पत्नी-व्रतधारी है; यद्यपि हम राक्षसों में इस तरह की बातों का कोई महत्त्व नहीं होता, किन्तु फिर भी यदि वह किसी कारण से असमर्थ है तो तुम मेरा, संसार की सर्वश्रेष्ठ स्त्रियों में से एक का प्रणय-निवेदन स्वीकार करो।"

“किन्तु मैं भी इस प्रणय -निवेदन को स्वीकार करने में असमर्थ हूँ।”

“क्यों तुम्हें इसमें क्या अड़चन है लक्ष्मण?”

“मैंने ब्रह्मचर्य का व्रत ले रखा है।”

“कब तक के लिये ?”

“जब तक मेरे भाई का वनवास पूरा नहीं हो जाता।

“हूँ... और यह ब्रह्मचर्य टूट नहीं सकता?”

“नहीं यह सम्भव नहीं है।”

“मुझ जैसी कामिनी के लिए भी नहीं?”

लक्ष्मण हँस पड़े।

“नहीं किसी के लिए नहीं।”

शूर्पणखा ने राम की ओर देखा। वे भी मुस्करा रहे थे। शूर्पणखा ने स्वयं को अपमानित अनुभव किया। मन में ग्लानि लिये वह वहाँ से वापस हुई।

शूर्पणखा वहाँ से हटी, किन्तु वापस अपने स्थान पर जाने का उसका मन नहीं हुआ। ‘क्या सोचकर आयी थी, क्या हो गया, किन्तु अब तो यह मेरे सम्मान का प्रश्न है।’ सोचते हुए वह उस पंचवटी क्षेत्र में ही एक उचित स्थान देखकर रुक गयी।

धीरे-धीरे दिन ढलने लगा। पंचवटी के उस वन क्षेत्र में भी अन्धकार पसरने लगा। शूर्पणखा थकी और अपमानित बैठी हुई थी। रात आती देख उसने सोने का मन बनाया और एक गुफा ढूँढ़कर उसमें उसमें लेट गयी।

बड़े ही प्यार और दुलार से पली, महलों में जीने वाली शूर्पणखा पहले वन में जीने को बाध्य हुई और अब एक गुफा में भूमि पर लेटकर रात बिताने को। वह अपने को बहुत अधिक आहत अनुभव कर रही थी और तीव्र मानसिक बेचैनी से ग्रस्त भी। राम की छवि भी आँखों से जा नहीं रही थी। सीता उसे मार्ग का रोड़ा लगने लगी। शूर्पणखा रात भर ठीक से सो नहीं सकी। सुबह वह उठी तो कुछ निश्चय कर चुकी थी।

हेमन्त ऋतु आ चुकी थी। सूर्य दक्षिणायन हो चुके थे। ठण्ढ बढ़ चुकी थी और चन्द्रमा का सौभाग्य सूर्य को मिल चुका था अर्थात् लोगों को चन्द्रमा की चाँदनी की अपेक्षा सूर्य की धूप प्रिय लगने लगी थी।

सुबह हुए देर हो चुकी थी। रात भर जिस ओस ने धरती को भिगोया था, अब तक वह अपना अस्तित्व खो चुकी थी। सूर्य दिखाई तो पड़ रहा था किन्तु जितनी होनी चाहिए उतनी तेजी नहीं थी। सीता ने राम के साथ मिलकर अपनी पर्णशाला के पास ही एक शिवलिंग की स्थापना कर ली थी। वे तीनों प्रातःकाल ही वहाँ पूजा-अर्चना कर चुके थे और अब गोदावरी की ओर जा रहे थे।

तेजस्वी मुख-मण्डल, बड़ी-बड़ी भुजाएँ और कमल के समान नेत्रों वाले राम किसी गजराज की भाँति धीमी गति से चलते हुऐ कुछ आगे थे... निष्कलंक चन्द्रमा जैसी आभा वाली सीता उनके पीछे और सिंह के समान उठान वाले धनुष-बाण लिये लक्ष्मण उनके पीछे थे।

तभी अचानक बहुत तेजी से झपटती हुई शूर्पणखा रास्ता रोककर राम के सम्मुख आ खड़ी हुई। उसे देखकर सभी आश्चर्य से भर उठे।

"देवि! आप।"

"देवी नहीं राक्षस-धर्म को मानने वाली शूर्पणखा हूँ मैं।" उसके स्वर में तेजी थी।"

"आप इस क्षेत्र की स्वामिनी हैं आदेश करें।"

"राम कल तुमने कहा था कि एक पत्नी के रहते किसी और का प्रणय-निवेदन स्वीकार नहीं कर सकते, मैं ठीक हूँ न।"

"हाँ यह सत्य है।"

"किन्तु अब यह मेरे सम्मान का प्रश्न है और ककड़ी-सी यह सीता ही हमारे मध्य बाधा है न।"

शूर्पणखा की इस बात से राम ही नहीं अपितु सीता भी आश्चर्य चकित रह गयीं। लक्ष्मण की भौंहे तन गयीं और हाथ धनुष पर कस गया।

"सीता जीवन के हर मार्ग पर हर मोड़ पर मेरी सहभागिनी हैं। ये मेरे लिए कहीं बाधा भी हो सकती ऐसा तो कभी मैं स्वप्न में भी नहीं सोच सकता।"

"किन्तु मैं ऐसा सोच भी सकती हूँ, समझ भी रही हूँ तथा तुम्हारे और अपने मध्य खड़ी इस बाधा को अभी समाप्त करती हूँ ताकि इसके बाद मेरा प्रणय-

निवेदन स्वीकारने में तुम्हें कोई संकोच न रह जाए।'' कह कर शूर्पणखा सीता की ओर झपटी। यह देखकर लक्ष्मण तेजी से उसके आगे आ गये।

''तू हट जा लक्ष्मण, मैं एक पल में इसकी गरदन मरोड़कर फेंक दूँगी और ऐसा करने से कोई मुझे रोक भी नहीं सकता, इसके बाद यदि तू चाहेगा तो मैं तुझे भी कृतार्थ करूँगी।'' कहती हुई शूर्पणखा लक्ष्मण को हटाते हुए पुनः सीता की ओर बढ़ी।

लक्ष्मण के हाथ में पेड़ की मजबूत डाल थी। उन्होंने उसी से शूर्पणखा पर प्रहार किया। यह शूर्पणखा की नाक पर लगी और वह इस अचानक हमले से लड़खड़ाकर गिर पड़ी। उसकी नाक से रक्त का प्रवाह होने लगा और भूमि पर पड़े किसी पत्थर से टकराकर कान भी चोटिल हो गया।

शूर्पणखा उठी। उसने नाक में बहुत पीड़ा अनुभव की। हाथ से नाक को छुआ। उँगलियाँ रक्त से सन गयीं। तब तक लक्ष्मण के मुख के भाव के बहुत अधिक कठोर हो चुके थे। उसे पुनः झपटने के लिये तैयार देखकर उन्होंने उसके सामने आकर हाथ में पकड़ी हुई छड़ी जैसी लकड़ी उस पर तानते हुए कहा,

''मुझे किसी स्त्री पर हथियार उठाने के लिये विवश मत कर शूर्पणखा अन्यथा...''

''अन्यथा क्या करेगा तू?''

''अन्यथा...'', कहते हुए लक्ष्मण अपना धनुष कन्धे से उतारने लगे।

सीता यह देखकर तीव्रता से लक्ष्मण के पास आ गयीं।

''नहीं लक्ष्मण इतना क्रोध उचित नहीं है, वह एक स्त्री है यह भी तो सोचो।'' लक्ष्मण ने सीता की बात सुनकर धनुष पुनः कन्धे पर कर लिया। शूर्पणखा ने भी अपनी आक्रामक मुद्रा त्याग दी।

''मेरा उद्देश्य तो इनसे भिड़ना नहीं अपितु इनको रावण से भिड़ाना है; क्रोध और जोश में बात बिगड़ सकती है' उसने सोचा और भय प्रदर्शित करते हुए पीछे हटी। उसे पीछे हटते देख लक्ष्मण ने भी वह छड़ी दूर फेंक दी।

''बहन हमारी गलती से तुम्हें चोट लग गयी है, तुम थोड़ा विश्राम कर लो और मैं तुम्हारे इन घावों पर कुछ लेप लगा दूँ फिर चली जाना।''

''नहीं इस दया की कोई आवश्यकता नहीं है।'' शूर्पणखा ने कठोर स्वर में कहा, फिर राम की ओर देखकर बोली

"तुम्हें शीघ्र ही पता लग जाएगा राम कि तुमने किससे शत्रुता मोल ली है।" इसके बाद शूर्पणखा वापस हो ली।

शूर्पणखा वापस अपने स्थान पर पहुँची तो कुम्भीनसी बहुत आतुरता से उसकी प्रतीक्षा करती मिली।

"मैं बहुत चिन्तित हो रही थी शूर्पणखा; रात्रि कहाँ बितायी तूने और तू बहुत कुशल से नहीं थी यह तो तुझे देखकर ही ज्ञात हो रहा है।"

शूर्पणखा ने सारी बातों का पूरा विवरण उसे दिया। सुनकर कुम्भीनसी ने कहा,

"मैं समझ नहीं पा रही हूँ कि तेरी इस कहानी पर मैं हँसूँ या रोऊँ।"

"क्यों?"

"तू सचमुच उनके आकर्षण में बँध गयी यह सोचकर मुझे हँसी आ रही है।"

"किन्तु विश्वास कर वह पुरुष जिसे राम कहते हैं उसमें सचमुच ऐसा ही चुम्बकीय आकर्षण है कुम्भीनसी।"

"हाँ तेरी कहानी सुनकर इस बात पर विश्वास करने के अतिरिक्त और कोई मार्ग है भी नहीं।"

"और रोने की बात क्यों की थी तूने?"

"तेरी यह स्थिति और तेरी चोटों को देखकर और क्या लग सकता है मुझे, किन्तु अभी तक जो भी हुआ ठीक ही हुआ है और ....."

"और?"

"खर और दूषण यहीं दण्डकारण्य में ही हैं; रावण के विश्वस्त भी हैं, वीर भी और इस दण्डकारण्य में उसकी सत्ता के कर्णधार भी। यदि ये नहीं रहे तो रावण को एक बड़ा झटका लगेगा।"

"सच है।" शूर्पणखा ने कहा, फिर जोड़ा "और एक बात और भी है।"

"क्या?"

"राम और लक्ष्मण चरित्र के दृढ़ हैं यह तो सिद्ध हो गया अन्यथा वे मेरा प्रणय-निवेदन यूँ ठुकरा नहीं देते।"

"हाँ सचमुच तू इतनी सुन्दर है कि तेरा प्रणय-निवेदन ठुकराना बड़े-बड़े ऋषि-मुनियों के लिए भी असम्भव नही ंतो आसान भी नहीं है।"

"धत् कुम्भीनसी तू भी कहाँ की बात कहाँ ले जा रही है।"

"मैंने कुछ गलत तो नहीं कहा शूर्पणखा।"

"छोड़ उस बात को।"

"हाँ चल तू अपनी बात पूरी कर।"

"मैं कह रही थी वे चरित्रवान है यह तो पता ही चल गया और चरित्र व्यक्ति का सबसे बड़ा बल होता है इसमें भी सन्देह नहीं है।"

"हाँ।"

"और अब खर और दूषण के साथ युद्ध में उनका युद्ध-कौशल भी सामने आ जाएगा।"

"हाँ ठीक कह रही है तू।"

"तो अब तुझे खर और दूषण के पास जाना होगा।"

" ठीक है किन्तु ठहर पहले मैं अपने घावों पर कुछ लेप तो लगा लूँ।"

"इन घावों में बहुत पीड़ा हो रही है शूर्पणखा?"

"हाँ।"

"जो घाव हमने सीने पर खाये हैं उनसे अधिक?"

"नहीं उनसे अधिक नहीं. ये घाव तो ठीक हो जाएँगे किन्तु वे घाव सारा जीवन पीड़ा देते रहेंगे।"

"तो फिर थोड़ा रुक अभी इन पर कोई लेप मत लगा, पहले खर और दूषण के पास जा, उन्हें अपने घाव दिखा, आर्तनाद कर झूठ सच कुछ भी बोल। उन्हें क्रोध दिला, राम और लक्ष्मण से बदला लेने के लिये प्रेरित कर, इसके बाद ही इन घावों पर कोई लेप लगाने की बात सोच।"

"ठीक कहती है तू।"

"और सुन ऐसे ही मत चली जाना उनके सामने।"

"समझती हूँ।" शूर्पणखा ने कहा। इसके बाद उसने अपने बालों को

उलझाया, मुख पर बिखराया, कपड़े अस्त-व्यस्त किये और खर के स्थान की ओर चल दी। जब खर का स्थान आने ही वाला था तब उसने जोर-जोर से रोना प्रारम्भ कर दिया और भागती हुई उसके पास पहुँची।

खर, शूर्पणखा को इस हाल में देखकर विचलित हो उठा।

"क्या हुआ बहन, तेरी यह हालत किसने बनायी है?" उसने शूर्पणखा से पूछा। इसके उत्तर में शूर्पणखा ने अपना रोना और तेज कर दिया।

"क्या हुआ शूर्पणखा कहती क्यों नहीं?"

"उन्होंने... उन्होंने तेरे होते हुए मेरी यह हालत बनायी है।"

"किन्होंने? स्पष्ट बता; जिसने भी तेरी यह हालत बनायी है समझ ले कि वह अपनी आयु पूरी कर चुका है।"

"पंचवटी में गोदावरी के तट पर श्याम और गौर वर्ण के दो भाई आये हुए हैं, उनके साथ एक स्त्री भी है, वे ही इसके लिए दोषी है।"

"तुझसे उनका क्या विवाद था?"

"मैं उधर से गुजर रही थी।"

"फिर?"

"मेरी उन पर दृष्टि पड़ी तो स्वाभाविक ही मुझे लगा कि मेरे क्षेत्र में ये लोग कौन हैं और क्या कर रहे हैं।"

"अच्छा।"

"मैं उनके निकट गयी, उनका परिचय जानना चाहा।"

"तो।"

"श्याम वर्ण वाले राजकुमार ने तो शालीनता से अपना परिचय दिया। वह बड़ा था; किन्तु गौर वर्ण वाला किशोर जो उससे छोटा था, मुझे देखकर व्यंग्य से मुस्करा रहा था।"

"अरे!"

"मुझे यह अनुचित लगा।"

"लगना ही था।"

"मैंने उसे टोका तो उस श्याम-वर्ण वाले के मुख पर भी व्यंग्य भरी मुस्कराहट आयी।"

“फिर।”

“मुझे लगा मैं इस क्षेत्र की स्वामिनी और लंकापति राक्षसेन्द्र की भगिनी हूँ, कोई मेरे ऊपर व्यंग्य से हँसे यह मैं कैसे सह सकती हूँ।”

“ठीक ही है।”

“इस पर मेरा उनसे विवाद हो गया जो शीघ्र ही उनकी अशिष्टता के कारण कटुतापूर्ण हो गया।”

“स्वाभाविक है।”

“और उसी विवाद में भाई उन्होंने मेरी क्या हालत कर दी तू देख रहा है न।

“हाँ।”

“तो मैं चाहती हूँ कि उन्हें पता तो लगे कि उन्होंने किससे झगड़ा मोल लिया है।”

“भगिनी तू चिन्तित मत हो, उन्हें बहुत शीघ्र ही समुचित दण्ड के साथ यह पता लग जाएगा।”

इसके बाद खर ने चौदह बलशाली राक्षसों को शूर्पणखा के साथ भेज दिया। उनके आने पर राम ने लक्ष्मण से सीता को साथ लेकर वहाँ से कुछ दूर जाने के लिये कहा और फिर स्वयं उनसे युद्ध के लिये तत्पर हो गये। थोड़ी देर के ही संग्राम में राम ने उनका अन्त कर दिया और शूर्पणखा पुनः रोते हुए खर के पास गयी।

अकेले राम ने ही उन चौदह राक्षसों का वध कर दिया है यह जानकर खर आश्चर्य चकित हुआ और इस बार उसने अपने साथ भाई दूषण और समस्त राक्षसी सेना लेकर प्रस्थान किया। उधर राम ने यह अनुमान कर लिया था कि शूर्पणखा शान्त नहीं बैठेगी और इस बार अवश्य ही कोई बड़ी सेना उनके सम्मुख आएगी अतः उन्होंने लक्ष्मण को सीता के साथ किसी सुरक्षित स्थान पर जाने के लिये कहा और स्वयं उस सेना की प्रतीक्षा करने लगे। उनके अनुमान के अनुसार शीघ्र ही खर और दूषण एक बड़ी सेना लेकर आ गये। भयंकर युद्ध हुआ और खर, दूषण और उनकी समस्त सेना मृत्यु को प्राप्त हुई।

इस युद्ध के बाद शूर्पणखा तेजी से कुम्भीनसी के पास गयी।

"कुम्भीनसी तेरी योजना सचमुच अद्भुत थी। खर, दूषण और उनकी सारी सेना का विनाश हो चुका है और इसके साथ ही बीस भुजाओं वाला कहे जाने वाले रावण की दो भुजाए तो कट ही चुकी है।"

"सच!"

"हाँ सच।"

"शूर्पणखा।"

"हाँ।"

"अब तू रावण के पास जा, जैसे खर के पास गयी थी; उसे राम से बदला लेने के लिये प्रेरित कर और उसके घमण्ड के समूल नाश का कारण बन, इसके बाद ही रावण से हमारे पतियों की हत्या का प्रतिशोध पूरा होगा।"

"हूँ।" कहकर शूर्पणखा ने होंठ भींचे और सीने में एक गहरी साँस भरी।

अलगनी पर टाँगकर
अच्छी बुरी बातें
चलना तो है ही अब
रुकना नहीं है न

रावण अपने विशाल महल में बैठा था। रास-रंग चल रहा था। तभी एक राक्षस उसके सम्मुख हाथ जोड़े उपस्थित हुआ।

"क्या हुआ विकटाक्ष, कोई समाचार है क्या?" रावण ने उसे देखकर पूछा।

"लंकाधिपति राक्षसेन्द्र की जय हो!"

"समाचार कहो, तुम इस प्रकार मलिन मुख लिये काँप क्यों रहे हो?"

"अनर्थ हो गया है प्रभु।"

"रावण किसी भी अनर्थ का सामना करने में सक्षम है, तुम अपनी बात

कहो।''

''पंचवटी में दो राजकुमार आये हैं उन्होंने युद्ध में महानायक खर और दूषण का उनकी सेना सहित संहार कर डाला है, मैं किसी प्रकार अपने प्राण बचाकर आपको यह समाचार देने उपस्थित हुआ हूँ।''

''केवल दो राजकुमारों ने अकेले ही ऐसा कर डाला है यह अविश्वसनीय है।''

''किन्तु यह सच है स्वामी।''

''वे मानव होकर इतने शक्तिशाली हैं!''

''राक्षसेन्द्र क्षमा करें, किन्तु उसका युद्ध कौशल अप्रतिम है।''

''विकटाक्ष अभी तूने कहा वे दो हैं।''

''हाँ।''

''और अब तू कह रहा है कि उसका युद्ध कौशल अप्रतिम है, इसका अर्थ तो यह हुआ कि यह उनमें से एक के ही युद्ध कौशल की बात है।''

''हमसे लड़ने के लिये वहाँ एक ही राजकुमार था, दूसरा राजकुमार और उनके साथ की स्त्री वहाँ नहीं थे।''

''अद्भुत और असहनीय; किन्तु इस युद्ध का कोई कारण भी तो रहा होगा।'' रावण ने कहा। तभी दौड़ती और विलाप करती हुई शूर्पणखा ने प्रवेश किया। नाक और कान पर पट्टियाँ चिपकी हुई, बाल बिखरे और वस्त्र मैले।

''इसका कारण मैं बताती हूँ राक्षसेन्द्र।''

रावण, शूर्पणखा को इस हाल में देखकर चौंक गया।

''भगिनी तू?''

''हाँ मैं।''

''मेरे होते तेरी यह हालत।''

''देख ले।''

''ठीक है, तू अपनी व्यथा कह, मैं भी तो जानूँ कि किसको अपने प्राणों से मोह समाप्त हो गया है, किन्तु बस दो पल ठहर।''

इसके बाद रावण ने सभा भंग कर दी और स्वयं शूर्पणखा के साथ अन्तःकक्ष में चला गया। तब तक मन्दोदरी तक भी यह समाचार पहुँच चुका था

अतः वह भी वहाँ उपस्थित हो गयी और शूर्पणखा की दशा देखकर अत्यधिक विस्मित होकर रह गयी।

"यह क्या शूर्पणखा, तेरी यह दशा!" मन्दोदरी ने कहा।

"यह उन्हीं मानव कुमारों की दुष्टता है।" शूर्पणखा ने कहा, किन्तु अब तक उसका रोना बहुत कम हो चुका था।

"तू स्वयं को सँभाल शूर्पणखा और मुझे प्रारम्भ से पूरी बात बता।" रावण ने कहा।

"राक्षसेन्द्र तूने दण्डकारण्य का भार मुझे दिया था न।"

"नहीं भार नहीं, मैंने तुझे वह क्षेत्र सौंप ही दिया था, तू उसकी स्वामिनी है।"

"तो जब मुझे समाचार मिला कि उस दण्डकारण्य के पंचवटी क्षेत्र में दो राजकुमार एक स्त्री के सहित बहुत दिनों से निवास कर रहे हैं तो मुझे लगा कि मुझे पता लगाना चाहिए कि वे वहाँ किस प्रयोजन से इतने समय से रुके हुए हैं।"

"हाँ उस क्षेत्र की स्वामिनी होने के नाते यह बिलकुल उचित ही था।"

मन्दोदरी इन सब बातों को ध्यान से सुन रही थी और शूर्पणखा के चेहरे को पढ़ने का प्रयास भी कर रही थी। उसकी बातों और मुद्राओं में मन्दोदरी को वास्तविकता के अतिरिक्त नाटकीयता भी लग रही थी।

"शूर्पणखा मुझे लगता है स्वयं जाने के स्थान पर तुझे इस कार्य के लिए पहले किसी अनुचर को भेजना चाहिये था।" मन्दोदरी ने बीच में ही कहा।

शूर्पणखा जब लंका में ही रहा करती थी तब भी उसमें और मन्दोदरी में ननद और भौजाई वाली काट-छाँट भी बहुधा चला ही करती थी और उसे यह भी लगता था कि उसके और विद्युतज्जिह्व के विवाह में मन्दोदरी ने ही उसके मातृहन्ता होने की बात उठाकर टाँग अड़ाने में कोई कसर नहीं उठा रखी थी। अतः शूर्पणखा, मन्दोदरी की वहाँ उपस्थिति से शंकाग्रस्त तो थी ही अब अचानक मन्दोदरी के प्रश्न से वह झुंझला उठी।"

"भाभी!" शूर्पणखा के स्वर में कड़ुवाहट थी।

"उनकी बात उचित ही है शूर्पणखा, तुझे सीधे इस कार्य के लिये नहीं जाना चाहिये था।" रावण ने कहा,"किन्तु यदि तू सीधे वहाँ चली ही गयी तो यह तेरा अधिकार था और इस पर कोई प्रश्न नहीं उठाया जा सकता।"

“नहीं मैं कोई प्रश्न उठा भी नहीं रही हूँ, बस मुझे ऐसा लगा इसलिये कहा।” मन्दोदरी ने कहा।

“भा....ई.....!” शूर्पणखा ने रावण की ओर देखकर कहा।

“उसे अपनी बात कहने दो मन्दोदरी।” रावण ने मन्दोदरी से कहा।

इसके बाद शूर्पणखा ने पुनः अपनी बात प्रारम्भ की।

“भाई तू सच कह रहा है, किन्तु मैं उस ओर मात्र भ्रमण के लिये गयी थी और उधर से गुजरते हुए मेरी उनके आश्रम पर दृष्टि पड़ी तो मुझे लगा कि मैं जान ही लूँ कि ये लोग कौन हैं। मैं उस ओर गयी तो वे दोनों कुमार बाहर ही बैठे हुए थे।”

“और वह स्त्री ?”

“वह आश्रम के भीतर थी।”

“फिर?”

“मुझे देखते ही सम्भवतः वे मुझ पर आसक्त हो गये। मैंने देखा वे मुझे देखकर मुस्करा उठे थे।

“फिर।”

“मुझे भी बड़े और श्यामवर्ण के राजकुमार के प्रति आसक्ति का अनुभव हुआ।”

“यह अस्वाभाविक तो नहीं है।” रावण ने कहा।

इस बीच मन्दोदरी जो यह सब वार्तालाप सुन रही थी उसने शूर्पणखा की इस बात पर कहा,

“फिर तुमने क्या किया?”

मन्दोदरी की बात में व्यंग्य का पुट था। शूर्पणखा का मन हुआ कि वह मन्दोदरी को उसी भाषा में कुछ कटु शब्द बोले किन्तु उसे यह भी लगा कि इससे उसकी बनी-बनायी बात बिगड़ सकती है, अतः वह बहुत ही कड़वा घूँट पीकर रह गयी। रावण ने भी मन्दोदरी के स्वर में छिपी वक्रोक्ति समझी और बात को सँभालने के उद्देश्य से पूछा,

“हाँ बहन, आगे...”

“भाई मैंने उस श्यामवर्ण के राजकुमार से प्रणय-निवेदन किया।”

"और उसने तुम्हारा यह प्रणय निवेदन ठुकरा दिया।" मन्दोदरी ने कहा, किन्तु इस बार वह सावधान थी। उसने अपनी बात में व्यंग्य का पुट नहीं आने दिया।

"केवल इतना ही नहीं, उन दोनों भाइयों ने मिलकर मेरा बहुत अधिक उपहास भी किया।"

"और उनके साथ की स्त्री..."

"वह भी इस बीच बाहर आ चुकी थी और व्यंग्य से मुस्करा रही थी।"

"निश्चय ही यह असहनीय रहा होगा।"

"हाँ उस स्त्री की मुस्कराहट मुझे विष के समान लगी। मैं उस पर झपटी, तभी शस्त्र लिये वह छोटा गौरवर्णीय राजकुमार हमारे बीच में आ गया।"

"फिर।"

"मैं हड़बड़ा गयी और गिर पड़ी। भूमि पर कुछ पत्थर पड़े थे, उनसे मेरे मुख पर बहुत अधिक चोटें आ गयीं। मैं उठकर खड़ी हुई तो वे दोनों भाई मेरे ऊपर हँसने और तरह-तरह की धमकियाँ देने लगे। उस छोटे वाले ने हाथ में एक छड़ी लेकर मेरे मुख पर प्रहार किया और मुझे इस तरह भगाने लगा जैसे मैं कोई जानवर हूँ।"

-"फिर?" रावण ने कहा।

-"मैं उनके क्या मुँह लगती, चली आयी... किन्तु हा, तेरे जैसा दिग्विजयी भाई होते हुए मेरी यह हालत।" कहकर शूर्पणखा फिर जोर-जोर से रोने लगी।

"मेरे होते हुए तू रो मत बहन, उनको उनके किये की सजा शीघ्र ही मिलेगी, बस मुझे इतना और बता कि वे दोनों कौन हैं इसका तुझे कुछ पता चला क्या?"

"हाँ तू उन्हें जानता भी होगा, वे अयोध्या नरेश दशरथ के पुत्र राम और लक्ष्मण हैं और उनके साथ वह स्त्री सीता है जिसके स्वयंवर में भाई तू भी तो गया था।"

"हाँ।" रावण ने कहा। सीता के स्वयंवर में अपने जाने की बात की चर्चा उसे अच्छी नहीं लगी और उसे कुछ असहज भी कर गयी, किन्तु उसने शूर्पणखा से कहा,

"हाँ, मुझे पता है कि वे अपने राज्य से निकाल दिये गये हैं और वन-वन की ठोकरें खाते घूम रहे हैं।"

11

षड्यंत्रों की आधारशिला

सीता के दण्डकवन में होने की बात से रावण का मस्तिष्क बहुत उद्वेलित हो उठा था। यदि वह राम और लक्ष्मण को मार सका तो अवश्य ही सीता को प्राप्त कर सकेगा। किन्तु उनके बारे में अभी तक जो कुछ भी उसने अभी तक सुना था उससे यह कार्य बहुत कठिन लग रहा था। 'उन्हें हराने के लिये उनके मनोबल को तोड़ना होगा' रावण ने सोचा, 'किन्तु कैसे?' यह एक प्रश्न था जिसका उत्तर खोजना बहुत आवश्यक था।

सुमाली, रावण का नाना ही नहीं गुरु और मार्गद्रष्टा भी था। रावण को लगा कि यदि वह सुमाली के सम्मुख इस समस्या को रखता तो वह अवश्य ही कोई हल निकाल देता, किन्तु वह अब नहीं था। प्रहस्त उसका सबसे बड़ा मामा था... वीर भी, बुद्धिमान भी और रावण का विश्वासपात्र भी। रावण ने उसी के सम्मुख इस समस्या को रखने का निश्चय किया।

वह प्रहस्त के पास गया। प्रहस्त मानों उसकी प्रतीक्षा में ही था। रावण को देखते ही उसने कहा,

"आओ वत्स! बैठो।"

रावण प्रहस्त के पास आया किन्तु बैठा नहीं।

"कुछ चिन्तित लग रहे हो।"

"नहीं, चिन्तित नहीं किन्तु हाँ कुछ सोच अवश्य रहा हूँ।"

"क्या?"

"राम, लक्ष्मण और सीता आजकल दण्डकवन में ही निवास कर रहे हैं।"

"होंगे; उनके पिता दशरथ ने राम को चौदह वर्ष का बनवास जो दे रखा है।"

“मैंने विद्युज्जिह्व को मारने के पश्चात शूर्पणखा पर दया कर वह क्षेत्र उसे दे दिया था।”

“सो तो तूने ठीक ही किया था; वह तेरी सगी बहन है, उसका ध्यान तू नहीं रखेगा तो कौन रखेगा।”

“वहाँ पर शूर्पणखा ने विद्युज्जिह्व के पुत्र को जन्म दिया, उसे लगा कि उसका जीवन इस पुत्र के सहारे कट जाएगा।”

“लगना ही था।”

“किन्तु वह जब नन्हा शिशु था तभी एक दिन किसी रोग से ग्रस्त होकर चल बसा।”

“हाँ, मुझे ज्ञात है।”

“एक दिन शूर्पणखा भ्रमण करते हुए पंचवटी की ओर गयी, जहाँ राम ने अपना निवास बना रखा है।”

“फिर?”

“अभी उसकी युवा अवस्था ही तो है और फिर वह इतना दुःख भी झेल चुकी है।”

“सो तो है।”

“तो उसने राम को देखा, आसक्त हो गयी और उससे प्रणय-निवेदन किया।”

“फिर?”

“उन दोनों भाइयों और उस सीता ने इस पर उसका उपहास किया, उसे अपमानित भी किया और चोटिल भी।”

“यह तो उसके साथ अन्याय हुआ।”

“हाँ।”

“और फिर वह तेरे पास आयी होगी।”

“नहीं, पहले खर और दूषण के पास गयी। मैंने उन्हें उसकी सेवा में वहीं रहने का आदेश दिया था।”

“तो फिर खर और दूषण अवश्य ही उन्हें सजा देने के उद्देश्य वहाँ गये होंगे।”

“हाँ, किन्तु आश्चर्य कि लक्ष्मण और सीता वहाँ से हट गये और राम ने अकेले ही खर, दूषण और उनकी सारी सेना का संहार कर डाला।”

“विस्मित करने वाला है उसका पराक्रम।”

“हाँ।”

“और अब तू अवश्य ही उन्हें दण्डित करना चाहता होगा।”

“हाँ।”

“तो रावण क्या तुझे अपने पौरुष पर भरोसा नहीं रहा; तू जाकर उन्हें चुनौती दे और झंझट समाप्त कर।”

प्रहस्त की इस बात पर रावण मौन रह गया। यह देखकर उसने कहा,

“रावण!”

“हाँ।”

“तेरा मौन कहता है कि तेरे मन में कुछ और है।”

“हाँ मैं सोच रहा था कि.....।”

“क्या?”

“उससे यूँ सीधे भिड़ने के स्थान पर उसे हराने के लिये यदि किसी युक्ति से कार्य लिया जाए तो क्या वह अधिक श्रेयस्कर नहीं होगा।”

“तेरा सोचना उचित ही है किन्तु यदि कोई ऐसी युक्ति तेरे मस्तिष्क में है तो स्पष्ट कह।”

“मुझे लगता है कि किसी भी संघर्ष में, संघर्ष करने वाले का मनोबल उसकी विजय में एक बड़ा कारक होता है।”

“सत्य है।”

“तो यदि पहले राम का मनोबल तोड़ा जा सके तो उस पर विजय प्राप्त करना अपेक्षाकृत सरल हो जायेगा।”

“हाँ अवश्य, किन्तु उसके लिये क्या सोचा है तूने?”

“यदि उसकी स्त्री का हरण कर लिया जाए तो वह दुःखी होगा, दुःखी व्यक्ति स्वतः ही कमजोर हो जाता है।”

“हाँ यह तो है।”

"और जब वह अपनी स्त्री को खो देगा और फिर वापस नहीं पा सकेगा तो उसका मनोबल भी बहुत टूट चुका होगा।"

"तो तू उसकी स्त्री का हरण करेगा?"

"हाँ।"

"कैसे?"

"इसी समस्या के हल के लिये तो आपके पास आया हूँ।"

"इस समस्या पर भी सोचेंगे, पर इसके पूर्व मेरे मन में एक प्रश्न उठ रहा है।"

"क्या?"

"तू सीता के स्वयंवर में गया था न?"

"हाँ।"

"सीता को पाने की इच्छा रही होगी।" रावण ने इसका कोई उत्तर नहीं दिया, चुप रह गया।

"वही इच्छा आज पुनः जाग्रत हो उठी है न?" रावण ने फिर कोई उत्तर नहीं दिया किन्तु उसके चेहरे पर कुछ भाव उभरे जिन्हें रावण ने सावधानी से समेट लिया। प्रहस्त ने यह देखा और उसके अधरों पर हलकी-सी मुस्कान खेल गयी।

"आपके प्रश्न मुझे असहज कर रहे हैं।" अब रावण ने कहा।

"तो छोड़ो पर एक बात सोचो।

"जो इतना वीर है उसकी स्त्री का अपहरण सीधे-सीधे तो नहीं किया जा सकता, कुछ छल करने से ही बात बनेगी।"

"हाँ, यह तो है।"

"तुझे मारीच का स्मरण है?"

"हाँ वह ताड़का का पुत्र।"

"हाँ वही।"

"ताड़का वध के समय राम के बाण से घायल होकर वह राम के भय से वहाँ से बहुत दूर समुद्र के किनारे धनुष्कोटि में आकर रुका था।"

"अच्छा।"

“वह बहुत रमणीक वन प्रदेश है; वहाँ कुछ ऋषियों ने भी अपने आश्रम बना रखे हैं। उनके साथ वहाँ रहते रहते मारीच की बुद्धि ऐसी हो गयी कि उसने राक्षस-धर्म और कर्म दोनों ही छोड़कर तपस्या करनी प्रारम्भ कर दी है।”

“ऐसा!”

“हाँ और इसी तपस्या के बल से उसने कुछ मायावी शक्तियाँ भी प्राप्त कर ली हैं। मुझे लगता है इस कार्य में वह तेरे काम आ सकता है।”

“ठीक है मातुल मैं शीघ्र ही उससे मिलता हूँ।”

“वह तो ठीक है वत्स, किन्तु एक बात का उत्तर दे।”

“क्या?”

“मेरी जानकारी के अनुसार वे राजकुमार तो दण्डकारण्य में कई वर्षों से निवास कर रहे हैं।”

“हाँ।”

“और शूर्पणखा भी वहाँ बहुत समय से निवास कर रही है।”

“हाँ।”

“तो यह काण्ड इतना समय बीत जाने के बाद अभी ही क्यों हुआ?”

“हाँ यह प्रश्न तो है।”

“वहाँ शूर्पणखा के साथ कोई और भी रहता है क्या?”

“हाँ पिछले कुछ दिनों से कुम्भीनसी भी उसके साथ रहती है।”

“रावण, उन दोनों के सुहाग उजड़ने के पीछे परोक्ष या अपरोक्ष रूप से कारण तू ही तो है।”

“हाँ, किन्तु कुम्भीनसी के पति मधु को तो मैंने मारा नहीं था अपितु जीवनदान ही दिया था।”

“हाँ, किन्तु अपने साथ युद्धों में तो तू मधु को उन दोनों की इच्छा का अनादर करते हुए बलपूर्वक ही ले गया था।”

“हाँ किन्तु मैंने उसे मारा नहीं।”

“उसे तूने तो नहीं मारा किन्तु उसकी मृत्यु का कारण तो तू ही है; क्या कुम्भीनसी को यह नहीं लगा होगा?”

“लग सकता है।”

"और वह शूर्पणखा, उसके पति को तो तूने अपने हाथों से ही मारा है।"

"वह राक्षस-धर्म को स्वीकार कर लेता तो ऐसा नहीं होता और फिर मैंने शूर्पणखा के आँसू पोंछने के लिये ही उसे दण्डकवन की स्वामिनी बनाया है।"

" हाँ और उस वन में उसका नन्हा बालक उपचार के अभाव में मर गया।"

"इसमें मेरा क्या दोष है?"

"क्यों... क्या शूर्पणखा के मन में यह नहीं आया होगा कि यदि वह इस वन में नहीं, नगर में होती, समय पर किसी वैद्य से उपचार करा पाती तो उसका पुत्र यूँ बिना किसी उपचार के न मरता।"

रावण चुप रह गया, क्या कहता। प्रहस्त ने पुनः कहा,

"रावण, यह मत भूलना कि कुम्भीनसी और शूर्पणखा दोनों के मन में तेरे प्रति कटुता भी अवश्य ही भरी होगी, वे तेरा हित चाहती हों यह कठिन है।"

"तो?"

"तू राजा है और राजा को हर सम्भावना को ध्यान में रखकर ही पग उठाना चाहिए।"

"तो क्या शूर्पणखा की इस कहानी में कोई षड्यन्त्र भी हो सकता है?"

"मैंने कहा न, राजा को किसी भी सम्भावना को नकारना नहीं चाहिए।"

रावण प्रहस्त के पास से लौटकर आया तो इस सारे प्रकरण में षड्यंत्र की सम्भवाना उसे भी लगने लगी। मन्दोदरी को रावण के प्रहस्त के पास जाने की बात पता लगी तो वह असहज हो उठी। इस परिवार के बारे में उसे जितनी जानकारी थी उससे कहा जा सकता है कि मन्दोदरी की धारणा उसके बारे में अच्छी नहीं रह गयी थी।

'रावण उसके पास गया है तो अवश्य ही किसी नये षड्यंत्र की नींव पड़ी होगी' मन्दोदरी ने सोचा। रावण महल में आया तो मन्दोदरी ने बहुत स्नेह का प्रदर्शन करते हुए उसका स्वागत किया और उसके लिए सूक्ष्म और उसकी रुचि के जलपान का प्रबन्ध किया। रावण कुछ आराम से बैठा तो मन्दोदरी ने पूछा।

"कुछ चिन्तित से लग रहे हैं।"

"नहीं ऐसा कुछ विशेष नहीं है।"

"किन्तु कुछ तो है।"

"मैं सोच रहा था कि उस दिन शूर्पणखा ने जो कुछ कहा था वह..."

"क्या वह?"

"उस पूरे वृत्तान्त में कहीं कुछ बढ़ा-चढ़ाकर तो नहीं था।"

वास्तव में मन्दोदरी को तो शूर्पणखा के जोर-जोर से रोने में बहुत अधिक नाटकीयता लगी थी किन्तु यह बात रावण को अच्छी नहीं लगेगी यही सोचकर उसने उस विषय में रावण से कुछ भी नहीं कहा था, किन्तु आज स्वयं उसके मुख से यह बात सुनकर उसे आश्चर्य लगा।

"ऐसा क्यों लग रहा है आपको?"

"वैसे ही मैं सोच रहा था कि ऐसा हो भी तो कुछ बहुत आश्चर्य नहीं होगा।"

"सच कहूँ तो मुझे तो उसी समय उसमें नाटकीयता का सन्देह हुआ था।"

"हूँ..." रावण ने कहा। उसके मष्तिष्क में बहुत-से विचार घूम रहे थे। रावण ने आँखें बन्दकर अपना सिर पीछे टिका दिया। सीता के स्वयंवर की स्मृतियाँ जाग्रत हो उठीं 'इसी बहाने सीता को प्राप्त करने का यह अवसर मैं हाथ से नहीं जाने दूँगा' उसने मन में सोचा। मन्दोदरी ने उसकी लम्बी सी 'हूँ...' सुनी और उसका नेत्र बन्दकर सिर पीछे टिकाना देखा तो वह समझ गयी कि रावण इस समय और बात करने की मनःस्थिति में नहीं है। वह वहाँ से उठकर चली गयी।

मन्दोदरी के जाने के पश्चात रावण कुछ देर तक कुम्भीनसी के बारे में भी सोचता रहा। एक बार उसे लगा कि वह दण्डकारण्य जाए, कुम्भीनसी से वहाँ आने का कारण पूछे और उसे वहाँ से जाने को बोल दे... किन्तु फिर उसने सोचा कि नहीं ऐसा करना उसकी कमजोरी को परिलक्षित करेगा अतः उसने इस विचार को त्याग दिया।

प्रहस्त ने जैसा बताया था यह वनप्रदेश उससे भी अधिक सुन्दर था। समुद्र से कुछ ही दूरी पर स्थित इस वन में एक पुराना बहुत से तनों वाला अति विशाल बरगद का वृक्ष था और इस शान्त वातावरण में इसी वृक्ष के नीचे श्वेत वस्त्र को शरीर पर धारण किये एक तपस्वी बैठा हुआ था। उसकी जटाएँ और दाढ़ी बढ़ी हुई और मुख पर तपस्या का तेज था। यह मारीच था। बचपन में ही विश्वामित्र के आश्रम में बार-बार उनके यज्ञों में विघ्न डालने और वहाँ उपस्थित ऋषियों को प्रताड़ित करने के कारण राक्षसों से हुए युद्ध में राम ने इसकी माँ और भाई सुबाहु को मार डाला था। उन्होंने एक तीर मारीच पर भी छोड़ा था जिससे घायल होने के बाद मारीच वहाँ से भाग आया था।

वहाँ से भागकर मारीच बहुत दिनों तक भय के कारण इधर-उधर छिपा रहा। इस बीच रावण का सैन्यबल भी बहुत बढ़ गया और उसके राज्य का विस्तार भी। इसके साथ ही रावण के कृत्यों और कुकृत्यों की गाथाएँ भी विस्तार पा रही थीं। बहुत दिनों तक वनों में रहने के मध्य मारीच कुछ ऋषियों के सम्पर्क में भी आया और धीरे-धीरे उसे संसार से विरक्ति होने लगी।

सम्भवतः यह संगति का ही प्रभाव था कि मारीच का मन पूजा पाठ, जप-तप, यज्ञ आदि में लगने लगा था। वह उन ऋषियों से सुना करता था कि राम कोई साधरण मानव नहीं अलौकिक पुरुष हैं, ईश्वर का अवतार हैं और सीता स्वयं साक्षात शक्ति हैं और यह बातें उसके मन भी घर कर गयी थीं।

समय व्यतीत होने के साथ -साथ मारीच भारत के दक्षिण में समुद्र के किनारे स्थित धनुष्कोटि पहुँच गया। यह स्थान घने वनों से भरा हुआ प्राकृतिक शोभा से भरपूर और बहुत अधिक शान्त था। सघन वन और समुद्र का किनारा होने के कारण यहाँ रावण के गणों का आना-जाना भी शून्य ही था... हाँ कुछ ऋषियों के आश्रम अवश्य थे। मारीच यहीं रहकर तपस्या करने लगा।

जब रावण पहुँचा उस समय भी मारीच ध्यान में डूबा हुआ था। रथ के चलने जैसी ध्वनि सुनाई पड़ी तो चकित मारीच ने आँखे खोलीं। जिस रथ की आवाज उसने सुनी थी वह कुछ दूर पर आकर खड़ा हुआ और उसमें से भव्य व्यक्तित्त्व का एक राजसी व्यक्ति उतरा। यह रावण था।

'यह क्यों आया है? निरुद्देश्य तो नहीं आएगा और किसी अच्छे उद्देश्य से आया हो यह भी सम्भव नहीं है।' मारीच ने सोचा। रावण के इस प्रकार आने से वह आश्चर्यचकित और कुछ भयभीत हो उठा। रावण उसी ओर आ रहा था।

मारीच ने आगे बढ़कर उसका अभिवादन किया, प्रत्युत्तर में रावण ने उसे प्रणाम किया। 'मैं उम्र में इससे बड़ा हूँ सम्भवतः इसीलिए इसने प्रणाम किया होगा, किन्तु फिर भी इसका इस तरह झुककर मुझे प्रणाम करना किसी सम्भावित खतरे का संकेत भी हो सकता है।' उसने सोचा।

रावण सामने आकर खड़ा हो गया तो मारीच समझ नहीं पा रहा था कि उसे कहाँ बिठाए क्योंकि उसके पास ढंग के आसन जैसा कुछ था ही नहीं।

"आओ राक्षसेन्द्र! मेरा सौभाग्य कि तुम्हारे दर्शन हुए। इस जंगल में तुम्हें बिठाने लायक कोई भी आसन है तो मेरे नहीं है किन्तु मैं शीघ्र ही कुछ व्यवस्था करता हूँ।" मारीच ने कहा।

"नहीं इसकी आवश्यकता नहीं है मैं यही खड़े-खड़े ही आपसे कुछ बातें कर लूँ बस इतना बहुत है।"

"यहीं पास ही में मेरी कुटिया है जिसमें कुछ फल इत्यादि रखे हुए हैं, तुम इतनी दूर से आ रहे हो मैं उन्हें लेकर आता हूँ।"

"नहीं मैं पूर्ण तृप्त हूँ, कुछ भी ग्रहण करने की मेरी इच्छा नहीं है।"

"तो आदेश करो।"

"आदेश नहीं अनुरोध।"

"कहो मैं किस योग्य हूँ।"

"मैं बहुत व्यथित हूँ।"

"किन्तु क्यों ?"

आपको पता नहीं ज्ञात है या नहीं, पास ही दण्डकवन में बहन शूर्पणखा रहती है, उसकी रक्षा के लिये मैंने खर, दूषण और एक बड़ी सेना इस वन में रखी हुई थी।"

"अच्छा।"

"कुछ दिनों से इस दण्डक वन मे पंचवटी क्षेत्र में दो मानवकुमार राम और लक्ष्मण और राम की पत्नी सीता भी निवास कर रहे थे।

"क्या ये राम और लक्ष्मण वे ही हैं जिन्होंने बचपन में माँ ताड़का और भाई सुबाहु को मारा था?"

"हाँ वही, आप उन्हें जानते तो हैं।"

“हाँ।”

“शूर्पणखा पंचवटी क्षेत्र में गयी तो राम को देखकर मोहित हो गयी। वह युवावस्था में ही विधवा हो गयी है अतः यह कुछ बहुत अस्वाभाविक भी नहीं था।”

“हाँ

“उसने राम से प्रणय-निवेदन किया और हम राक्षसों में यह कुछ अस्वाभाविक भी नहीं है।”

“हाँ, तो।”

“किन्तु वे उसका अपमान कर उसे भगाने लगे।

“फिर?”

“यह एक स्त्री का परिहास ही तो था। इस कार्य में उन दोनों के मुख पर कुटिल मुस्कान थी। स्वाभाविक ही शूर्पणखा को क्रोध आ गया। उसे लगा कि उसकी इस स्थिति का कारण सीता है अतः वह उस पर झपटी, किन्तु तभी लक्ष्मण ने बीच में आकर एक छड़ी से मारकर उसका अपमान किया और धक्का देकर गिरा दिया।”

“लक्ष्मण ने उसे धक्का दिया, क्या यह सत्य है?”

“शूर्पणखा झूठ क्यों बोलेगी।” रावण ने कहा।

‘हाँ सच में; न तो शूर्पणखा झूठ बोल सकती है और न ही उसका भाई रावण’ मारीच ने मन ही मन व्यंग्य से कहा किन्तु प्रत्यक्ष में उसने कहा,

“यह भी ठीक है।”

“उसने उसे शस्त्र लेकर धमकाया और अपशब्दों का प्रयोग किया। इस बीच गिर पड़ने के कारण उसके मुख पर बहुत चोटें भी आ गयीं। वह किसी प्रकार अपना सम्मान बचाकर वहाँ लौटी है। उन्होंने शूर्पणखा को घायल भी कर दिया। जब वह वहाँ से आयी थी तब उसकी नाक और कान रक्त से भीगे हुए थे।”

“ओह! यह कष्टकर है।”

“हाँ यही तो तात।”

“मैं तुम्हारी क्या सहायता कर सकता हूँ कहो।”

“आप तपस्वी हैं और जहाँ तक मुझे ज्ञात है तपस्या से आपने मायावी शक्तियाँ प्राप्त कर ली हैं।”

“नहीं तपस्या का मेरा यह उद्देश्य कभी नहीं रहा, किन्तु हाँ स्वतः ही मुझे कुछ शक्तियाँ अवश्य मिल गयी हैं।”

“आप बस मेरा एक बहुत छोटा-सा कार्य कर दें।”

“क्या?”

“बस आप मेरे लिए इतना कर दें कि स्वर्ण-मृग का रूप बनाकर सीता के सम्मुख निकलें। स्वर्ण-मृग देखकर वह राम से उसे लाने के लिये कहेगी, राम उसके पीछे जाएगा और देर होने पर उसके पीछे लक्ष्मण भी... और बस तभी मैं मौका पाकर सीता का अपहरण कर लूँगा।”

रावण की योजना और उसमें अपनी भूमिका सुनकर मारीच दंग रह गया। उसकी देह में सिहरन दौड़ गयी।

“यह तुम क्या कह रहे हो रावण!”

“क्यों, ठीक ही तो कह रहा हूँ।”

“राम साधारण मानव नहीं हैं, उनके अब तक के किये कार्यों पर दृष्टि डालो, ऐसा करके तुम अपने सर्वनाश को निमन्त्रण मत दो रावण, सीता तुम्हारे लिए काल बन जायेंगी।”

मारीच से इस तरह की बातें सुनकर रावण अपने क्रोध पर नियंत्रण नहीं रख सका। उसके स्वर में कठोरता आ गयी।

“मारीच मैं यहाँ तुमसे सलाह लेने तो नहीं आया हूँ किन्तु हाँ इस तरह की बातें करके तुम अपनी कायरता का परिचय अवश्य दे रहे हो, रावण को डराने का प्रयास मत करो।”

“यदि तुम ऐसा समझ रहे हो तो यह मेरा दुर्भाग्य ही है; मैं तो आयु में बड़े हाने के नाते अपनी समझ से सही सलाह देने का प्रयास ही कर रहा था।”

“मारीच तुम सचमुच कायर हो, पहले भी अपनी माँ और भाई का वध देखकर भी तुम वहाँ से भाग निकले थे।”

“हाँ क्योंकि मैं उनके अनुचित और निन्दा करने योग्य कार्यों के साथ नहीं खड़ा रह पाया था।”

“अच्छा।” रावण ने व्यंग्य से कहा।

"तुम मुझे कायर कह लो रावण और भी जो चाहो वह भी कह लो, किन्तु दया करो मुझे इसमें मत घसीटो।"

यह सुनकर रावण अपनी सारी बनावटी विनम्रता और शिष्टाचार भूल गया।

"मारीच तूने यह भी स्मरण नहीं रखा कि मैं तेरा राजा होकर भी तेरे पास इस छोटे-से कार्य के लिये आया हूँ किन्तु; तेरे मन में इस राक्षसेन्द्र लंकापति रावण की इच्छा का सम्मान भी नहीं दिखायी पड़ता।" रावण ने क्रोध से कहा।

"मैं तुम्हारा सम्मान करता हूँ राक्षसेन्द्र और देखो राजा की हाँ में हाँ मिलाने वाले तो बहुत मिलते हैं, किन्तु उससे सत्य कहने और सही राय देने वाले बिरले ही होते हैं, मैं तो तुम्हारे हित की बात ही कह रहा था।"

"मुझे शिक्षा देने का साहस मत करो मारीच और हाँ यह जान लो कि अब यदि तुम मेरी बात नहीं मानोगे तो मैं तुम्हारा वध करूँगा।" कहते हुए रावण मुख-मुद्रा बहुत कठोर हो गयी और हाथ शस्त्र पर चला गया।

"यदि मुझे मरना ही है तो तुम्हारे हाथ से मरने की अपेक्षा श्रीराम के तीर से मरना श्रेयस्कर है, मैं तुम्हारा कार्य करूँगा रावण।" मारीच ने रावण की मुद्रा देखकर कहा।

"तुम समझदार हो मारीच, शीघ्र ही इसके लिए तैयार रहना, कहते हुए रावण ने जोर से मारीच के कन्धे पर अपना हाथ इस प्रकार रखा जैसे प्रहार किया हो।

रावण के इस अचानक प्रहार से मारीच चौंक उठा। उसे लगा उसका कन्धा टूट जायेगा। तीव्र पीड़ा से उसके मुख से 'आह' निकल गयी। यह देखकर रावण निर्लज्जतापूर्वक क्रूर हँसी हँसा।

"इसे परिहास ही समझ मारीच।" उसने कहा और वापस हो लिया।

12
अँधेरों की वेदी पर

रावण के जाने के बाद मारीच बहुत देर तक अपने कन्धे की पीड़ा को झेलता रहा। उसे समझ में नहीं आ रहा था कि वह क्या करे, कहाँ जाए। वह कहीं भी जाकर छुपे रावण उसे ढूँढ़ तो लेगा ही। बहुत देर तक सोचने के बाद उसे लगा कि वह जाकर शूर्पणखा से मिले।

मारीच ने उसी समय वह स्थान छोड़ दिया और दण्डकवन के लिए चल पड़ा। पैदल ही दण्डकवन में शूर्पणखा के स्थान तक पहुँचने में मारीच को कई दिन लग गये। मार्ग के काँटों, झाड़ियों, पहाड़ियों से होते हुए, जंगली जानवरों से बचते और भूख-प्यास से लड़ते हुए मारीच जब शूर्पणखा के पास पहुँचा वह बहुत ही दयनीय हो चुका था। वृद्धावस्था की ओर अग्रसर बढ़ी हुई जटाओं, बेतरतीब दाढ़ी और बहुत थका हुआ दीन-हीन-सा मारीच जब शूर्पणखा के सम्मुख पहुँचा तो वह उसे पहचान नहीं सकी।

"वृद्ध! कौन हो तुम?" उसने मारीच से पूछा।

"पुत्री मैं मारीच।"

"मातुल, आप!"

"हाँ मैं।"

"आपकी यह दशा किसने बनायी?"

"समय ने।"

इसके बाद शूर्पणखा ने उसे जलपान इत्यादि दिया, उसके स्नानादि का प्रबन्ध किया। मारीच ने इसके बाद स्वयं को कुछ स्वस्थ अनुभव किया।

"मातुल आप कुछ देर विश्राम कर लें, फिर बात करेंगे; तब तक मैं आपके लिए भोजन का प्रबन्ध करती हूँ।"

"ठीक है बेटी।" मारीच ने कहा, वह सचमुच बहुत थक गया था। भोजन करते हुए मारीच ने कई बार कहा,

"आज बहुत दिनों के बाद मुझे ढंग का भोजन मिला है।"

भोजन के पश्चात शूर्पणखा, कुम्भीनसी और मारीच तीनों साथ बैठै और उन्होंने एक-दूसरे के साथ बहुत देर तक अपनी बातें साझा कीं। मारीच के लिए रावण का आदेश सुनकर शूर्पणखा और कुम्भीनसी दोनों आश्चर्य और पीड़ा से भर उठीं।

"मातुल आप हमारी पीड़ा समझ सकते हैं; रावण के प्रति हमारा आक्रोश स्वाभाविक है और उसका दर्प तोड़ने के लिये ही हमने यह सब किया है... किन्तु इसमें निरपराध आप जैसे साधु की बलि चढ़ जाएगी इसका हमें स्वप्न में भी अनुमान नहीं था।"

"होता है पुत्री, ऐसा ही होता है; किसी भी युद्ध में अपराधियों से कहीं अधिक निरपराध और सज्जन व्यक्तियों की ही बलि चढ़ती है, इस बार मेरा नम्बर आ गया।"

"हम बहुत लज्जित हैं मातुल, हमें क्षमा कर दें।"

"अकारण ही... मुझे इसमें तुम्हारी त्रुटि नहीं दिखती और मेरे मन में तुम्हारे लिए कुछ भी अप्रिय नहीं है।"

"आप कहीं दूर भाग क्यों नहीं जाते?" कुम्भीनसी ने कहा।

"क्या करना है भागकर; भागता वह है जो भयभीत होता है, मैं भयभीत नहीं हूँ... मृत्यु तो आनी ही है आज नही तो कल; किन्तु राम, सीता और लक्ष्मण जैसी पवित्र आत्माओं के दर्शन और फिर राम के बाण से इस देह का त्याग, इससे अधिक सौभाग्य की बात और क्या होगी। बचपन में एक बार उनके बाण से प्राण जाते-जाते बचे थे, किन्तु तब मैं उन्हें पहचानता नहीं था अतः उस समय उस बाण से मरता तो कष्ट से मरता।"

"और अब?" कुम्भीनसी ने पूछा।

"अब उनके कार्यों को देखकर, ऋषियों के सान्निध्य में रहकर और इतने वर्षों की साधना के बाद मैं उन्हें जान पाया हूँ, अतः अब उनके बाण से प्राण छूटेंगे यह मुझे आनन्द की अनुभूति से भर रहा है।"

"तो फिर कष्ट कहाँ है मातुल, आप दुःखी क्यों हैं?"

"हाँ तुम्हारा यह प्रश्न सर्वथा उचित है, जब आनन्द है तो दुःख किस बात का।"

"हाँ क्या ये विपरीत स्थितियाँ नहीं हैं।"

"हैं, ये विपरीत स्थितियाँ ही हैं; मैं तुम्हें बताता हूँ कि मुझे दुःख किस बात का है। मुझे दुःख है इस दुष्ट रावण द्वारा सीता के हरण में भागीदार बनने का। इस कुकृत्य में मेरी सहभागिता भी होगी यह बात मुझे बहुत पीड़ा दे रही है और आने वाली पीढ़ियाँ मुझे एक खलनायक के रूप में ही याद करेंगी कुछ पीड़ा इसकी भी तो है ही।"

"सत्य है, रावण के द्वारा सीता का हरण एक कुकृत्य है और आप तो कम हम तो इसमें बड़े भागीदार हैं... किन्तु रावण के अहंकार को नष्ट करने का कोई अन्य उपाय है क्या?" शूर्पणखा ने कहा।

"शूर्पणखा देखो...

नमन्ति फलिता वृक्षा नमन्ति च बुधा जनाः।
शुष्ककाष्ठानि मूर्खाश्च भिद्यन्ते नमन्ति च।।

फले हुए वृक्ष झुक जाते हैं, बुद्धिमान विनम्र हो जाते हैं; पर सूखी लकड़ी और मूर्ख काटने पर भी नहीं झुकते। रावण इनमें से किस श्रेणी में आता है यह कहने की आवश्यकता है क्या?" मारीच ने कहा।

"नहीं।" सूर्पणखा ने कहा।

"और हाँ जो प्रश्न तुमने पूछा है उसका उत्तर तो यह है कि इस समय पृथ्वी पर राम के अतिरिक्त अन्य किसी में भी यह सामर्थ्य नहीं है कि वह इस रावण के दर्प का नाश कर सके।"

"और फिर इस सारे प्रकरण के बाद सीता तो राम को सुरक्षित ही वापस मिल जाएँगीं।" शूर्पणखा ने कहा।

"हाँ, क्योंकि मातुल सम्भवतः आपको ज्ञात नहीं है कि रावण को नलकूबर का श्राप है कि यदि इसने अब किसी स्त्री के साथ बलपूर्वक उसकी अस्मिता पर हाथ डालने का प्रयास किया तो इसके सिर के टुकड़े हो जाएँगे।" कुम्भीनसी ने कहा।

''क्या नलकूबर में श्राप देने की शक्ति थी?'' मारीच ने पूछा।

''नलकूबर में श्राप देने की शक्ति रही हो या न रही हो किन्तु सताये हुए व्यक्ति की आह बहुत भारी होती है यह मैं जानती हूँ और इस रावण ने तो ऐसी पता नहीं कितनी आहें बटोर रखी हैं।'' कुम्भीनसी ने कहा। फिर आगे जोड़ा,''और हाँ एक बात और।

''क्या?''

''नलकूबर के श्राप में शक्ति रही हो या नहीं किन्तु उसके बाद से इसने किसी स्त्री के साथ बल प्रयोग किया हो ऐसा सुनाई तो नहीं पड़ा।''

शूर्पणखा और कुम्भीनसी से इस वार्तालाप के बाद मारीच ने उनसे विदा माँगी।

''अब कहाँ जाएँगे मातुल?'' शूर्पणखा ने पूछा।

''लंका जा रहा हूँ, इस रावण के राज्य में मन्दोदरी एक मात्र प्रणम्य व्यक्तित्त्व है, एक बार उसके दर्शनों की और आकांक्षा है, किन्तु पता नहीं रावण इसकी अनुमति देगा या नहीं।

''मातुल आप वहाँ जा रहे हैं ठीक है किन्तु वहाँ यदि किसी से भी हमारी इस भेंट की चर्चा करेंगे तो अनिष्ट निश्चित है।''शूर्पणखा ने कहा।

''इतना मूर्ख नहीं हूँ मैं।'' कहकर मारीच ने विदा ली।

मारीच जब रावण के महल तक पहुँचा तो उसके आने के समाचार से रावण चकित हुआ। उसे लगता था कि मारीच को पकड़कर लाना पड़ेगा, किन्तु वह स्वयं चलकर आ जाएगा रावण को इसकी कोई आशा नहीं थी। रावण ने उसे भीतर बुलाया और एकान्त कक्ष में ले गया।

''जब तक मैं न बुलाऊँ कोई भीतर नहीं आएगा,'' उसने द्वार पर खड़े सन्तरी से कहा।

सन्तरी ने इसके उत्तर में थोड़ा झुककर अपना शीश नवाया। कक्ष के भीतर पहुँचकर रावण एक आसन पर बैठ गया। उसने एक दूसरे नीचे आसन पर बैठने

के लिये मारीच को संकेत किया, किन्तु मारीच नहीं बैठा।

"नहीं मैं इस योग्य नहीं कि लंकापति राक्षसेन्द्र के सम्मुख बैठूँ।"

रावण ने इसका कोई प्रतिवाद नहीं किया। सम्भवतः वह चाहता था कि मारीच उसके और अपने बीच के अन्तर को याद रखे और उसकी आज्ञा को टालने की बात सोच भी न सके।

"कैसे आना हुआ?" रावण ने पूछा।

"आपके आदेश के अनुपालन के लिये उपस्थित हुआ हूँ।"

"उसके लिए तुम यहाँ तक चले आये, इतनी शीघ्रता क्या थी?"

"नहीं शीघ्रता नहीं, वस्तुतः वहाँ मेरे मन में जो संशय था वह समाप्त हो चुका है और अब मुझे लगा कि आपके आदेश की प्रतीक्षा में मैं स्वयं उपस्थित हो जाऊँ यही उचित है।"

"तुम्हारा यह विचार श्लाघ्य है मारीच, किन्तु यहाँ आने का कुछ और भी कारण हो तो कह सकते हो।"

"राजमहिषी मन्दोदरी मेरी पुत्रवधू हुईं; वे अत्यन्त पतिव्रता और प्रणम्य हैं और मय दानव की पुत्री हैं, जिससे परिचित होने का सौभाग्य मुझे प्राप्त है।"

"तो?"

"मृत्यु के मुख में जाने से पूर्व एक बार उनके दर्शनों की अभिलाषा है।"

"कहीं ऐसा तो नहीं कि मृत्यु से डर कर उनसे प्राणों की रक्षा की गुहार लगाना चाहते हो; यदि ऐसा कुछ भी तुम्हारे मन में है तो यह व्यर्थ ही है, रावण को उसके निश्चय से विमुख करने की सामर्थ्य किसी में भी नहीं है।"

"नहीं, न मेरे मन में मृत्यु का भय है और न ही किसी से प्राणों की रक्षा की गुहार लगाने की इच्छा, फिर भी मैं वचन देता हूँ कि मैं राजमहिषी के सम्मुख इस विषय पर कुछ भी नहीं बोलूँगा।"

"ठीक है।" कहकर रावण ने मन्दोदरी को बुलवाया।

असमय में ही रावण के इस बुलावे पर मन्दोदरी थोड़ी हैरान हुई और उससे भी अधिक हैरान तब हुई जब महल के एकान्त कक्ष में उसने मारीच को भी देखा।

"प्रणाम!" उसने मारीच से कहा।

''सुखी रहो।'' मारीच ने कहा।

''मातुल बहुत दिनों बाद आपके दर्शन हुए हैं किन्तु आपने मुझे सौभाग्वती होने का आशीर्वाद क्यों नहीं दिया?''

'मैं इसे क्या सौभाग्यवती होने का आशीर्वाद दूँ जबकि दुर्भाग्य इसके पति रावण और उसके हितैषियों के द्वार खटखटाना प्रारम्भ कर चुका है' मारीच के मन में आया किन्तु प्रकट में उसने कहा,

''जो सौभाग्यवान होगा वही तो सुखी रहेगा, इसमें सब कुछ निहित है।''

''कैसे पधारना हुआ?''

''बस बहुत समय से तुम लोगों से मिलना नहीं हुआ था; अब वृद्ध हो चुका हूँ पता नहीं कब यह देह छूट जाए यही सोचकर मिलने आ गया।''

''आप मिलने आये यह तो आपका उपकार है किन्तु देह छूटने की बात मत कीजिए।''

''मिट्टी से क्या मोह।'' मारीच ने बहुत धीरे से मानो स्वयं से कहा।

''मैं आपके लिए जलपान का प्रबन्ध करती हूँ।'' कहते हुए मन्दोदरी उठने लगी तो मारीच ने कहा,

''नहीं इसकी बिलकुल भी आवश्यकता नहीं है और अब मैं चलूँगा।''

''थोड़ा रुकिए, कहाँ जाएँगे?'' रावण ने मारीच से कहा और मन्दोदरी को जाने का संकेत किया।

मन्दोदरी वहाँ कुछ देर और रुककर मारीच से बातें करना चाहती थी किन्तु रावण के इस संकेत से वह समझ गयी कि कुछ विशेष बात होगी। वह उठकर चली गयी। अब रावण ने मारीच से कहा,

''जब तुम आ ही गये हो तो मैं भी इस कार्य को शीघ्र ही निपटाना चाहूँगा।''

''उचित है और मैं अपनी भूमिका के लिये प्रस्तुत हूँ।''

''जो हमारी योजना है उसके अनुरूप ही तुम कल स्वर्णमृग के रूप के रूप में सीता के सम्मुख निकलना। सीता के अनुरोध पर राम अवश्य ही तुम्हारे पीछे आएगा और यही मेरे लिए उसके हरण का उचित अवसर होगा।''

राम तो वहाँ से हट जाएँगे किन्तु लक्ष्मण तुझे यमलोक पहुँचाने के लिये पर्याप्त होंगे रावण' मारीच ने मन ही मन कहा किन्तु तभी जैसे कुछ स्मरण हो

आया हो ऐसे रावण ने कहा,

"और हाँ राम तो हट जाएगा किन्तु उसका छोटा भाई तो वहीं होगा; मैंने सुना है वह भी बहुत बड़ा धनुर्धारी योद्धा है।"

'हाँ और तुम्हारे प्राण लेने में सक्षम भी है' मारीच ने पुनः मन ही मन कहा किन्तु प्रकट में बोला,

"हाँ मैंने भी ऐसा सुना है।"

"तो तुम ऐसा करना मारीच..." रावण ने कहा और कुछ सोचने लगा।

"क्या?"

"हाँ ठीक है; उपाय समझ में आ गया। उनके आश्रम से दूर जाने के बाद तुम राम की आवाज में करुण स्वर से 'हा लक्ष्मण, हा लक्ष्मण' कहकर जोर से आर्तनाद करना।"

"यह भी करना होगा मुझे?"

"हाँ यह भी क्योंकि इसके बाद लक्ष्मण भी राम की ओर चल पड़ेगा और कुछ देर के लिये सीता अकेली रह जाएगा, बस तभी मैं उसका अपहरण कर लूँगा।"

" अब मृत्यु के पूर्व यह नाटक भी करना होगा और यह तो सरासर धोखा देना होगा।"

"धोखा तो तुम उन्हें दे ही रहे होगे मारीच, अब उसमें थोड़ा क्या और बहुत क्या... तुम स्वर्णमृग हो क्या यह झूठ और धोखा नहीं है?"

"है।"

"है न... तो ये राजकाज है इनमें साम, दाम, दण्ड, भेद के अतिरिक्त भी बहुत कुछ करना पड़ता है; तुम उसी का एक निमित्त हो मारीच... अधिक सोच विचार में मत पड़ो, कल प्रातःकाल सूर्य के थोड़ा चढ़ते ही तुम्हें यह कार्य सम्पन्न करना होगा और अब तुम जाओ कल की तैयारी करो।"

"जाऊँ?" मारीच के स्वर से ऐसा लगा जैसे उस मन में इतना शीघ्र इस तरह का आदेश मिलने की आशा नहीं थी।

"हाँ संशय का समय नहीं है; यदि तुम्हारा कोई परिवार होता तो उसे मैं तुम्हारे इस कार्य के पुरस्कार-स्वरूप बहुत अधिक स्वर्ण और रत्न प्रदान करता

किन्तु ऐसा तो कुछ भी है ही नहीं... पर हाँ मारीच यह रावण सदैव तुम्हारा ऋणी रहेगा।''

'मृत्यु के बाद इस ऋणी होने न होने का अर्थ ही क्या शेष रह जायेगा अधम।' मारीच ने मन में कहा।

''जाओ, कल सुबह मैं तुम्हें पंचवटी में ही मिलूँगा।'' रावण ने कहा।

''अच्छा।''

मारीच के जाने के बाद रावण भी कक्ष से निकलने ही वाला था कि मन्दोदरी आ गयी।'

''क्या हुआ?''

''मुझे लगता है आपने कोई योजना बनायी है।''

''कैसी योजना?''

''यह तो आप ही जानते होंगे, किन्तु अभी कुछ दिन पूर्व ही आप चक्रवर्ती की कैद से छूटकर आये हैं, इतना शीघ्र पुनः किसी नयी योजना पर कार्य मत प्रारम्भ कीजिए; हमारे पास सब कुछ तो है अब कुछ दिन शान्ति से क्यों नहीं बैठते।''

''राजा शान्त बैठता है तो शत्रु सक्रिय हो जाते हैं।''

''तो जिस जीवन में शान्ति न हो उसका अर्थ ही क्या है।''

''शान्ति का अर्थ निष्क्रियता होता है, रावण निष्क्रिय बैठने के लिये नहीं जन्मा है। मात्र जीवित रहने के लिये भी बराबर संघर्ष करते ही रहना पड़ता है वह छोटा हो या बड़ा; संसार में कौन-सा प्राणी बिना संघर्ष के जीवित है बताओ?''

''जितना आवश्यक हो उतना संघर्ष तो ठीक है किन्तु बार-बार बड़े-बड़े संघर्ष मोल लेते रहना और अपने संघर्ष में दूसरों के जीवन की आहुति देना क्या यह क्रूरता नहीं है।''

''तुम कहना क्या चाहती हो मन्दोदरी?''

''अभी-अभी मैंने मातुल मारीच को यहाँ से बाहर जाते देखा है।''

"तो, जो आया है वो जाएगा भी।"

रावण की इस बात पर मन्दोदरी हँसी।"

"हाँ ठीक है, जो आया है वो जाएगा ही; हम भी आये हैं और हम भी चले ही जाएँगे।"

"हाँ सो तो है, किन्तु कुछ लोग जाने के साथ ही मिट जाते हैं और कुछ को उनके जाने के बाद भी मिटाना आसान नहीं होता।"

"आप विद्वान हैं, महापण्डित कहलाते हैं मैं आपसे किसी भी वाद-विवाद में जीत नहीं पाऊँगी और मैं जीतना चाहती भी नहीं हूँ।"

"तो फिर अपनी बात कहो मन्दोदरी।"

"मैंने जाते हुए मातुल मारीच का मुख देखा, उस पर अत्यधिक पीड़ा दिखायी दे रही थी; आपने ऐसा कौन-सा कार्य उन्हें सौंपा है?"

"वह जिस कार्य के योग्य हैं मैंने उन्हें वही कार्य सौंपा है।"

"क्या कार्य है वह?"

"समय आने पर सबको पता चल ही जाएगा, किन्तु अभी तो मैं नहीं बता सकता।"

"मुझे भी नहीं?"

"इतना आग्रह कर रही हो तो बता देता हूँ; राम और लक्ष्मण के द्वारा मेरी बहन का जो अपमान किया गया है उसका बदला तो मुझे उनसे लेना ही है; मारीच को उसी के लिए कुछ कार्य सौंपा है।"

"क्या?"

"यह तो अभी नहीं बता सकता।"

"मुझे लगता है इसमें उनके प्राणों का संकट है।"

"ऐसा कैसे कह सकती हो तुम मन्दोदरी?"

"यह तो उनके मुख पर ही लिखा हुआ था, किन्तु एक बात और है।"

"क्या?"

"राम के कार्यों पर दृष्टि डालें, वे साधारण नहीं असाधारण पुरुष लगते हैं, उनसे शत्रुता मोल लेने के पूर्व सोचिएगा अवश्य।"

“शत्रुता तो अब हो ही चुकी है और यह मैंने नहीं उन्होंने मोल ली है।”

“शत्रु मित्र भी हो जाया करते हैं, अर्जुन चक्रवर्ती भी शत्रु से मित्र ही तो बना है।”

मन्दोदरी द्वारा अर्जुन चक्रवर्ती की चर्चा से अपने अपमान और उसकी कैद में रहने की स्मृतियाँ रावण को पीड़ा दे गयीं। कठोरता उसके मुख पर तैर गयी।

“मन्दोदरी! तुम अपनी सीमा लाँघ रही हो।”

“यदि आपको मेरी किसी बात से दुःख पहुँचा है तो मैं क्षमाप्रार्थी हूँ, मेरा यह उद्देश्य न कभी रहा है न अब है और न भविष्य में ऐसा होना सम्भव है।”

“फिर इस तरह की बातों का प्रयोजन?”

“हममें से हर एक की कुछ सीमाएँ होती हैं, मैं केवल यही कहना चाह रही थी।”

“होती होंगी सीमाएँ; जिनके लिए होती हों वे उन्हें देखते बैठे रहें किन्तु इस रावण के लिए कहीं कोई सीमाएँ नहीं हैं और अब मुझे कुछ दूसरे कार्य भी हैं, मैं चलता हूँ।” रावण का क्रोध अभी भी शान्त नहीं हुआ था।

“जाइए। मैं आपके किसी भी कार्य में बाधा नहीं बनना चाहती, किन्तु मुझे लगता है कि एक बात जो मेरे मन में कुछ समय से है उसे कहने का इससे अधिक उचित समय नहीं होगा अन्यथा फिर बहुत देर हो जायेगी।”

“तुम्हारे मन में जो कुछ हो कहो, मुझे पता है कि तुम विदुषी हो।”

“चाहे जिस भी कारण से हो किन्तु आपके हाथों शूर्पणखा के पति विद्युज्जिह्व का वध हुआ है।”

“किन्तु उसके बदले में मैंने उसे दण्डकारण्य की स्वामिनी भी तो बना दिया।”

“धन या वैभव कभी भी किसी स्त्री के जीवन में उसके पति की प्रतिपूर्ति नहीं कर सकता।”

“हो सकता है।”

“ऐसा ही है; मैं स्त्री हूँ मैं उस पीड़ा को समझ सकती हूँ।

“हूँ।”

“और उसके बाद वन में होने के कारण उचित उपचार के अभाव में उसने

अपना नन्हा शिशु भी खो दिया।''

''हाँ उस बच्चे की असामयिक मृत्यु का यह एक कारण हो सकता है।''

''हो सकता है कि कोई कुशल वैद्य भी उस बच्चे को न बचा पाता किन्तु शूर्पणखा के मन में उसे उपचार न दे पाने की पीड़ा तो होगी ही।''

''हाँ होगी यह स्वाभाविक है।''

''और कुम्भीनसी; वह भी अपने वैधव्य के लिये आपको ही दोषी मानती होगी इसमें कोई सन्देह है क्या?''

''तुम कहना क्या चाहती हो मन्दोदरी?''

''वे आपका भला चाहती होंगी इसमें मुझे सन्देह है; इस सारे प्रकरण में कहीं कोई षड्यंत्र भी छुपा हुआ हो इस सम्भावना से इनकार तो नहीं किया जा सकता है।''

''किन्तु मुझे अपनी बहनों पर विश्वास है और फिर अब तो बात बहुत आगे बढ़ चुकी है।''

इस बात पर मन्दोदरी चुप रह गयी, यद्यपि वह कहना चाहती थी कि इस बात को अभी भी जहाँ है वहीं रोक देने में क्या बुरा है 'जब जागें तभी सवेरा,' किन्तु वह जानती थी कि यह बात रावण को न अच्छी लगेगी, न वह मानेगा।

''अब पीछे हटने से सीधा सन्देश यही तो जाएगा कि दिग्विजयी रावण उन दो दशरथ पुत्रों से इतना डर गया कि अपनी भगिनी के अपमान का बदला लेने से भी पीछे हट गया।'' रावण ने कहा।

स्वयं को दिग्विजयी कहते हुए रावण का दर्प स्पष्ट सामने आ गया था फिर भी मन्दोदरी ने कहा,

''ठीक है किन्तु मुझे लगता है कि इस बारे में बहुत सावधानी पूर्वक और फूँक-फूँककर कदम रखने की आवश्यकता है।''

''सावधानी अपनी जगह है किन्तु रावण फूँक-फूँककर कदम रखना नहीं सीखा है; वह कदम रखता है तो धरती हिल जाती है, किन्तु अब तुम जाओ और मुझ पर विश्वास रखो।'' कहते हुए रावण उठ खड़ा हुआ और ''भगवान शिव आपकी रक्षा करें'' कहती हुई मन्दोदरी वहाँ से चली गयी।

मौन की कैद में

रहना नियति है तो
साँसें ले लो लेकिन
रोना मत
अनुमति नहीं है न

रावण की आज्ञा के अनुसार मारीच समय से ही पंचवटी पहुँच गया। रावण भी वहीं था। वह साधु के वेष में था। मारीच ने उसे देखा और समझ गया कि वह साधु के वेष में ही सीता को धोखा देकर उनका हरण करेगा।

'मुझे कायर कहने वाला यह रावण स्वयं कितना अधिक कायर है' उसने सोचा और उसका मन रावण के प्रति घृणा से भर उठा।

"आ गये।" रावण ने उसे देखकर कहा।

"हाँ।"

"इधर आओ।" कहकर रावण उसे वृक्षों और झाड़ियों की आड़ में ले गया। मारीच ने देखा वहाँ घनी और बड़ी-बड़ी झाड़ियाँ थीं। रावण ने अपना रथ भी यहीं छुपा रखा था।

"शीघ्र ही हिरण का रूप धारण कर सीता के सम्मुख जाओ।"

"रावण, मैं तुम्हारे आदेश का पालन करने को प्रस्तुत तो हूँ ही और मैं अपनी मृत्यु के भय से नहीं अपितु तुम्हारे हित की दृष्टि से एक बार पुनः कर रहा हूँ कि राम से वैर मोल लेने के पूर्व एक बार पुनः सोच लो, वे साधारण मनुष्य नहीं हैं।"

"रावण साधारण लोगों से भिड़ने में अपना समय नष्ट नहीं करता, वह असाधारण लोगों से संघर्ष कर और उन्हें जीतकर ही रावण बना है।"

"आज तक तुमने जितने लोगों को जीता है, राम उनसे बहुत भिन्न हैं; उनके बाण कहीं अधिक नुकीले, अति तीव्र, अचूक लक्ष्यवेधी और अति भयंकर होते हैं, उनकी काट इस पृथ्वी पर किसी के पास नहीं है।"

"मारीच मुझे लगता है कि राम के बाण तो जब चलेंगे तब चलेंगे, किन्तु उनका भय दिखाकर तू मुझे पहले ही मार डालेगा।"

"रावण, मेरी बातों को मिथ्या मानने से पूर्व सोचो कि अकेले ही महाबली

खर, दूषण और उनकी सारी सेना का संहार करने वाले राम के बाणों में कितनी अधिक शक्ति और स्वयं उनमें कितना रण-कौशल होगा।''

''बेकार की बातों में समय मत नष्ट कर मारीच, तू जाता है या मैं तुझे यमलोक पहुँचाऊँ!''

''नहीं इसकी आवश्यकता नहीं है, मैं पहले ही कह चुका हूँ कि तुम्हारे हाथों मरने की अपेक्षा राम के हाथों मरना मुझे बहुत अधिक श्रेयस्कर लगता है।''

''तो जा, मैं तुझ जैसे प्राणी के रक्त से अपने हाथ रँगना भी नहीं चाहता।''

रावण की योजनानुसार मारीच स्वर्णमृग बनकर सीता के सामने से गुजरा। इसके बाद सीता के कहने से पहले राम और फिर लक्ष्मण उसके पीछे गये और एकान्त पाकर साधु का वेष बनाकर छलपूर्वक रावण ने सीता का अपहरण कर लिया।

सीता का अपहरण करने के बाद रावण उन्हें लेकर अपने महल में पहुँचा। सीता रोते-रोते थककर चुप हो चुकी थीं। रावण ने उन्हें अपना महल और अपना वैभव दिखाकर प्रभावित करने का प्रयास किया किन्तु सीता जब इस सबसे बिलकुल भी प्रभावित नहीं हुईं तो रावण सीता को अपने महल के एक कक्ष में कुछ राक्षस स्त्रियों की निगरानी में कर, प्रसन्न और विजय की भावना से युक्त अपने कक्ष में आकर बैठा ही था कि आश्चर्य और रोष से भरी हुई मन्दोदरी आ गयी।

''कौन है यह?'' उसने रावण से पूछा।

''सीता, राम की स्त्री।''

''इसका हरण किया है आपने?''

''हाँ, करना पड़ा।''

''क्यों?''

''मुझे उन दशरथ कुमारों से शूर्पणखा का बदला लेना है।''

''तो उनसे लड़ते, एक स्त्री को सताने से क्या वह बदला पूरा हो जाएगा?''

"नहीं, किन्तु यह उसी दिशा में उठाया हुआ एक पग तो है ही।"

"कैसे?"

"उस राम ने ही खर, दूषण और मेरी चौदह सहस्त्र सेना का वध किया है, अब वह अपनी स्त्री के वियोग में तड़पेगा; वे दोनों भाई स्वयं को बहुत अपमानित भी अनुभव कर रहे होंगे, मैंने उनके सिर नीचे किये हैं।"

"हूँ..." मन्दोदरी ने ओंठ भींचते हुए कहा।

"हाँ इस विरह और अपमान की अग्नि से उनके बल क्षीण होंगे और मैं सरलता से उन पर विजय प्राप्त कर सकूँगा।"

"इसका एक दूसरा पक्ष भी तो है।"

"क्या?"

"इससे वे भयंकर क्रोध में आकर बहुत खतरनाक भी तो हो सकते हैं।"

"यह रावण यदि किसी के क्रोध या खतरों की परवाह करता तो आज इतने बड़े साम्राज्य का स्वामी नहीं होता।"

"तो इतने बड़े साम्राज्य के स्वामी को एक स्त्री को इस प्रकार सताना उचित है क्या?"

"मेरी बहन शूर्पणखा भी स्त्री ही तो थी और मात्र प्रणय-निवेदन के अतिरिक्त उसका कसूर ही क्या था?"

"और वह उसका सीता पर हमला करना..."

"वह इतने अपमान के बाद उत्पन्न हुए क्रोध की एक साधारण प्रतिक्रिया मात्र ही तो थी।"

"तर्कों में तो सम्भवतः मैं आपसे नहीं जीत पाऊँगी।"

"मुझे तर्कों के तीर से पराजित करने की तुम्हें आवश्यकता ही क्या है, जबकि मैं तुम्हारे नयनों के तीर से ही पराजित हो जाता हूँ।" रावण ने हँसकर परिहास करते हुए कहा किन्तु इसका मन्दोदरी पर कोई प्रभाव नहीं हुआ। उसने पूछा,

"और आपने सीता का हरण क्या उन दशरथ कुमारों के सम्मुख ही किया था?"

"नहीं, मारीच स्वर्णमृग बनकर उनके सम्मुख से निकला था।"

"फिर?"

"सीता के कहने पर उसे पकड़ने के लिये राम उसके पीछा दौड़ा और उसके कुछ देर बाद लक्ष्मण भी राम के पीछे गया, तभी अवसर पाकर मैंने इसका अपहरण किया।"

"क्या इसे चोरी नहीं कहेंगे?"

"नहीं इसे युक्ति कहेंगे और फिर स्वर्णमृग भी कहीं होते हैं; यह स्वर्णमृग को पाने के लिये बिना विचारे उसके पीछे दौड़ जाना क्या लोभ में अन्धा हो जाना नहीं है?"

"हाँ..." कहकर मन्दोदरी ने गहरी साँस ली।

"तो लोभ में अन्धा होने के दुष्परिणाम तो होंगे ही, इसके लिए मैं कैसे उत्तरदायी हुआ?"

"हाँ इसके लिए आप कैसे उत्तरदायी हुए।" मन्दोदरी के स्वर में वेदना और व्यंग्य दोनों थे।

"और निर्दोष तपस्वी मातुल मारीच, उनका क्या हुआ?" मन्दोदरी ने कहा।

"वह राम के तीर से मारा गया,"

"आह!" मन्दोदरी के मुख से निकला।

"दुःखी मत हो मन्दोदरी, इतना बड़ा राज्य चलाने में इस तरह की आहुतियाँ तो पड़ती ही रहती हैं, इनसे कौन बच सका है।"

"हूँ...।" मन्दोदरी ने कहा, "और यह सीता रहेगी कहाँ, क्या यहाँ इसी महल में इसका आर्तनाद गूँजता रहेगा?"

"अभी रात्रि में सोने दो, सुबह उठकर इसका निर्णय करूँगा।"

"जो भी निर्णय करना हो कीजिएगा, किन्तु मेरे मन में एक बहुत प्रबल आशंका है, कह दूँ?"

"हाँ कहो।"

"मुझे सीता के आँसुओं में पानी नहीं आग दिखी है, जो इस समूची लंका को कभी भी जला सकती है; यह लंका से दूर ही रहती तो अच्छा था।"

"तुम स्त्रियाँ थोड़ी-सी बात में ही भयभीत हो उठती हो, तुम्हें मेरी भुजाओं

पर भरोसा नहीं हैं क्या?''

''है, किन्तु आपका यह कार्य मुझे आग में खेलने जैसा लग रहा है; भगवान शिव आपको सद्बुद्धि दें और रक्षा करें।'' कहते हुए मन्दोदरी वहाँ से उठ ली।

मन्दोदरी के जाने के बाद रावण की प्रसन्नता और विजय की भावना पहले जितनी तीव्र नहीं रह गयी थी। वह बहुत देर तक तरह-तरह के विचारों में डूबा रहा, फिर सीता को महल से दूर अशोक वाटिका में रखने के निश्चय के साथ ही सो गया।

13

कुछ पीड़ा, कुछ सपने

मारीच की मृत्यु और सीता के हरण का समाचार कुम्भीनसी और शूर्पणखा तक भी पहुँच चुका था। निर्दोष, तपस्वी और वृद्ध मारीच की इस प्रकार मृत्यु की बात सुनकर वे बहुत दुःखी हुईं किन्तु सीता के अपहरण की बात सुनकर बहुत प्रसन्न भी।

"हमारी योजना सफल होती लग रही है शूर्पणखा।" कुम्भीनसी ने कहा।

"हाँ किन्तु निर्दोष मारीच की मृत्यु मुझे बहुत पीड़ा दे रही है।"

"मुझे भी और मात्र मारीच की मृत्यु ही नहीं सीता भी तो निर्दोष ही है; उसकी दशा सोचकर भी मुझे बहुत कष्ट हो रहा है।"

सीता के कष्ट की बात पर शूर्पणखा ने ऐसे मुख बिचकाया कि जैसे यह बात उसे व्यर्थ लगी हो; सच तो यह है कि सीता के प्रति ईर्ष्या की भावना तो उसमें जन्म ले ही चुकी थी।

"और अब! अब क्या लगता है तुझे शूर्पणखा?" कुम्भीनसी ने कहा।

"राम और रावण के मध्य युद्ध के अतिरिक्त और कोई सम्भावना अब शेष ही कहाँ है।"

"और इस युद्ध का परिणाम?"

"रावण की हार की पूरी सम्भावना है।"

"किन्तु एक ओर केवल दो पुरुष और दूसरी ओर बहुत बड़ी राक्षस सेना जिसमें स्वयं रावण ही नहीं कुम्भकर्ण, मेघनाद और अक्षय कुमार जैसे योद्धा भी हैं।"

"वे अयोध्या जैसे राज्य के राजकुमार हैं, जब युद्ध करना होगा तब सेना भी वे जुटा ही लेंगे।"

"और बीच में इतना विशाल समुद्र जो है।"

"उसके लिए भी वे कुछ न कुछ मार्ग तो खोज ही लेंगे, उसके कारण सीता को छोड़ तो नहीं देंगे।"

"और फिर भी यदि रावण ही विजयी हो गया तो?"

"मुझे रावण के पराजित होने की पूरी सम्भावना लगती है और इसे सम्भावना ही मत कह, यह मेरा विश्वास है कि उसका दर्प ही उसके विनाश का कारण बनेगा... किन्तु किसी तरह यदि रावण पराजित नहीं हुआ तो भी...

"तो भी क्या?"

" राम से युद्ध करने के बाद विजयी होकर भी वह विनाश के कगार तक पहुँच जाएगा। रावण जीते या हारे हर हाल में शूर्पणखा विजयी ही रहेगी।"

"मैं सोचती हूँ क्या हमारी कोई भूमिका भी इस युद्ध में हो सकती है?" कुम्भीनसी ने कहा।

"हाँ, सोच सोच तू बहुत अच्छा सोचती है; बहुत तेज मस्तिष्क दिया है ईश्वर ने तुझे।" शूर्पणखा ने हँसकर परिहास किया।

"परिहास करती है।"

"नहीं सत्य कह रही हूँ; तू न आती तो मैं यहाँ मात्र रो-रोकर अपने दिन काट रही होती सच।"

इन बातों को मात्र एक दिन ही बीता था कि कुम्भीनसी ने शूर्पणखा से कहा,

"शूर्पणखा, सुन!"

"क्या?"

"कुम्भकर्ण महाबली तो है किन्तु वह तो वर्ष में छह माह तो सोता ही रहता है और मेघनाद ने तप के द्वारा शिव से कई शक्तियाँ प्राप्त कर ली हैं, वह वीर भी है और एक पत्नीनिष्ठ भी।"

"हाँ, किन्तु इन बातों से क्या तात्पर्य है तेरा?"

"है न... रावण का पुत्र अक्षय कुमार बहुत वीर है किन्तु अभी कुँवारा है और

स्त्री लोभी भी।''

''तुझे कैसे पता?''

''तूने यमजिह्वा का नाम नाम सुना है?''

''हाँ वह लंका की प्रसिद्ध वेश्या है।''

''हाँ और उसकी पुत्री है मदालसा; वह अति सुन्दरी नवयुवती है।

''तो?''

''अक्षय कुमार उस पर मुग्ध है।''

''राजपुरुषों के लिए यह कुछ अनोखा तो नहीं है।''

''नहीं किन्तु यदि मदालसा ने अपने प्रेमजाल में फँसाकर, उससे बहुत-सा स्वर्ण इत्यादि लेकर फिर उसे ठुकरा दिया तो वह मन ही मन में टूट भी जाएगा और स्वयं रावण की दृष्टि में भी उसका वह सम्मान नहीं रह जाएगा।''

''हाँ यह तो है और इससे लंका का एक स्तम्भ भी कमजोर हो जायेगा; किन्तु इसमें तू क्या करने वाली है।''

''मुझे कुछ भी नहीं करना किन्तु कुछ समय बाद यही होने वाला है।''

''कैसे?'' शूर्पणखा ने आश्चर्य से पूछा।

''सुनती हूँ और फिर वेश्यागमन के परिणाम कुछ इसी तरह के तो होते हैं।''

''पर तू कैसे कह रही है यह सब?''

''क्योंकि मैंने सुना है कि अक्षय कुमार मदालसा के यहाँ बहुत अधिक आने जाने लगा है।''

कुम्भीनसी से इस वार्ता के कुछ दिन बाद ही शूर्पणखा ने सुना कि अक्षय कुमार उस मदालसा के जाल में पूरी तरह फँस चुका है। मदालसा अपनी माँ की सिखायी हुई सारी विद्याओं... चापलूसी, प्रेम-प्रदर्शन, उससे लिपटना और फिर रूठना; उसके एक दिन भी न आने पर स्वयं को बहुत विरह-पीड़ित दिखाना आदि का अक्षय कमार पर पूर्ण प्रयोग कर रही थी... इसके साथ ही गायन, नृत्य और बहुत अधिक मात्रा में मद्यपान भी जुड़ा हुआ था।

धीरे-धीरे अपनी माँ के निर्देशों पर चलते हुए मदालसा ने अक्षय कुमार से एक बड़ा-सा भवन और बहुत-सा स्वर्ण इत्यादि प्राप्त कर लिया और फिर एक दिन उसे मद्यप कहकर उसी के दिये हुए भवन से निकाल दिया।

अपना सब कुछ गवाँ चुके जुआरी की भाँति अक्षय कुमार धीरे-धीरे उस भवन से बाहर आया जो कभी उसने बड़े गर्व से मदालसा को भेंट किया था।

अक्षय कुमार के इस सारे प्रकरण की बातें कुछ नमक-मिर्च लगाकर लंका में फैल गयीं। सब कुछ सुनकर मन्दोदरी पीड़ा और अपमान से व्याकुल हो उठी।

"आप युद्धों के द्वारा संसार जीतने में ही लगे रहे, यदि बेटे की ओर भी ध्यान देते तो सम्भवतः जो हुआ है वह नहीं होता।" मन्दोदरी ने रावण से कहा, उसकी आँखों में अश्रु थे।

"राजपुत्रों की बातें हैं।"

"यह वेश्याओं का चक्कर! इसने मेरी कोख लजा दी है; राजपुत्रों को तो समाज में आदर्श स्थापित हो ऐसा व्यवहार करना चाहिए।"

"कभी-कभी ऐसा भी होता है... किन्तु ठोकर खायी है अब स्वतः ही ठीक हो जाएगा, बहुत चिन्ता की बात नहीं है।" रावण ने कहा।

"हाँ देखिए।" कहकर मन्दोदरी ने गहरी साँस भरी। उसके कथन में निराशा की झलक थी।

रावण ने मन्दोदरी के स्वर में भरी पीड़ा समझी और सान्त्वना देने के लिये मन्दोदरी का हाथ पकड़कर अपने पास खींचकर उसे सीने से लगा लिया। मन्दोदरी ने उसके सीने पर सिर रखकर अपने आँसू पोंछ लिये।

बात कुम्भीनसी और शूर्पणखा तक भी पहुँची।

"देखा!" कुम्भीनसी ने कहा।

"क्या?" शूर्पणखा ने पूछा।

"मैंने कहा था न कि हमें कुछ करने की आवश्यकता नहीं है बस प्रतीक्षा करनी है।"

"हाँ कहा तो था।"

"अक्षय कुमार अब पुनः पुराना वाला अक्षय कुमार कदाचित ही हो पाये; यह रावण के पतन का प्रारम्भ ही है; सीता का हरण करके वह अपना पैर स्वयं ही कुल्हाड़ी पर मार चुका है, उसे उसके पापों का फल मिलना प्रारम्भ हो चुका है।"

अक्षय कुमार की बात आते ही शूर्पणखा को अपने पुत्र का स्मरण हो आया।

"कुम्भीनसी!"

"हाँ।"

"आज यदि मेरा पुत्र होता तो कितना बड़ा होता? घुटनों-घुटनों तो चल ही रहा होता।"

"हाँ सच कहती है तू।"

"कुम्भीनसी तू जानती है जब रावण ने मुझे इस दण्डकारण्य भेजा तब मैं गर्भवती थी यह बात इस रावण को कुछ दिन बाद ही पता लग गयी थी।"

"हाँ!" कुम्भीनसी ने आश्चर्य से कहा।

"हाँ, फिर भी इसने यह नहीं सोचा कि इस वन में मेरी बहन इस स्थिति में कैसे रह पाएगी।"

"ओह!"

"मेरे पुत्र के जन्म लेने पर कहीं कोई खुशियाँ नहीं मनायी गयीं और न किसी चिकित्सा के अभाव में उसकी मृत्यु पर कोई शोक। यहाँ वन में रहने वाली कुछ स्त्रियों ने आवश्यकता पड़ने पर मेरी सहायता की; पुत्र जन्म पर वे स्त्रियाँ ही मेरे साथ खुश हो लीं ओर वही उसके न रहने पर मेरे साथ रो भी लीं।"

शूर्पणखा की बातें सुनकर कुम्भीनसी की आँखें भी भर आयी थीं।

"छोड़ उन बातों को शूर्पणखा, जब जब याद करोगी दुःखी ही होगी।"

"मुझे कह लेने दे बहन; मात्र दो-चार दिन के साथ के बाद निर्दोष पति की हत्या का पहाड़ जैसा दुःख सहने के बाद वह बालक मेरी सारी आशाओं का एक

मात्र केन्द्र था, उसका छोटा-सा मुख मुझे कभी नहीं भूलता।''

''मैं समझ सकती हूँ शूर्पणखा।''

''दशरथ के पुत्र राम को तो केवल चौदह वर्षों का वनवास मिला है, मेरे महान प्रिय भाई ने तो मुझे इस दण्डकवन की स्वामिनी का नाम देकर सारे जीवन का वनवास दे दिया है।'' शूर्पणखा के स्वर में पीड़ा भी थी और व्यंग्य भी।

कुम्भीनसी ने देखा, शूर्पणखा के मुख पर भी पीड़ा की झलक थी।

''क्या करूँ मैं इस जंगल का। यह मुझे लंका में ही कोई छोटा-मोटा घर नहीं दे सकता था क्या जहाँ नगर की कुछ सुविधाएँ होतीं। इस जंगल में चारों ओर बहुत से जंगली जानवरों के मध्य यह छोटा-सा आश्रम यही मेरा महल है,'' कहकर शूर्पणखा व्यंग्य से ओंठ तिरछे करके फीकी हँसी हँस दी।

कुम्भीनसी उसके मुख की ओर देखती रही। क्या कहे यह वह समझ नहीं पा रही थी।

''ईश्वर की कृपा ही है कि तू यहाँ आ गयी है; तेरे आने से पूर्व तो मैं किसी से बात करने के लिये भी तरसती थी। इस दण्डकारण्य में रावण ने मेरी रक्षा के नाम पर मेरे साथ भेजे भी तो खर, दूषण और चौदह सहस्त्र सैनिक। कहने के लिये ये मेरी रक्षा के लिये थे।'' शूर्पणखा ने आगे जोड़ा।

''इसमें कुछ सन्देह है क्या?''

''सन्देह! मेरी रक्षा के लिये इतनी बड़ी सेना की क्या आवश्यकता थी। इस वन में जंगली जानवरों के अतिरिक्त क्या खतरा हो सकता है, उसके लिये मात्र चौदह सैनिक भी बहुत होते, ये चौदह सहस्त्र मेरी रक्षा के लिये नहीं इस दण्डकारण्य क्षेत्र में उसका अधिपत्य बना रहे इसलिए थे और तू स्वयं भी कौन-सी सुखी है, मेरे जैसी ही पीड़ा तू भी तो भोग रही है।''

''दुःखी मत हो शूर्पणखा, इस अत्याचार और इस अत्याचारी दोनों का अन्त होगा।''

''हाँ, सीता का हरण करके यह अपना पैर स्वयं ही कुल्हाड़ी पर मार तो चुका ही है किन्तु इससे हमारे जीवन में कोई परिवर्तन थोड़े ही आ जाएगा।''

''एक बात कहूँ शूर्पणखा।''

''कह।''

''तेरे पास अभी भी रूप है, यौवन है, तू कोई दूसरा साथी क्यों नहीं ढूँढ़

लेती, सारा जीवन ऐसे कैसे काटेगी?''

''वह सब कुछ तो तेरे पास भी है और हम राक्षसों में यह कहीं से अवांछनीय भी नहीं है; तू ढूँढ़ सकती है कोई और?''

कुम्भीनसी को ऐसे प्रति प्रश्न की आशा नहीं थी। वह कुछ पल के लिए अवाक् रह गयी।

''क्या कह रही है शूर्पणखा।''

''वही जो तूने सुना।''

भावनाओं का बाँध, जिसे कुम्भीनसी बड़े प्रयत्न से रोके रहती थी टूट गया,

''मेरी उम्र अब यह सब करने की रह गयी क्या और फिर मेरे पास है ही क्या... किन्तु तू तो इस दण्डकवन की स्वामिनी भी है।''

''और यदि तू इस दण्डकवन की स्वामिनी होती तो?''

''प्रथम तो यह सम्भव ही नहीं है और एक पल के यह मान भी लें कि मैं इसकी या इससे भी बड़े किसी राज्य की स्वामिनी होती तो भी मधु का स्थान मैं कभी किसी और को नहीं दे सकती, कल्पना में भी नहीं; उसने मेरे लिए अपना सब कुछ त्यागा था।''

''यह ऐसा ही है कुम्भीनसी; मेरे साथ भी ऐसा ही तो है, मैं भी इस जीवन में विद्युज्जिह्व के स्थान पर किसी और की कल्पना भी नहीं कर सकती।'' शूर्पणखा ने कहा... फिर कुछ रुककर जोड़ा,

''और यदि तू पंचवटी वाली घटना की बात करे तो वास्तविकता तो यह है कि मेरी दृष्टि में राम की तुलना संसार में किसी भी अन्य व्यक्ति से नहीं की जा सकती; उनके सामने जाकर कदाचित ही कोई होगा जो सब कुछ यहाँ तक कि स्वयं को भी न भूल जाए।

बस यही स्थिति मेरी भी हो गयी थी; मैं भी जब उनके सम्मुख थी तब सब कुछ भूल चुकी थी, सब कुछ। उस समय कहाँ थी और मुझे क्या हो गया था यह बता पाने की शक्ति कम से कम मेरी वाणी में तो नहीं है।''

''चल छोड़... बात कहाँ से प्रारम्भ हुई थी और कहाँ आ गयी है।'' कुम्भीनसी ने कहा।

''कुम्भीनसी! एक बात कहूँ?''

''जब मातुल मारीच यहाँ आये थे तो उन्होंने हमारी मनोदशा देखकर हमें

अपने तनावों से छूटने के लिये कुछ देर तक ध्यान की अवस्था में बैठने की सलाह दी थी; उन्होंने कहा था इससे हमें मानसिक शान्ति मिल सकेगी।''

''हाँ।''

''किन्तु जब भी मैं ध्यान में डूबने का प्रयास करती हूँ कुछ शान्ति तो अवश्य मिलती है पर पता नहीं क्या-क्या मेरे मन में आता रहता है।''

'' हाँ पर हो सकता ये मात्र प्रारम्भिक स्थिति हो।

''हो सकता है, पर जब से ध्यान लगाने लगी हूँ तब से एक लाभ अवश्य हुआ है।''

''क्या?''

''पहले एक स्वप्न आता था अब वह आना बन्द हो गया है।''

''क्या?''

''मैं अक्सर देखती थी कि मैं किसी दिव्यलोक की अप्सरा हूँ।''

''सो तो तू है ही।'' कुम्भीनसी ने हँसकर कहा।

''मैं क्या हूँ मुझे पता है लेकिन तू पहले मेरी बात सुन।''

''कह।''

''तो मैंने देखती थी कि मैं बहुत सुन्दर पंखों वाली नयनतारा नाम की अप्सरा हूँ और विद्युज्जिह्व एक बहुत आकर्षक यक्ष है; हम दोनों एक दूसरे का हाथ पकड़े हुए नृत्य में डूबे हुये हैं।''

''बहुत अच्छा लगता रहा होगा।'' कुम्भीनसी ने मुस्कराकर कहा।

''हाँ सच... बहुत अच्छा लगता था; लगता था जैसे हम दोनों नृत्य करते हुए आसमान में उड़ रहे हैं, लेकिन फिर जानती है क्या होता था?''

''क्या?''

'' बड़ी भयंकर काली आँधी आकर हमें अन्धा कर देती और नृत्य में डूबे हुए हम दोनों को कोई बहुत जोर से ढकेल देता था। हम वहाँ से नीचे आकर एक चट्टान पर गिरते, विद्युज्जिह्व बेहोश हो जाता, मेरे पंख टूटे हुए भूमि पर पड़े होते मेरे शरीर के बहुमूल्य वस्त्राभूषण गायब और मैं चोट खायी एक बहुत साधारण से वस्त्र में लिपटी खड़ी होती थी और मेरे सामने एक बहुत छोटा-सा शिशु रोता हुआ भूमि पर पड़ा मेरी ओर देखकर रो रहा होता था।'' सुनाते-सुनाते शूर्पणखा

का गला भर आया था।

"छोड़ स्वप्नों का क्या है, कुछ भी दिख सकता है।" कुम्भीनसी को दुःखी देखकर कहा।

"हाँ वह तो है।" शूर्पणखा अपनी बात पूरी करते-करते रो पड़ी "किन्तु पता नहीं क्यों यही स्वप्न किसी न किसी रूप में बार-बार आता था।" उसने रोते रोते कहा।

कुम्भीनसी उसको सान्त्वना देते हुए अपने आँचल के छोर से उसके अश्रु पोंछने लगी। शूर्पणखा का रोना फिर भी नहीं रुका तो उसने कहा,

"अच्छा रो ले; जो तेरे अन्दर भरा है वह निकल जाए यही अच्छा है।"

14

और एक अध्याय

पराजित इन्द्र रावण की लंका में कैद था। उसे छुड़ाने के लिये देवलोक में इन्द्र के मंत्रियों और प्रमुख देवताओं की एक सभा हुई। इन्द्र की अनुपस्थिति में देवताओं ने इन्द्र के पुत्र जयन्त को अपना नायक बना रखा था और स्वाभाविक ही वही सभा का प्रमुख था।

किसी भी युद्ध के द्वारा इन्द्र को छुड़ाने के प्रस्ताव तो विचार योग्य भी नहीं माना गया इसके बाद दूसरा ही मार्ग शेष था, सन्धि का। इसके लिए जयन्त के नेतृत्व में बहुत मूल्यवान उपहार लेकर लंका जाने का निश्चय किया गया।

देवताओं का यह दल जब रावण के सम्मुख पहुँचा और उससे इन्द्र को मुक्त करने की याचना की।

''मैं इन्द्र को मुक्त करने के लिये तैयार हूँ पर मेरी एक शर्त है।''

''क्या?'' जयन्त ने पूछा।

''मात्र यही कि सभी देवता राक्षस धर्म स्वीकार कर लें।''

रावण की इस शर्त पर देवताओं के दल ने आपस में बहुत विचार-विमर्श किया और अन्त में उसकी इस शर्त को स्वीकार करने में अपनी असमर्थता जतायी।

इस पर रावण ने दूसरी शर्तें रखीं। एक तो यह कि राक्षस भी यज्ञ के अधिकारी माने जाएँ और दूसरी बात यह भविष्य में कभी भी देवता, राक्षसों के विरुद्ध शस्त्र नहीं उठाएँगे।

देवताओं ने रावण की ये दोनों शर्तें मान लीं और इन्द्र को मुक्त करने पर सहमति बन गयी किन्तु तभी रावण ने एक नयी बात उठा दी।

''इन्द्र को पराजित कर बन्दी बनाने वाला मेघनाद था। यह उसी का कैदी है

अतः उसकी सहमति के बिना इन्द्र को मुक्त नहीं किया जा सकेगा।'' रावण ने कहा।

''तो ठीक है मेघनाद की सहमति ले ली जाए, हमें इसमें क्या आपत्ति हो सकती है।'' जयन्त ने कहा, किन्तु वास्तविकता यह थी कि मेघनाद उस समय लंका में था ही नहीं। वह अलौकिक शक्तियों के प्राप्त करने के उद्देश्य से सुमेरू पर्वत की ओर जा चुका था। देवताओं के पास मेघनाद की प्रतीक्षा के अतिरिक्त अन्य कोई उपाय नहीं था। इधर बहुत अधिक प्रयास के बाद मेघनाद सुमेरू पर्वत पर उसके स्वामी चक्रदण्ड विद्याधर तक पहुँचा।

''मैं लंकापति रावण का पुत्र मेघनाद आपको प्रणाम करता हूँ।'' मेघनाद ने विद्याधर के सम्मुख पहुँचकर कहा।

''मैं तुझे आशीर्वाद नहीं दे सकता, तेरे पिता और तूने मेरे मित्र देवताओं के राजा इन्द्र पर अकारण ही युद्ध थोपकर उसे बन्दी बना रखा है।''

''मैं उसके लिए क्षमा प्रार्थी हूँ।''

यह सुनकर विद्याधर व्यंग्य से मुस्कराया।

''क्या होगा इस क्षमाप्रार्थना से?''

''मैं आपको वचन देता हूँ कि यहाँ से वापस लौटते ही मैं इन्द्र को मुक्त करवा दूँगा।''

''माना और तेरे यहाँ आने का उद्देश्य?''

''आपकी शरण में आया हूँ।''

''अर्थात्।''

''आप बहुत सी अलौकिक विधाओं के स्वामी हैं।''

''तो?''

''आपसे कुछ सीखने आया हूँ।''

''लंकापति राक्षसेन्द्र रावण का पुत्र होने के अभिमान के साथ?''

''नहीं, वह तो मैंने मात्र परिचय देने के उद्देश्य से कहा था, उसके पीछे कोई अभिमान नहीं था; किन्तु फिर भी यदि आपको ऐसा लगा है तो मैं उसके लिए भी क्षमाप्रार्थी हूँ... मैं आपका सेवक हूँ और मेरे प्राणों पर भी आपका अधिकार है।''

''मैं तुझ पर प्रसन्न हुआ मेघनाद।''

इसके बाद विद्याधर ने मेघनाद को मोहनी विद्या की शिक्षा दी और शिक्षा

पूर्ण होने के बाद कहा,

"एक बात का सदैव ध्यान रखना।"

"क्या?"

"जिसके पास यह विद्या होती है वह अजेय हो जाता है, किन्तु किसी अनैतिक कार्य के लिये प्रयोग करते ही यह व्यर्थ हो जाती है।"

"मैं सदैव इसका ध्यान रखूँगा।" कहते हुए मेघनाद ने विद्याधर को प्रणाम कर विदा माँगी और विद्याधर के आशीर्वाद के साथ लौट आया।

मेघनाद लंका में वापस आया तो लंका में उसका अति भव्य स्वागत हुआ। मंगल वाद्य बजाये गये। सुगंधित द्रव्यों के हवन से सम्पूर्ण लंका सुगन्ध से भर उठी। विभिन्न समारोह आयोजित किये गये। श्रेष्ठ मदिराओं की नदी-सी बह उठी।

'अक्षयकुमार ने जितना मेरा सिर नीचा किया था मेघनाद ने उससे कई गुना अधिक सम्मान दिलाया है, ' मन्दोदरी ने सोचा। मेघनाद को कलेजे से लगाकर उसका मन भर नहीं रहा था। इस सारे समारोह में इन्द्र सहित लंका में आये हुये सारे देवता समूहों को भी सम्मिलित किया गया। समारोह की समाप्ति पर रावण ने बहुत अधिक मूल्यवान उपहारों के साथ इन्द्र को विदा दी।

सुलोचना नाग जाति के राजा वासुकि की कन्या थी। वह जितनी सुन्दर थी उतनी ही गुणवती भी। मेघनाद सुमेरपति चक्रधर विद्याधर से मोहिनी विद्या प्राप्त करके लौटा और अजेय हो गया है यह समाचार चारों दिशाओं में गूँज रहा था साथ ही स्वयं इन्द्र पर विजय प्राप्त करने की बात ने उसकी ख्याति में चार चाँद लगा दिये थे। वासुकि को अपनी कन्या सुलोचना के लिए मेघनाद उचित वर लगा।

उधर सुलोचना के गुणों और सौन्दर्य की चर्चा लंका तक भी पहुँच चुकी थी इसीलिए एक दिन जब वासुकि का दूत इस प्रस्ताव के साथ रावण के दरबार में पहुँचा तो उसका खूब स्वागत हुआ।

"नागराज वासुकि अपनी अति रूपवती और परम गुणवती कन्या आपके पुत्र मेघनाद को देना चाहते हैं।" दूत ने अपने साथ लाये हुए बहुमूल्य उपहार देने

के बाद कहा।

“स्वागत है! नागराज के इस प्रस्ताव का हृदय से स्वागत है।” रावण ने कहा।

दूत के जाने के बाद दोनों ही पक्षों से विवाह की तैयारियाँ प्रारम्भ हो गयीं। नयी बहू के स्वागत के लिए लंका को तरह तरह से सजाने-सँवारने का कार्य होने लगा। नव-दम्पति के लिए विशेष रूप से एक महल का प्रबन्ध किया गया। इस विवाह के अवसर पर लंका में विभिन्न स्तरों पर उत्सवों का आयोजन हुआ, सभी मित्र राजाओं को आमंत्रित किया गया।

रावण का विशेष दूत दण्डकारण्य पहुँचा।

“इस मंगल कार्य में वर-वधू को आशीर्वाद देने के लिये आपकी सहभागिता अनिवार्य है। लंकापति राक्षसेन्द्र ने आपको लाने के लिये विशेष रथ और सुरक्षा के लिये सैनिकों की एक टुकड़ी भेजी है।” उसने शूर्पणखा से कहा।

कुम्भीनसी भी वहीं खड़ी यह सुन रही थी। दूत ने अपने सन्देश में उसके लिए कुछ भी नहीं कहा था। अपने इस अपमान से पीड़ित कुम्भीनसी वहाँ से हट गयी। रावण के सन्देश में कुम्भीनसी की अवहेलना शूर्पणखा को भी चुभी।

“अभी तुरन्त चलना तो सम्भव नहीं है तुम जाओ मैं स्वयं ही आ जाऊँगी।”

“यह रथ और यह सैन्य टुकड़ी यहीं रहेगी आप अपनी सुविधानुसार इसका प्रयोग कर लीजिएगा।” दूत ने कहा।

“नहीं इसकी आवश्यकता नहीं हैं तुम इसे अपने साथ ही ले जाओ, मेरी चिन्ता मत करो।”

“लंकापति ने विशेष आग्रह के साथ आपको लिवा लाने के लिये कहा था। वे स्वयं ही आना चाहते थे किन्तु कुछ व्यस्तताओं के कारण नहीं आ सके। यूँ खाली रथ देखकर उन्हें निराशा भी हो सकती है; उन्हें यह भी लग सकता है कि मेरे द्वारा आपसे सम्भवतः ढंग से निवेदन नहीं किया गया।”

“फिर?”

“कृपया यह रथ और इस सैनिक टुकड़ी को यहीं रहने दें और आपको जब सुविधा हो आएँ किन्तु आएँ अवश्य, आपके बिना यह आयोजन अधूरा ही रहेगा।”

“ऐसा आप कह रहे हैं या लंकापति ने कहा है?” शूर्पणखा के ओंठ व्यंग्य

से तिरछे और आँखें सिकुड़ी हुई थीं।

"यह लंकापति के सन्देश का ही भाग है।"

"ठीक है अब आप जाएँ।" शूर्पणखा ने कहा।

दूत के जाने के बाद शूर्पणखा कुम्भीनसी के पास गयी। कुम्भीनसी रो रही थी।

"अपमान की आग सचमुच बहुत बुरी होती है कुम्भीनसी, मैं तेरी पीड़ा समझ सकती हूँ।"

"रावण को पता तो होगा कि यहाँ मैं भी तेरे साथ हूँ फिर भी मेरे लिए एक शब्द भी नहीं।

"वह किस मुख से तेरा सामना कर पाएगा... सोच मेरे साथ तो उसने यह दण्डकारण्य की स्वामिनी बनाने का नाटक भी किया किन्तु तेरे साथ तो वह भी नहीं; उसने तुझे पूरी तरह तेरे हाल पर ही छोड़ दिया, कोई संवेदना व्यक्त करने की आवश्यकता नहीं समझी।"

कुम्भीनसी, जो चुपचाप आँसू बहा रही थी शूर्पणखा की इस बात पर फूट कर रो पड़ी।

"इतना मत रो कुम्भीनसी, यह उसका अपराधबोध भी तो हो सकता है।"

"उसमें अपराध-बोध कितना होगा यह तो नहीं पता किन्तु घमण्ड होने में कोई सन्देह नहीं है और फिर मैं हूँ ही क्या, उसके नाना के बड़े भाई माल्यवान की अभागी विधवा नातिन ही तो, जिसके पास अपना कहने को पीड़ा के अतिरिक्त कुछ भी शेष नहीं है।"

"तू मेरे साथ चल, तुझे यदि यथोचित सम्मान नहीं मिला तो देखना।"

"नहीं यह सम्भव नहीं है; बिना बुलाये तो यह कुम्भीनसी यमराज के यहाँ भी नहीं जाने वाली।"

उस दुःख के वातावरण में भी कुम्भीनसी की बात सुनकर शूर्पणखा को हँसी आ गयी।

"बिना बुलाये यमराज के यहाँ जाना ही कौन चाहता है।" उसने कहा।

शूर्पणखा की बात सुनकर रोती हुई कुम्भीनसी भी हँस पड़ी।

"बात पकड़ती है... क्यों लोग आत्महत्या नहीं करते क्या, वह बिना बुलाये जाना ही तो हुआ।"

"किन्तु मैं जानती हूँ कि मेरी बहन इतनी कमजोर नहीं है, उसमें परिस्थितियों से लड़ने की हिम्मत है; किन्तु यह आँखों में आँसू और होंठो पर हँसी, बहुत सुन्दर लग रही है तू।"

"तू भी कौन-सा सुखी है शूर्पणखा, हम दोनों परिस्थितियों से लड़ ही तो रही है।"

"ठीक कहती है किन्तु यदि तू नहीं जाएगी तो तेरी यह बहन भी नहीं जाने वाली।"

"नहीं ऐसी गलती मत करना शूर्पणखा, तू जा और वहाँ कार्यों में पूरा सहयोग कर अन्यथा रावण को हम दोनों की भूमिका पर सन्देह हो सकता है, वह हमारे अब तक के किये कराये पर पानी फेर सकता है।"

"किन्तु सीता का हरण तो वह कर ही चुका है अतः राम से उसका युद्ध तो टल ही नहीं सकता।"

"हाँ, किन्तु किसी तरह का सन्देह होने पर हम तो उसके क्रोध के शिकार हो ही सकते हैं और फिर कल परिस्थितियाँ क्या रूप ले लेंगी यह कौन जान सकता है।

"ठीक कहती है।" शूर्पणखा ने कहा।

"तू विलम्ब मत कर, जाने की तैयारी कर; तेरी भूमिका पर रावण के मन में किसी तरह का कोई सन्देह का बीज जन्मे इसके पूर्व ही वहाँ पहुँचने का प्रयास कर।

इसके बाद शूर्पणखा शीघ्र ही तैयार होकर जाने के लिये रथ में बैठ गयी। रथ चला तो भीगे नेत्रों से कुम्भीनसी तब तक उसे देखती रही जब तक वह आँखों से ओझल नहीं हो गया।

मेघनाद का सुलोचना से विवाह जितने धूमधाम से सम्पन्न हो सकता था हुआ और प्रथम-मिलन में ही अति वीर, इन्द्र को भी जीतने वाला और मायावी शक्तियों का स्वामी मेघनाद, सुलोचना के लोचनों के बाणों के सम्मुख अपना सब कुछ हार गया।

15

यह अनुभूति भी

मन्दोदरी से सीता को लेकर हुए विवाद के बाद रावण समझ गया था कि मन्दोदरी, सीता के अपहरण के तीव्र विरोध में है और सीता का महल में रहना कभी भी अप्रिय स्थिति को जन्म दे सकता है अतः उसने उन्हें महल से दूर अशोक-वाटिका में रखने का निर्णय किया।

खर और दूषण से हुए युद्ध में राम ने जिस प्रकार अकेले ही सबका संहार किया था उससे शूर्पणखा उनकी वीरता से बहुत अधिक प्रभावित भी थी किन्तु वहाँ हुए अपने अपमान को वह भूली नहीं थी और उसका कारण सीता ही थीं यह बात भी उसके मन में बैठी हुई थी। उसके मन में था कि वह सीता जैसी सुन्दर और आकर्षक नहीं थी सम्भवतः राम के द्वारा उसकी उपेक्षा के मूल में यह भी एक कारण था। वह सीता को लेकर नारी सुलभ ईर्ष्या का शिकार हो चुकी थी।

सीता, रावण के महल से दूर अशोक वाटिका में हैं यह बात लगभग सभी को पता थी। शूर्पणखा को पता लगा था कि रावण के द्वारा हरण की गयी सीता, अशोक वाटिका में दीन-हीन सी और दुःख में डूबी हुई रहती हैं और इस बात से उसे कहीं न कहीं सन्तोष मिल रहा था। उसने सीता को राम के साथ वन में भी सुखी और सुन्दर जीवन बिताते देखा था, अब दुःख में डूबी हुई सीता के मलिन मुख की कल्पना उसके अधरों पर व्यंग्य भरी मुस्कान ले आयी।

ईर्ष्या की भावना में डूबी हुई शूर्पणखा ने अशोक-वाटिका जाकर सीता को देखने का मन बनाया। वह सीता की मलिन दशा देखने और कुछ व्यंग्य बोलने की भावना से भरी हुई थी और एक दिन वह सचमुच ही किसी प्रकार अशोक वाटिका पहुँच गयी। उसने दूर से सीता को देखा, वे चुपचाप एक वृक्ष के नीचे आँखें बन्द किये बैठी थीं। 'सम्भवतः वह चुपचाप बैठकर आँसू बहा रही होगी' शूर्पणखा ने सोचा। वह सीता के थोड़ा और पास गयी, उन्हें देखा, फिर उनके मुख पर दृष्टि जमाये थोड़ा और पास गयी। फिर थोड़ा और पास और फिर वह

सीता के सम्मुख जाकर खड़ी हो गयी।

सीता नेत्र बन्द किये ध्यानस्थ सी थीं। शूर्पणखा की अपेक्षा थी कि सीता का मुख कमजोर और श्रीहीन होगा, किन्तु यहाँ तो वैसा कुछ भी नहीं था। सीता के मुख पर आज भी इतनी चमक थी कि शूर्पणखा को वह अपनी आँखों में चुभती हुई सी लगी।

शूर्पणखा ने इसकी कल्पना नहीं की थी। उसे आशा थी कि सीता बहुत दुःखी होंगी। सम्भवतः उनके मुख पर उनकी आँखों से बहे अश्रुओं के सूखने के निशान होंगे, बाल बिखरे हुए और वस्त्र मलिन होंगे। यह दृश्य उसके अपने अपमान और सीता के प्रति ईर्ष्या से जलते उसके मन को सुख दे सकेगा। शूर्पणखा उनके सामने खड़े होकर उन्हें घूरने लगी। उसे आशा थी कि सीता अभी तो नेत्र बन्द किये हुए हैं किन्तु आँखें खुली होने पर वह अवश्य ही अपनी स्थिति पर आहें भरती होंगी।

शूर्पणखा वैसे ही खड़ी उनके आँखें खोलने की प्रतीक्षा करती रही किन्तु कुछ देर बाद उसका धैर्य जवाब दे गया। उसने पास ही पड़ा एक छोटा-सा कंकड़ उठाकर उन्हें मारा। सीता ने आँखें खोल दीं।

सामने शूर्पणखा को देखकर सीता थोड़ी देर के लिये आश्चर्य से भर उठीं, फिर 'रावण के इस राज्य में उसकी बहन हो इसमें आश्चर्य ही क्या है' उन्होंने सोचा।

"तुम!" उन्होंने शूर्पणखा से कहा।

"हाँ... मैं।"

"बैठो, किन्तु मेरे पास तुम्हारे योग्य कोई आसन तो नहीं है।"

"नहीं इसकी आवश्यकता भी नहीं है मैं बैठने नहीं आयी हूँ।"

" तो कोई बात नहीं मैं ही खड़ी हो जाती हूँ।" कहकर सीता खड़ी हो गयीं।

"अब कैसा लग रहा है सीता?" शूर्पणखा ने कहा।

"कैसा लगना है?"

"राम ने तुम्हारे कारण ही मेरा साधारण-सा अनुरोध ठुकराया था... यद्यपि मेरा वह अनुरोध क्षणिक उत्तेजना के कारण हुई भूल था, किन्तु अपना वह अपमान मैं भूली नहीं हूँ।"

"क्या तुम उस विषय में मुझसे कोई चर्चा करने के लिये यहाँ आयी हो?"

''नहीं किन्तु मेरे अपमान का कारण तुम्हीं तो थीं, भाग्य ने आज तुम्हें भी उस राम से अलग कर दिया है।''

''यह तुम्हारी दृष्टि है।''

''क्या यह सही नहीं है?''

''तुम्हारे उस अपमान का कारण मैं नहीं तुम्हारा उस क्षणिक उत्तेजना से पैदा हुआ वह अनुरोध था जिसकी चर्चा अभी तुमने की है और यह भी तुम्हारा भ्रम ही है कि कोई मुझे राम से अलग कर सकता है; हमारे इन शरीरों के न रहने के बाद भी।''

''जिसे तुम मेरा भ्रम कह रही हो वह तुम्हारा अपना भ्रम भी तो हो सकता है और मेरे अपमान की सजा तो तुम लोगों को मिलनी ही चाहिए।''

''हमारी अपनी गलती की सजा दूसरे भुगतें क्या यह कुछ ऐसी ही बात नहीं है और फिर कितनी सजा होगी इसका भी निर्णय कौन करेगा। मेरे अपहरण की घटना के बाद से मेरे पति और देवर दोनों का एक पल भी शान्ति से नहीं व्यतीत हुआ होगा और मैं यहाँ इस हालत में तुम्हारे भाई की कैद में हूँ, इतनी सजा उस छोटे से अपराध की यदि वह सचमुच कोई अपराध था तो पर्याप्त नहीं है क्या।''

''सजा तो अभी शुरू हुई है सीता, अभी से धैर्य छूटने लगा; मुझे भी तो न्याय मिलना चाहिए।''

''इन्सान बहुत समझदार होता है, कितना भी न्याय हो वह सन्तुष्ट नहीं होता और जानवर कभी न्याय की गुहार नहीं लगाता।''

''मैं जानवर नहीं हूँ, मुझे न्याय चाहिए और हाँ वह राम जिसने मुझ जैसी स्त्री का छोटा-सा प्रणय-निवेदन ठुकराया था आज स्वयं एक स्त्री के लिए दुःखी होकर भटक रहा होगा।''

''क्या यह तुम्हें सन्तोष देता है?''

''यदि मैं कहूँ हाँ तो...''

''तो तुमने उसे जाना ही नहीं जो अचानक एक दिन राजगद्दी पाने की सूचना से प्रसन्न नहीं हुआ और दूसरी सुबह फिर अचानक उसे गँवाने और चौदह वर्ष के इस दण्डकवन में वनवास के आदेश से लेशमात्र भी दुःख नहीं हुआ। जिसके लिए पाने और खोने, समाज और एकान्त, अमीरी और गरीबी में कोई अन्तर नहीं है, जिसके लिए 'मैं ये हूँ,' 'मैं ये नहीं हूँ', 'मैं ये करता हूँ', और 'मैं ये नहीं करता हूँ' जैसी बातों का कोई अर्थ नहीं है शूर्पणखा जिस व्यक्ति के लिए वह

स्वयं अलग और संसार अलग है, उसे ही कुछ पाना और कुछ खोना होता है, किन्तु जो स्वयं ब्रह्म है उसे क्या पाना और क्या खोना है।''

''क्या राम स्वयं ब्रह्म हैं?''

''जो ब्रह्म का चिन्तन करता है वह स्वयं ब्रह्म-स्वरूप ही हो जाता है। वही शिव है।''

''कोई भी?''

'' हाँ कोई भी और मन से निश्चयपूर्वक 'अहं ब्रह्मास्मि' के भाव में डूबना इस दिशा में पहला चरण है।''

यह सुनकर शूर्पणखा कुछ देर के लिये मानों कहीं खो गयी, फिर पूछा,

''और तुम? क्या तुम दुःखी नहीं हो?''

''क्या मैं तुम्हें दुःखी दिखाई दे रही हूँ?''

''तुम्हारी ये बातें बनावटी भी तो हो सकती हैं।''

''हाँ हो सकती हैं, किन्तु कभी शान्त मन से बैठना और नेत्र बन्द कर लेना ताकि इनसे दिखाई देने वाले इस संसार से थोड़ा अलग हो सको और फिर स्वयं से पूछना कि क्या बनावटी और क्या यथार्थ है।''

''जिन्हें ज्ञान प्राप्त है वे भले ही साधारण मनुष्य की तरह रह रहे हों किन्तु वे साधारण होते नहीं हैं।'' सीता ने कुछ रुककर कहा।

''और तुम्हें वह ज्ञान प्राप्त है?'' शूर्पणखा ने व्यंग्य से कहा।

''मुझे वह ज्ञान प्राप्त है कि नहीं यह तो मैं नहीं कह सकती, किन्तु हाँ यह ज्ञान ही था जिसके कारण मेरे पिता को विदेह कहा जाता था। उन्हें यह ज्ञान उन अष्टावक्र से मिला था जिनके बारे में कहा जाता है कि उन्होंने गर्भ से ही अपने पिता को श्लोक के गलत उच्चारण के कारण टोक दिया था, जिससे कुपित होकर उनके पिता ने 'तू गर्भ से ही इतना टेढ़ा है जो अपने पिता को टोकता है, जा तू आठ जगह से टेढ़ा हो जा' कहकर श्राप दे दिया था।

इस प्रसंग में कितनी सच्चाई है यह तो मैं नहीं जानती किन्तु अष्टावक्र ज्ञान के समुद्र थे यह मैं जानती हूँ और मैंने भी अपने पिता से कुछ सीखने का प्रयास तो किया ही है।''

''सीता मैं यहाँ से ज्ञान प्राप्त करने नहीं आयी हूँ।''

''मुझे पता है, तुम यहाँ मुझ पर हँसने, उपहास करने के लिये ही आयी

होगी और फिर मैं महान ऋषि पुलस्त्य की पौत्री, स्वयं ऋषि विश्रवा और त्याग की प्रतिमूर्ति माता कैकसी की पुत्री को भला क्या ज्ञान दूँगी।''

''प्रयास तो कर ही रही हो।''

''नहीं ऐसा कोई प्रयास मैं नहीं कर रही, किन्तु यदि मेरी बातों में कहीं भी तुम्हें ऐसा लगता है तो अवश्य कहीं मेरी भूल होगी... पर हाँ शूर्पणखा एक प्रश्न मेरे हृदय में उस समय भी उठा था जब प्रथम बार तुम्हें देखा था और वही प्रश्न आज भी मेरे सामने है।''

''क्या?''

''तुम अपना परिचय लंकापति राक्षसेन्द्र रावण की भगिनी कहकर ही क्यों देती हो, ऋषि विश्रवा की पुत्री या वीर यक्ष विद्युज्जिह्व की पत्नी कहकर क्यों नहीं?''

शूर्पणखा, सीता के इस प्रश्न के उत्तर में मौन रह गयी।

''क्या तुम्हें जिन ऋषि विश्रवा की कीर्ति दूर-दूर तक फैली हुई है उनकी पुत्री होने और जिस वीर विद्युज्जिह्व ने तुम्हारे लिए युद्ध करते हुए अपनी प्राण त्याग दिये, उसकी पत्नी होने पर गर्व नहीं है?''

सीता की इस बात ने कहीं शूर्पणखा के मर्म पर चोट की।

उसके नेत्र गीले हो उठे और मुख पर हृदय के भाव परिलक्षित होने लगे। इस बीच सीता ने पास के एक पौधे से एक फूल तोड़ा और पास ही एक झड़बेरी का वृक्ष था, उससे कुछ झड़बेरियाँ तोड़ीं और एक हथेली पर फूल और दूसरी पर झड़बेरियाँ रखकर दोनों हथेलियाँ शूर्पणखा के सम्मुख कर दीं।

''भले ही मैं यहाँ पर किसी की कैद में हूँ, किन्तु फिर भी तुम यहाँ पर मेरी अतिथि हो और इस फूल और इन झड़बेरियों के अतिरिक्त मेरे पास तुम्हारे स्वागत के लिये और कुछ नहीं है।'' सीता ने कहा।

शूर्पणखा का सीता के प्रति ईर्ष्या का भाव खो चुका था। उसने झुककर सीता की हथेली पर रखे फूल को उठाकर माथे से लगाया और झड़बेरियों में से एक उठाकर अपने मुँह में रख ली, किन्तु इसके साथ ही उसकी आँखों से चलकर एक आँसू सीता की हथेली पर टिक गया।

''सचमुच बहुत मीठी हैं बिलकुल तुम्हारी बातों की तरह।'' शूर्पणखा ने कहा किन्तु स्वर में रुदन का मिश्रण भी था।

"अपने को सँभालो शूर्पणखा, तुम मात्र रावण की बहन ही नहीं अपितु वीर विद्युज्जिह्व की पत्नी, महान ऋषि विश्रवा और त्याग की मूर्ति कैकसी की पुत्री भी हो।"

"हाँ और यही मैं भूली हुई थी; अच्छा इस ऋषि विश्रवा की पुत्री को विदा दो।"

"अच्छा वज्रमणि।" सीता ने कहा।

सीता से अपने लिए वज्रमणि सुनकर जाती हुई शूर्पणखा ठहर गयी।

"सीता, तुमने मुझे वज्रमणि कहा।"

"विश्रवा जैसे ऋषि की पुत्र मणि ही तो होगी।"

"तुम्हें मेरा यह नाम कैसे पता लगा? मैं आश्चर्य-चकित हूँ; सच तो यह है कि मैं स्वयं भी अपना यह नाम भूल चुकी थी।"

"बस जैसे ऋषि विश्रवा को जाना वैसे ही उनकी बेटी वज्रमणि को।"

"मेरी माँ मुझे प्यार से मीनाक्षी कहती थीं।"

"हाँ तो कोई माँ अपनी मछलियों जैसी आँखों वाली बेटी को मीनाक्षी या बहुत सुन्दर नाखूनों वाली बेटी को सुपर्णखा नहीं कहेगी तो और क्या कहेगी।"

"सुपर्णखा... जमाना बीत गया अपने लिए यह सम्बोधन सुने; सच मेरी माँ ने मेरा यही नाम रखा था, किन्तु तुम्हें कैसे पता चला?"

"सरल है; अब कोई अपनी बच्ची का नाम शूर्पणखा तो नहीं रखेगा, सुन्दर नाखूनों के कारण सुपर्णखा ही रखा होगा।"

-" विद्युज्जिह्व भी मुझे सुपर्णखा ही कहता था।" कहते हुए शूर्पणखा ने न जाने क्यों सिर झुका लिया। इसके साथ ही उसके मुख पर तो एक पल के लिये हलकी-सी लाली दौड़ी किन्तु स्वर में बहुत अधिक पीड़ा भी छलक गयी।

शूर्पणखा एक बड़े परिवर्तन के साथ दण्डकारण्य वापस आ गयी थी। यह एक आन्तरिक परिवर्तन था जिसने जीवन के प्रति उसकी दृष्टि बदल दी थी। यद्यपि बाहर की दुनिया के लिए वह अब भी रावण की बहन शूर्पणखा ही थी परन्तु उसके अन्दर कैकसी की मीनाक्षी और ऋषि विश्रवा की वज्रमणि जीवित हो

रही थी और रावण की बहन शूर्पणखा मर रही थी। पिता की शिक्षाएँ, उनकी दिनचर्या, उनका घण्टों ध्यान में बैठना और माता का मुख सब कुछ स्मृतियों में पुनर्जीवित हो उठा था।

उसने सुबह जल्दी उठना, सूर्य को जल देना, तुलसी पर दिया जलाना और ध्यान में बैठना शुरू कर दिया था। कुम्भीनसी उसके इन परिवर्तनों को देखकर हैरान थी और एक दिन तो वह बहुत आश्चर्य में पड़ गयी जब शूर्पणखा ने उससे कहा,

"कुम्भीनसी!"

"हाँ।"

"मेरी एक बात मानेगी?"

"हाँ बोल।"

"मुझे शूर्पणखा मत कहा कर।"

"नहीं कहूँगी यह अच्छा भी नहीं लगता; पर फिर क्या कहा करूँ यह भी तो बता।"

"मेरे पिता ने मेरा नाम वज्रमणि रखा था किन्तु मेरी माँ मुझे मीनाक्षी और कभी सुपर्णखा कहती थीं।

"ठीक है मीनाक्षी, मैं तुझे इसी नाम से पुकारा करूँगी यह बहुत प्यारा नाम है और आसान भी।"

16
अँधेरे से लड़ाई

हनुमान लंका आकर सीता से भेंटकर और लंका-दहन करके वापस हो चुके थे। समुद्र तट पर राम की वानर सेना जमा हो चुकी थी। ये समाचार कुम्भीनसी और शूर्पणखा तक पहुँच रहे थे। रावण के पुत्र अक्षय कुमार की हनुमान से युद्ध में मृत्यु का समाचार शूर्पणखा को बहुत कष्ट दे गया।

"यह समाचार हृदय-विदारक है, मैंने उसे गोद में खिलाया था।" शूर्पणखा ने कहा उसकी आँखें भर आयी थीं।

"हाँ मुझे भी उसकी मृत्यु का दुःख है किन्तु दुष्प्रवृत्ति और मदालसा के दिये अवसाद ने उसे बहुत कमजोर कर दिया था यद्यपि रावण ने तो हनुमान को साधारण वानर समझकर ही अक्षय कुमार को उसका दमन करने के लिये भेजा था।"

"उसके साथ सेना तो रही होगी?" शूर्पणखा ने पूछा।

"हाँ सेना तो थी पर हनुमान अकेले ही सब पर भारी पड़े और स्वयं अक्षय कुमार थोड़ी देर भी उनका सामना नहीं कर पाया, भिड़ते ही मारा गया।"

शूर्पणखा दुःखी-सी चुपचाप बैठ गयी। कुछ देर बाद कुम्भीनसी ने कहा,

"एक और भी बहुत बुरा समाचार मिला है।"

"क्या और क्या हो गया... शीघ्र कह।" शूर्पणखा कुछ बेचैन हो उठी थी।

"अभी हुआ तो नहीं है पर हो भी सकता है।"

"पहेलियाँ मत बुझा कुम्भीनसी स्पष्ट कह।"

"रावण ने सीता को धमकी दी है कि यदि उसने एक माह के अन्दर उसकी बात नहीं मानी तो वह तलवार से उसका गला काट देगा।"

"क्या!"

"हाँ और अभी तक तो राम की सेना समुद्र के इस पार ही है, लंका तक पहुँचने के लिये अभी उसे समुद्र पार करना है।"

शूर्पणखा बुरी तरह से चौंक उठी। उसका हाथ अनायास ही अपने गले पर चला गया।

"क्या कह रही है तू... रावण ने सीता को एक मास व्यतीत होने के बाद गला काटने की धमकी दी है।" उसने पुनः पूछा जैसे उसे इस बात पर विश्वास ही न हो रहा हो।"

"हाँ यही सच है।"

"किन्तु एक मास बीतने में समय कितना लगता है जबकि राम की सेना अभी तक समुद्र नहीं पार कर पायी है जो बहुत ही दुष्कर कार्य है।" शूर्पणखा ने कहा।

"बस इसकी ही देर तो है शूर्पणखा; जिस दिन उस सेना ने समुद्र पार किया उसी दिन युद्ध की रणभेरी बज उठेगी और उसका भी कोई न कोई रास्ता वे ढूँढ़ ही लेंगे।"

"हाँ सच कहती है, कोई न कोई मार्ग तो इसका भी निकलेगा ही किन्तु कुम्भीनसी सोच जरा क्या-क्या है वह रावण... लंकापति, राक्षसेन्द्र, दिग्विजयी आदि आदि और वह एक निहत्थी स्त्री का गला काटेगा, उसके अन्दर की आत्मा बिलकुल मर गयी है क्या।"

"इसमें आश्चर्य जैसा क्या है शूर्पणखा, उसने अनगिनत स्त्रियों के साथ जो किया उसका स्मरण करो। जो आत्मा उस समय कुछ नहीं बोल पायी वह इस समय भी कहाँ बोल पाएगी।

"सच कहती हो।"

"यही नहीं चाहो तो, उसने अपनी बहनों के पतियों के साथ जो किया उसे भी स्मरण कर लो।" कुम्भीनसी ने व्यंग्य से कहा।

"हाँ सम्भवतः उसका राक्षस-धर्म यही कहता होगा।"

"पिता ऋषि विश्रवा ने उसमें और कुबेर में युद्ध न हो इसीलिए तो कुबेर को लंका छोड़कर हिमालय पर चले जाने की सलाह दी थी।"

"हाँ।"

"किन्तु इसने उसके बाद भी रावण ने अकारण ही वहाँ जाकर कुबेर पर हमला किया, यह अपने पिता का मजाक बनाना नहीं था क्या?"

शूर्पणखा ने चुपचाप सुना, कोई उत्तर नहीं दिया।

"अपने पिता का आश्रम छोड़ने के बाद इसने कभी अपने माता-पिता की सुधि ली क्या?"

"नहीं।"

"तो जो अपने माता-पिता का नहीं हुआ वह किसी और का क्या होगा। रावण के अन्दर आत्मा भी होगी, यह सोचना भी व्यर्थ ही तो है।"

"हाँ सचमुच यह ही है किन्तु कुम्भीनसी इस समाचार के बाद मैं शान्त नहीं बैठ सकती, ऊपर जाकर क्या मुँह दिखाऊँगी। सीता के अपहरण का कारण मैं थी; अब ऐसा हुआ तो उनकी मृत्यु का कारण भी लोग मुझे ही समझेंगे।"

"यह न हो पाए इसके लिए जो भी करना हो कहना हम करेंगे, किन्तु तू स्वयं सीता के अपहरण का कारण समझती है तो यह तेरी भूल है।

"क्यों कुम्भीनसी?"

"क्योंकि स्त्री-लोलुप रावण ने यदि राम से केवल तेरा बदला लेने के लिये सीता का अपहरण किया होता तो उसे बार-बार सीता को अपनी पत्नी बनने के लिये धमकाने की क्या आवश्यकता थी? सीता उसके कैद में है बस इतना ही राम को युद्ध के लिये प्रेरित करने के लिये पर्याप्त नहीं था क्या।"

"सच कहती है तू।"

"इसीलिए मैं कहती हूँ कि सीता के अपहरण में तू कारण नहीं बहाना है बस।"

"चल ठीक है पर हमें सीता के प्राण बचाने के लिये कुछ करना तो है।"

"तेरे मन में जो भी तरीका हो बोल, मैं पूरा साथ दूँगी।"

"मुझे लगता है कि हमें भ्राता कुम्भकर्ण के पास चलना चाहिए, वह महाशक्तिशाली हैं और रावण उनकी बात सुनता भी है; वे सच्चे व्यक्ति हैं और लड़ाई-झगड़ा उन्हें पसन्द भी नहीं है।"

"ठीक कहती है" कुम्भीनसी ने कहा, "कब चलना है?"

"हो सके तो आज ही अन्यथा कल प्रातःकाल।"

कुम्भकर्ण ने उसके सोने में कोई व्यवधान न हो इसके लिये एक गुफा के अन्दर अपना कक्ष बना रखा था और वहीं सोया करता था। नींद खुलने पर कुछ खाने के लिये ही बाहर आता था और इसके बाद फिर गुफा में जाकर सो जाता था।

शरीर बहुत भारी था और स्वाभाविक ही जब सोता था तो उसके तेज खर्राटों की आवाजें भी आती थीं, जो अन्य लोगों को अच्छी नहीं लगती थीं। कुम्भकर्ण द्वारा गुफा में अपना ठिकाना बनाने का एक कारण यह भी था।

शूर्पणखा और कुम्भीनसी जब उस गुफा में पहुँची हमेशा की भाँति ही कुम्भकर्ण गहरी नींद में सो रहा था और मात्र उसके खर्राटे ही थे जो वहाँ की शान्ति भंग कर रहे थे। उसे जगाने में दोनों बहनों को ठीक-ठाक परिश्रम करना पड़ा। बड़े प्रयासों के बाद वह जागा तो इन दोनों को देखकर आश्चर्य में पड़ गया।

"तुम लोग!" उसने कहा।

"हाँ भ्राता हम।" शूर्पणखा ने कहा।

"क्या हुआ, सब ठीक तो है।"

"नहीं सब ठीक ही तो नहीं है, भ्राता रावण सीता का अपहरण कर लाया है उसने उन्हें अशोक-वाटिका में रखा है और उन पर अपनी पत्नी बनने का दबाव डाल रहा है।"

"यह तो अनुचित है।"

"और एक मास में उसकी बात न स्वीकार करने पर वह सीता का गला काट देगा।

"घोर अन्याय है यह, किन्तु यह स्थिति आयी कैसे?"

"बताती हूँ भ्राता, इसमें मेरा कसूर भी है।"

"तेरा कसूर।"

“हाँ मेरा भी, आपसे सब सच-सच बताती हूँ।”

“बता।”

“आपको यह तो पता ही होगा कि रावण ने मेरे कालिकेय पति विद्युज्जिह्व को राक्षस-धर्म न स्वीकार करने के कारण मार दिया था।”

“हाँ मुझे पता है।”

“इसके बाद उसने दण्डकारण्य की स्वामिनी बनाने के नाम पर मुझे दण्डकारण्य भेज दिया। मैं उस समय गर्भवती थी। कुछ दिन बाद मेरे एक पुत्र हुआ, मैंने सोचा चलो इसके सहारे ही जीवन काट लूँगी किन्तु विधाता को कुछ और ही स्वीकार था। वह नन्हा शिशु एक दिन बीमार हुआ। मैं वहाँ वन में कोई कुशल वैद्य नहीं ढूँढ़ सकी और उसे लेकर लंका तक पहुँच पाती इसके पूर्व ही वह नहीं रहा।

“ओह!”

“तो अपने ऊपर रावण के द्वारा थोपे हुए इस वैधव्य और दण्डकारण्य में पुत्र उचित की बिना ढंग उचित चिकित्सा की मृत्यु ने मुझे रावण के प्रति बहुत अधिक कटुता से भर दिया।”

“बहुत अस्वाभाविक तो नहीं है यह।”

इसके बाद शूर्पणखा ने पंचवटी में राम, लक्ष्मण और सीता के साथ हुई घटना, खर व दूषण की मृत्यु, अपने द्वारा रावण से की शिकायत, मारीच का प्रकरण और इस बहाने रावण द्वारा सीता का हरण आदि सब कुछ विस्तार से बताया। उसने अपनी और सीता की भेंट और उनकी बातों से प्रभावित होकर अपनी सोच में बदलाव की बात भी बतायी।

“एक माह जाते देर नहीं लगती, चार पाँच दिन तो पहले ही बीत चुके हैं। सीता को बचा लीजिए भ्राता अन्यथा यह बहुत बड़ा पाप हो जायेगा,” कहते हुए शूर्पणखा की आवाज में पीड़ा छलक उठी।

जब शूर्पणखा, कुम्भकर्ण से यह सब कह रही थी, कुम्भीनसी के मन में चल रहा था कि अवश्य ही शूर्पणखा इस योजना में उसकी भूमिका की बात भी करेगी। कुम्भीनसी ऐसा नहीं चाहती थी और उसे तब आश्चर्य हुआ जब शूर्पणखा ने अपनी बात समाप्त की, किन्तु इस बीच कहीं भी कुम्भीनसी का नाम नहीं लिया। कुम्भीनसी ने चैन की साँस ली।

"और राम, वह कहाँ तक पहुँचे हैं, यह पता है क्या?" कुम्भकर्ण ने पूछा।

"उनकी सेना समुद्र के उस पार जमा है, किन्तु अभी उसे समुद्र पार करना है और हमने सुना है कि उसमें अधिकतर वानर ही हैं।" शूर्पणखा ने कहा।

"किन्तु भ्राता हम उन्हें कम समझकर सम्भवतः भूल करेंगे, क्योंकि उन्हीं में से हुनमान नाम का एक वानर लंका में आया था; सीता को ढूँढ़कर उनसे मिला उन्हें राम का सन्देश दिया, इसके बाद एक छोटे-से युद्ध में ही अक्षय कुमार को मार डाला और जाते-जाते लंका को भीषण आग के हवाले भी कर गया।" कुम्भीनसी ने कहा।

"हूँ..." लम्बी सी 'हूँ' करके कुम्भकर्ण कुछ सोचने लगा। शूर्पणखा और कुम्भीनसी चुपचाप बैठी उसके मुख की ओर देखते हुये उसके उत्तर की प्रतीक्षा करने लगीं।"

"लगता है रावण ने अपनी नादानी और घमण्ड में राम से शत्रुता लेकर हम सबके काल को निमन्त्रण दे डाला है। मैं उसे समझाऊँगा कि वह विनाश को निमन्त्रण न दे... किन्तु अपनी ओर से यह बात लेकर उसके पास गया तो वह पता नहीं क्या सन्देह करे।"

"फिर यह बात कैसे बनेगी?" शूर्पणखा ने पूछा।

"परेशान मत हो, मेरा अनुमान है कि यह विषय बहुत गम्भीर है और इस पर विचार करने के लिये वह शीघ्र ही सभा बुलायेगा, वहीं मैं उसे समझाने का प्रयास करूँगा।"

"भ्राता हमें लगता है कि आप उसके बड़े भाई हैं, आप अकेले में उसे समझाते तो सम्भवतः अधिक सकारात्मक परिणाम मिलता; सभा में अपनी बात का विरोध उसे अपने अपमान जैसा भी लग सकता है," कुम्भीनसी ने कहा।

कुम्भीनसी की इस बात पर कुम्भकर्ण हँसा।

"जिसने अपने पिता को कभी कोई महत्त्व नहीं दिया वह बड़े भाई को कितना महत्त्व देगा यह सहज ही समझा जा सकता है।" कहकर कुम्भकर्ण रुका। शूर्पणखा चिन्तित-सी उसकी ओर देख रही थी।

"शूर्पणखा क्या तू नहीं जानती कि वह हमारे मातामह सुमाली का शिष्य है जो मात्र स्वार्थ के लिये जीता रहा है; फिर भी तू विश्वास रख बहन उस सभा में मैं उसे समझाने का पूरा प्रयास करूँगा, शेष उसकी इच्छा पर है।" कहते हुए

कुम्भकर्ण ने उँगली से आसमान की ओर संकेत किया।

कुम्भकर्ण का अनुमान सत्य निकला। अगले दिन ही रावण की ओर से सभा का सन्देश आ गया। कुम्भीनसी और शूर्पणखा अभी वहीं थीं। कुम्भकर्ण ने उनसे अपने लौटकर आने तक प्रतीक्षा करने को कहा और स्वयं रावण की सभा के लिये चल पड़ा।

कुम्भकर्ण जब रावण के सभा-भवन तक पहुँचा तब तक लगभग सभी सभासद वहाँ पहुँचकर अपना-अपना स्थान ले चुके थे। उनके रथों, हाथियों और अश्वों से सारा राजपथ भरा हुआ था। बहुमूल्य सिंहासनों पर आसीन उन सभासदों के सम्मुख सभा-भवन के शीर्ष पर बहुमूल्य रत्नों से जटित एक अति भव्य स्वर्ण सिंहासन रावण की प्रतीक्षा में था। सभा-भवन में सभासदों की आपसी बातचीत के कारण कुछ कोलाहल था। यह सभा क्यों बुलायी गयी होगी इस सम्बन्ध में सबके अपने अपने अनुमान थे।

तभी कुम्भकर्ण ने सभा-भवन में प्रवेश किया। वह रावण का बड़ा भाई था अतः सभी ने खड़े होकर उसका सम्मान किया। विभीषण पहले ही वहाँ पहुँच चुका था। विभीषण ने उसे प्रणाम किया। उसे आशीर्वाद देकर कुम्भकर्ण जाकर अपने आसन पर बैठ गया। तभी जोरों से कई शंख बज उठे। यह रावण के आने की सूचना थी। रावण ने प्रवेश किया तो 'राक्षसेन्द्र की जय' की तुमुल ध्वनियों के मध्य उसका स्वागत हुआ। रावण गजराज की भाँति धीरे-धीरे कदमों से चलता हुआ आया और अपने सिंहासन तक पहुँचा। सभा की ओर मुख करके खड़ा हुआ तो पूरा सभाभवन उसकी जय-जयकार से गूँज उठा। रावण ने हाथ के संकेत से सबको बैठने के लिये कहा और स्वयं भी अपने आसन पर बैठ गया।

"सभासदों!" रावण ने सभा में उपस्थित लोगों को सम्बोधित किया और फिर शूर्पणखा के अपमान और अपने द्वारा सीता के अपहरण की बात बतायी, किन्तु इस क्रम में उसने मारीच की भूमिका और स्वयं के साधु के वेष में सीता के सम्मुख पहुँचकर उन्हें धोखा देने की बातें छोड़ दीं।

"ओह! बेचारा मारीच तो व्यर्थ ही मारा गया जिसने न चाहते हुए भी इसका मनोरथ सिद्ध करने के लिये अपने प्राण ही दे दिये, उसकी चर्चा तक नहीं।"

कुम्भकर्ण ने सोचा।

''मेरे शत्रु राम की सेना समुद्र के किनारे डेरा डाले हुए है। यद्यपि मुझे लगता है कि वह सेना सहित समुद्र पार कर ही नहीं पाएगा और फिर वह निरी वानर सेना है; फिर भी आप सभी लंका का और मेरा हित चाहने वाले हैं, वीर और बुद्धिमान हैं अतः मैं आप सबसे आपके विचार जानना चाहता हूँ ताकि इस विषय पर कोई निर्णय लिया जा सके।''

इस पर लगभग सभी सभासदों ने न केवल रावण का स्तुतिगान किया अपितु नर और वानरों की सेना को कोई बहुत महत्त्व न देने की बात की। इसके साथ ही हम 'सब आपके एक संकेत से ही इस सारी सेना को अकेले ही नष्ट करने और आपके लिए अपने प्राण उत्सर्ग करने से भी पीछे नहीं हटने वाले हैं,' जैसी बातें भी बहुत बढ़-चढ़कर बोली गयीं।

कुम्भकर्ण और विभीषण दोनों चुपचाप बैठे यह सब देख रहे थे। अपनी प्रशंसा और सभासदों की दूसरी बातों से गर्व से भरे रावण ने कुम्भकर्ण को इंगित करके कहा,

''भ्राता! आपने अपना मत नहीं व्यक्त किया।''

''अब मत व्यक्त करने जैसा कुछ बचा ही कहाँ है रावण; यदि सीता के हरण के पूर्व तुमने कुछ पूछा होता तो मैं तुम्हें उचित सलाह देता।''

''और वह सलाह क्या होती भ्राता?''

''स्पष्टतः यही कि इससे बचो, यह आग से खेलना जैसा नहीं अपितु आग लगाकर उसमें कूदने जैसा कार्य है।''

''मुझे जो करना था मैं अपने बूते पर कर चुका हूँ, मेरे कन्धे बहुत मजबूत हैं भ्राता और मुझे किसी सहारे की आवश्यकता नहीं है; मैं आग से खेलते-खेलते ही इतना बड़ा बना हूँ... जिनके अन्दर आग से खेलने का साहस नहीं होता वे आगे भी नहीं बढ़ पाते हैं।''

''मैं तुम्हारी इन बातों से सहमत हूँ रावण किन्तु किसी पुरुष से बदला लेने के लिये उसकी स्त्री पर अत्याचार यह वीरोचित तो नहीं है और कम से कम लंकापति राक्षसेन्द्र को तो यह बिलकुल भी शोभा नहीं देता।''

''हूँ ह...'' लापरवाही से सिर झटककर रावण बोला, ''और हमारी बहन शूर्पणखा के साथ उनका व्यवहार उचित था क्या?''

इस सम्बन्ध में सारी बातें कुम्भकर्ण को शूर्पणखा स्वयं बता चुकी थी किन्तु वह सब वह बोल नहीं सकते थे।

"जो हो चुका हो चुका, किन्तु अभी लंका और इस राक्षस-कुल का विनाश टालने के लिये एक बार सीता को वापस करने की बात भी सोचकर देखो। तुमने मुझसे सलाह माँगी थी इसलिए कह रहा हूँ, इसी में सबकी भलाई है।"

कुम्भकर्ण की यह बात सुनते ही रावण क्रोध में आ गया।

"मुझे आश्चर्य है कि आप लंका और राक्षसकुल के विनाश की बात सोच भी कैसे सके... अब मेरे धैर्य की परीक्षा मत लीजिए भ्राता और अपनी कायरतापूर्ण सलाह अपने पास ही रखकर जाएँ और अपनी गुफा में जाकर सो जाएँ, मुझे आपकी सलाह या सहायता कुछ भी नहीं चाहिए।" रावण के स्वर में बहुत अधिक कड़वाहट और व्यंग्य दोनों थे।

इससे अपमानित कुम्भकर्ण उठा और सभा से बाहर निकल गया। रावण जाते हुए कुम्भकर्ण को क्रोधित नेत्रों से देखता रहा।

कुम्भकर्ण जा चुका था। सभा अभी भी लगी हुई थी पर उसमें घोर सन्नाटा पसरा हुआ था। रावण अभी भी क्रोध में था और किसी में भी कुछ भी कहने का साहस नहीं था। कुछ देर तक ऐसी ही स्थिति रही। रावण का क्रोध जब कुछ शान्त हुआ तो उसने पूछा,

"और किसी को भी कुछ कहना है क्या?" रावण ने सभा से प्रश्न किया। किसी में भी कुछ कहने का साहस नहीं था। रावण की दृष्टि पूरी सभा में घूम रही थी। सभी निर्विकार चेहरा लिये बैठे थे। रावण सभा विसर्जित करने की सोच ही रहा था कि उसकी दृष्टि विभीषण पर पड़ी। वह दोनों हाथ जोड़े बैठा हुआ था।

"विभीषण! कुछ कहना चाहते हो क्या?" रावण ने उससे पूछा।

"हाँ कुछ निवेदन तो करना चाहता था, किन्तु अपनी बात प्रारम्भ करने से पूर्व मेरी प्रार्थना है कि यदि मेरी बातों में कुछ अप्रिय लगे तो राक्षसेन्द्र मुझे क्षमा प्रदान करें।"

"ठीक है कहो।"

इसके बाद विभीषण ने भी राम के बल और शौर्य का वर्णन करते हुए रावण से सीता को ससम्मान वापस करने के लिये कहा और स्वाभाविक ही रावण इससे एक बार पुनः क्रोध में आ गया। वह कुछ कहने ही वाला था कि मेघनाद उठकर खड़ा हो गया।

"आप भी यह भीरुओं की तरह बातें क्यों कर रहे हैं; इन्द्र को जीतने वाले इस मेघनाद के सम्मुख उन अयोध्या के राज्य से निकाले हुए और वर्षों से वन-वन में भटकने वाले और सेना के नाम पर मात्र वानरों को इकट्ठा कर पाने वाले राम और लक्ष्मण मेरे सम्मुख कुछ देर भी नहीं ठहर पाएँगे अतः आप यह व्यर्थ की चिन्ता करना छोड़िए," उसने विभीषण से दर्प से भरे हुए स्वर में कहा।

"पुत्र तेरे पराक्रम पर कौन सन्देह कर सकता है, तू निःसन्देह हमारे कुल का गौरव है; किन्तु तू अभी छोटा और अपरिपक्व है, मैं फिर कहूँगा कि तू शान्ति से शत्रु की शक्ति का अनुमान कर फिर उससे युद्ध की बात सोच, साथ ही यह भी ध्यान रखना कि शक्ति केवल शारीरिक ही नहीं मानसिक भी होती है और कई बार मानसिक शक्ति, शारीरिक शक्ति पर भारी भी पड़ जाती है। राम दोनों ही तरह की शक्तियों के स्वामी हैं, उनसे शत्रुता अनर्थकारी ही होगी इसमें मुझे कोई सन्देह नहीं है।"

"क्या आपको लगता है कि हमारे पास मानसिक शक्ति की कमी है?" मेघनाद ने कहा। इसका कोई उत्तर विभीषण दे पाता इसके पूर्व ही रावण बोला,

"हाँ तुम ठीक समझ रहे हो इन्द्रजीत, यह सम्भवतः यही समझ रहा है; मानसिक शक्ति बस राम के और उनके इस चाटुकार के पास ही है, हम लोगों के पास तो बिलकुल भी नहीं है।"

"नहीं पूज्य भ्राता मेरी बात का ऐसा कोई अर्थ तो बिलकुल भी नहीं है।"

"तुम्हारी बात का क्या अर्थ है यह समझाने का प्रयास मत करो, मेरे पास इतनी समझ है; शत्रु से अधिक खतरनाक शत्रु का पक्ष लेने वाला भाई होता है। विभीषण यदि तू मेरा सहोदर न होता तो मैं तुझे प्राण-दण्ड देता। धिक्कार है तेरे जैसे कुल-कलंक पर। अब तू मेरा राज्य छोड़कर स्वतः ही जाएगा या मैं तुझे लात मारकर बाहर करूँ।"

"नहीं भ्राता इसकी आवश्यकता नहीं पड़ेगी मैं स्वयं ही चला जाता हूँ।"

विभीषण ने कहा और रावण को प्रणाम करने के लिये झुका।

"अब विनम्रता के इस अभिनय का कोई अर्थ नहीं है विभीषण, बस तू इतना कर कि जितना शीघ्र हो सके इस लंका को छोड़कर कहीं और जाकर मर।" रावण ने कहा।

इसके बाद विभीषण, रावण के दरबार से बाहर आया। कुम्भकर्ण अभी तक वापस नहीं गया था। वह विचारमग्न-सा कुछ ही दूरी पर खड़ा था। विभीषण उसे देखकर उसके पास गया।

"क्या हुआ, तेरा मुख इतना उतरा हुआ सा क्यों है? कुम्भकर्ण ने उससे पूछा।

" आपके आने के बाद मैंने भी वही सलाह देने का साहस किया जो आपने दी थी।"

"फिर?"

"क्रोधित होकर भ्राता ने मुझे तत्काल लंका छोड़ने का आदेश दिया है।"

"कहाँ जाएगा?"

"एक ही मार्ग तो बचा है और वह है प्रभु श्रीराम के शरणागत होने का, वहीं जा रहा हूँ और कहाँ जाऊँगा।"

"जा विभीषण तू भाग्यशाली है, मैं तो इस रावण के मोह में इतना फँसा हूँ कि यह भी नहीं कर पाऊँगा। जा भ्राता, विधाता तेरा कल्याण करे और वह उचित समझे तो इस रावण को थोड़ी सद्बुद्धि दे।"

विभीषण वहाँ से लंका छोड़कर राम से मिलने के लिये चल पड़ा और कुम्भकर्ण वापस अपनी गुफा की ओर चल पड़ा।

कुम्भकर्ण को आने में देर हो रही थी और शूर्पणखा और कुम्भीनसी की बेचैनी बढ़ती जा रही थी।

"तुझे क्या लगता है कुम्भीनसी, रावण अपने बड़े भाई की बात मानेगा?" शूर्पणखा ने कहा।

“अगर उसको यह समझ में आ जाए कि इसमें उसका भला कम और बुरा होने की सम्भावना अधिक है, तो।”

“हूँ...”

“और उससे भी बड़ी बात यह है कि रावण उन्हें अपनी पूरी बात कहने का अवसर दे, उसे ठीक से सुने और इसकी सम्भावना...”

“कम ही है।” कुम्भीनसी ने जो वाक्य अधूरा छोड़ा था शूर्पणखा ने उसे पूरा कर दिया।”

“निश्चित नहीं है; बड़े भाई हैं हो सकता है रावण उनकी बात सुन ही ले।” कुम्भीनसी ने कहा।

तभी गुफा के द्वार पर कुछ आहट हुई। दोनों समझ गयीं कि कुम्भकर्ण लौट आये हैं। दोनों भागकर गुफा के द्वार तक पहुँचीं। कुम्भकर्ण ही था किन्तु उसके मुख पर किसी तरह के उल्लास का कोई चिह्न नहीं था। कुम्भकर्ण अन्दर आया और चुपचाप बैठ गया।

“क्या हुआ?” शूर्पणखा ने डरते-डरते पूछा।

कुम्भकर्ण के होंठों पर एक व्यंग्य भरी फीकी मुस्कान आयी। उसने अपने दायें हाथ को थोड़ा-सा इस प्रकार हिलाया जैसे कोई कह रहा हो 'क्या कहें'।

“क्या हुआ भ्राता बताइए न, क्या कहा रावण ने?” इस बार कुम्भीनसी ने पूछा।

“कुम्भीनसी वह कोई साधारण व्यक्ति नहीं है जो किसी की बात मान ले, वह रावण है, लंकापति और राक्षसेन्द्र और साथ ही उसे अपने दिग्विजयी होने का भ्रम भी है।”

“उसने क्या कहा होगा यह हमारी समझ में आ गया है किन्तु आप इतने उदास क्यों हैं? उसने आपके साथ कोई अभद्रता तो नहीं की?” कुम्भीनसी ने कहा।

“घमण्डी व्यक्ति बिना स्वार्थ के किसी के साथ भद्रतापूर्ण व्यवहार करता है क्या?”

“अर्थात् उसने अपने बड़े भाई के साथ भी उचित व्यवहार नहीं किया?” कुम्भीनसी ने फिर कहा।

“नहीं ऐसा तो कुछ भी नहीं, उसने मुझसे बस इतना ही कहा कि उसे मेरी सलाह या सहायता की आवश्यकता नहीं है मैं जाऊँ और अपनी गुफा में सोऊँ।”

“ओह भ्राता! आप आहत हैं और स्वाभाविक ही इसके लिए हम ही दोषी हैं, हमें क्षमा कर दें।” शूर्पणखा ने कहा।

“हाँ भ्राता हमें क्षमा कर दें।” कुम्भीनसी ने भी कहा।

“नहीं तुम लोगों का क्या दोष।”

“तुम लोगों ने विभीषण से तो कुछ भी नहीं कहा था।”

“हाँ उनसे तो हमारी कोई बात ही नहीं हुई।” कुम्भीनसी ने कहा।

“किन्तु वह भी वहाँ था और उसने भी रावण से वही बात की जो मैंने कही थी।”

“फिर?” कुम्भीनसी ने पूछा।

“रावण ने उसका बहुत अपमान किया और उसे तुरन्त लंका छोड़ देने का आदेश दे दिया।”

“सच?”

“हाँ सच।”

“अब कहाँ गये होंगे वे?”

“वह उसी समय राम की शरण में जाने के लिये चल दिया था, वह शीघ्र ही उन तक पहुँचने वाला होगा। सच तो यह है कुम्भीनसी कि मुझे रावण की बातों की कम और तुम लोगों की सहायता नहीं कर सका इसकी वेदना अधिक है। किन्तु मेरा मन कहता है यह रावण, सीता, राम या लक्ष्मण का कोई अनिष्ट नहीं कर पाएगा। तुम लोगों का चिन्तित होना स्वाभाविक तो है किन्तु राम और लक्ष्मण के पराक्रम को देखते हुए व्यर्थ ही है।”

“भ्राता भले ही आप उसे सीता को वापस देने के लिये राजी न कर पाये हों, किन्तु आपकी बातों से हमारे मन को बहुत शान्ति मिली है, अब विदा दीजिए।”

“जाओ, पर मेरे मन में एक बात और आ रही है।”

“क्या?” कुम्भीनसी ने पूछा,” कोई आशा अभी भी शेष है क्या?”

“हाँ एक आशा अभी भी शेष है।”

“तो शीघ्र कहें उसके लिए यदि हमें कुछ करना होगा तो हम अवश्य करेंगे।”

“दैत्यराज माल्यवान अभी जीवित हैं; वे हमारे मातामह सुमाली के बड़े भाई हैं और हमारे परिवार के सबसे बड़े भी हैं।”

“हाँ।”

“वृद्ध हैं और किसी भी झगड़े से दूर रहते हैं।”

“हाँ, जहाँ तक मुझे ज्ञात है लंका पर देवताओं के आक्रमण के समय मातामह सुमाली के साथ कन्धे से कन्धा मिलाकर वे लड़े थे किन्तु उसके बाद से उनके किसी भी युद्ध में भाग लेने की बात कभी नहीं सुनी।” कुम्भीनसी ने कहा

“तेरी जानकारी सही है कुम्भीनसी; उस युद्ध के बाद से उन्होंने संसार से लगभग वैराग्य ले किया है; यदि वे रावण को समझाने के लिये सहमत हो जाते हैं तो कुल के सबसे बड़े होने के कारण हो सकता है कि रावण उनकी बात को कुछ महत्त्व दे।”

“सम्भव है और प्रयास करने में जाता भी क्या है।”

“हाँ देख लो रावण ने सम्भवतः उनका सम्मान करने के लिए ही उन्हें अपने मंत्रिमण्डल में स्थान दे रखा है।

“ठीक है भ्राता हम चलते हैं, आज्ञा दीजिए।”

“प्रणाम!” कहते हुए शूर्पणखा ने भी हाथ जोड़ दिये। कुम्भकर्ण से उनके और विभीषण के प्रति रावण का व्यवहार सुनकर उसे बहुत निराशा हुई थी और कुम्भकर्ण से क्षमा माँगने के बाद से वह चुपचाप बस सुन ही रही थी।

वे कुम्भकर्ण के यहाँ से वापस चलीं तो मार्ग में ही कुम्भीनसी ने पूछा,

“इतनी चुप और खोयी-खोयी-सी क्यों है शूर्पणखा!”

“यहाँ हम कितनी आशा से आये थे।”

"और हमारी आशा पूरी नहीं हुई, यही न?"

"हाँ।"

"किन्तु हमारी आशा अभी मरी नहीं है, हम मातामह के पास चलते हैं।"

"कुम्भीनसी क्या हम माँ के पास भी चलें?"

"तुम्हारा तात्पर्य मेरी माँ अनला से है?" कुम्भीनसी ने पूछा।

"हाँ।"

" किन्तु वे तो पिता विश्ववसु से विवाह के बाद से ही आश्रम में रहती हैं और इस संसार से बहुत कम ही सम्बन्ध रखती हैं; उन्हें रावण के कार्यों से वितृष्णा थी और स्वयं रावण भी उन्हें अच्छा तो नहीं समझता होगा।"

"हाँ यह तो है।"

"उनके पास इस सम्बन्ध में जाने का कोई अर्थ मुझे तो नहीं लगता, इसकी अपेक्षा हम सीधे हम मातामह माल्यवान के पास चलते हैं, हो सकता है उनकी बात पर रावण कुछ ध्यान दे।"

"ठीक है चल उन्हीं के पास चलते हैं।"

दोनों जब माल्यवान के निवास पर पहुँचीं उस समय माल्यवान घर पर ही पूजा-पाठ में व्यस्त था। दोनों को देखते ही बहुत प्रसन्न होकर उसने इनका स्वागत किया।

"आज अचानक कैसे आना हुआ कुम्भीनसी?" उसने पूछा।

"बस आपके दर्शनों के लिये।" कुम्भीनसी ने कहा।

"कुछ विशेष हो तो कहो, संकोच मत करो।"

"मैं बताती हूँ मातामह।" शूर्पणखा ने कहा।

"हाँ, चल तू ही बता।" माल्यवान बोला। इसके बाद शूर्पणखा ने जैसे सब कुछ कुम्भकर्ण से बताया था वैसे ही माल्यवान से कह डाला। कुम्भीनसी ने देखा, इस बार भी शूर्पणखा ने इस सारे प्रकरण कहीं भी उसका नाम नहीं लिया। शूर्पणखा सारे दोष अपने ऊपर ही लिये ले रही है यह देखकर उसका मन भर आया।

"इसमें सारा दोष इसका ही नहीं है मातामह, मैं भी उतनी ही दोषी हूँ; यह

सब करने की मेरी ही सलाह थी जो इसने मानी, रावण के प्रति प्रतिशोध की भावना मेरे अन्दर भी तो थी।''

''मैं समझ सकता हूँ बेटी।'' माल्यवान ने कहा।

''मातामह आप स्वयं देखिए, आपने युद्ध करना कबका त्याग दिया था। अपनी पुत्री के लिए वर भी ढूँढ़ा जो ऋषि परम्परा से था और आश्रम में रहता था। मेरी माँ पूरी तरह उसमें सन्तुष्ट रहीं। उसी आश्रम में मेरा जन्म हुआ पली बढ़ी। मेरा पति यद्यपि योद्धा था किन्तु उसे भी अकारण युद्ध करना बहुत अप्रिय था। मुझसे विवाह के बाद रावण से युद्ध टालने के लिये ही वह अपना राज्य छोड़कर यहाँ से बहुत दूर जाकर मधुपुर जैसी एक छोटी-सी बस्ती बसाकर रहने लगा था।''

इतना सब कहते-कहते कुम्भीनसी रुआँसी हो गयी थी। उसके शब्द लड़खड़ाने लगे थे।''

''शान्त हो जा बेटी, ले थोड़ा जल ग्रहण कर ले।'' माल्यवान ने उसके सिर पर हाथ फिराते हुये एक पात्र में जल लेकर दिया।

कुम्भीनसी ने जल पिया कुछ ठीक लगा तो उसने फिर कहना प्रारम्भ किया,

''इस पर भी इस आततायी रावण ने हमारा पीछा नहीं छोड़ा। यह मधुपुर पहुँच गया। उससे बलपूर्वक राक्षस-धर्म ग्रहण करने के लिये कहा। उसने कहा कि राक्षस-धर्म ग्रहण करने के बाद हम निर्भय होकर जी सकेंगे। हम दोनों ने उसका राक्षस-धर्म ग्रहण कर लिया; हमें आशा थी कि इसके बाद वह हमें अपने भाग्य पर छोड़ देगा।''

''किन्तु जितना मैंने उसे समझा है उससे मैं कह सकता हूँ कि उसने ऐसा नहीं किया होगा।'' माल्यवान ने कहा।

''हाँ, हमारे राक्षस-धर्म ग्रहण करने के बाद भी वह मधु को अपने साथ पकड़ ले गया, बोला 'वीर है युद्ध में काम आयेगा।' और वह सचमुच युद्ध में काम आ गया।''

इतना कहकर कुम्भीनसी फिर थोड़ा रुकी। माल्यवान उसके मुख पर उभरी हुई पीड़ा को देखकर बहुत दुःखी हो रहा था, तभी कुम्भीनसी ने फिर कहा,

''मैं उसके पैर पकड़कर और रो-रोकर अपने पति को बचाने के लिये उससे गिड़गिड़ाती रही और वह हँसता रहा और मुझसे 'व्यर्थ ही दुःखी हो रही है यह

मेरे संरक्षण में रहेगा' कहकर उसे बलपूर्वक ले ही गया। बहुत दिनों तक उसका कोई समाचार नहीं मिला। मैं उसका स्मरण करती रो-रोकर जीती रही और फिर एक दिन समाचार मिला भी तो उसकी मृत्यु का।'' कहकर कुम्भीनसी पैरों के बीच सिर गड़ाकर फूट-फूटकर रोने लगी।

''चुप हो जा बेटी कितना रोएगी,'' माल्यवान कुम्भीनसी को चुप कराने का प्रयास करने लगा। स्वयं शूर्पणखा भी उसे चुप कराने में लग गयी। कुछ देर बाद कुम्भीनसी ने सिर उठाया। उसकी नाक और आँखों दोनों से पानी आ रहा था। माल्यवान ने उसे एक लोटा जल और एक कपड़ा दिया, बोला।

''जा आँसू पोंछ, मुँह धो, कुछ पानी पी फिर आ,जा बेटी उठ।''

कुम्भीनसी, माल्यवान की बात मानकर उठी और मुँह धोकर पुनः आ बैठी।

''और इसके बाद मैं वहाँ अकेली मधुपुर में क्या करती; इसका पता लगा तो इसके पास चली आयी।'' कुम्भीनसी ने शूर्पणखा को इंगित करते हुए कहा।

''उचित ही किया तूने'' माल्यवान ने कहा, ''एक से दो भले।''

''किन्तु,...''

''किन्तु क्या बेटी?'' माल्यवान ने पूछा।

इसके उत्तर में कुम्भीनसी हँसने लगी।

''अभी रो रही थी, अब हँस रही है, तू बावरी हो गयी है क्या कुम्भीनसी?'' शूर्पणखा ने कहा।

''हाँ बावरी, मैं बावरी ही हो गयी हूँ और मेरा यह बावरापन रावण के वंश के समूल नाश तक नहीं जाने वाला।''

''अब कुछ देर तू चुप बैठ कुम्भीनसी, मुझे मातामह से वह बात कहने दे, जिसके लिए हम यहाँ आये हैं।''

''ठीक है मैं अब और नहीं बोलूँगी।'' अपना मुख हथेलियों से ढकते हुये कुम्भीनसी ने कहा।

इसके बाद शूर्पणखा ने माल्यवान से कहा,

''मातामह, रावण ने अपनी पत्नी बनने का प्रस्ताव न मानने पर कुछ दिन बाद सीता को उनका गला काट देने की धमकी दी है; वह निर्दोष और सच्ची स्त्री इस लड़ाई में बलि का पशु न बन जाए इसलिए हम आपके पास आये हैं।''

"मुझ वृद्ध से तुम इतनी बड़ी आशा लेकर आयी हो यह मुझे विस्मित कर रहा है किन्तु फिर भी कहो मुझे क्या करना होगा।"

"आप हमारे कुल के सबसे बड़े हैं, यदि आप रावण को समझाने का प्रयास करें कि वह सामने खड़े विनाश को देखकर सीता को वापस कर दे तो हो सकता है कि वह आपकी बात का मान रख ले।"

"रावण बुद्धिमान तो है किन्तु बहुत ही कलुषित बुद्धि का स्वामी है, वह इस बात के लिए मानेगा यह मुझे सम्भव नहीं लगता फिर भी मैं अपनी ओर से उसे समझाने का पूरा प्रयास करूँगा।"

"अगर ऐसा है तो एक बात और भी हो सकती है।"

"क्या?"

"वह केवल सीता की दी हुई अपनी धमकी से विरत हो जाए इतना भी पर्याप्त होगा क्योंकि फिर युद्ध होने के पश्चात क्या होता है इसका निर्णय तो समय करेगा।"

"ठीक है, उसकी सभा का समय हो गया है, मैं अभी जाता हूँ और तुम लोग मेरे उत्तर की प्रतीक्षा में यहीं रुको।" कहकर माल्यवान रावण की सभा के लिए चल पड़ा।"

माल्यवान, रावण की सभा में पहुँचा तो रावण ने खड़े होकर उसका स्वागत किया और श्रद्धा से प्रणाम भी किया।

"आइए मातामह, आज बहुत समय के बाद आपने दर्शन दिये हैं।"

"अब मैं वृद्ध हो चुका हूँ दौहित्र (बेटी का बेटा) अधिक भागदौड़ नहीं कर सकता, फिर भी तुमने मुझे अपने मंत्रिमण्डल का सदस्य बना रखा है यह तुम्हारा अनुग्रह ही तो है।"

"नहीं मातामह यह तो लंका का सौभाग्य है कि उसे आप जैसा अनुभवी मंत्री मिला हुआ है, किसी विशेष प्रयोजन से आना हुआ हो तो कहें।"

"हाँ प्रयोजन विशेष ही तो है।"

"तो कहें यह रावण आपके लिए क्या कर सकता है।"

"दौहित्र रावण यह राम की पत्नी सीता के सम्बन्ध में जो कुछ सुनाई दे रहा है उसकी वास्तविकता क्या है?"

"कुछ विशेष नहीं है मातामह, राम और उसके भाई लक्ष्मण ने बहन शूर्पणखा का अपमान किया था, उन्होंने खर, दूषण और उनके साथ ही मेरी चौदह सहस्त्र सेना का भी वध कर डाला है, उसी अपमान का बदला लेने के लिये मैंने राम की पत्नी सीता का हरण किया है।"

"स्वयं राम की उपस्थिति में?"

"नहीं वे दोनों भाई तो उस समय वहाँ नहीं थे।"

"किन्तु हरण तो उसे कहते हैं जो सामने से चुनौती देकर किया जाए, यह तो चौर्य कर्म हुआ।"

अपने कार्य को चोरी कहने से रावण जो अभी तक बहुत विनम्रता से बात कर रहा था उसकी भृकुटियों पर बल पड़ गये।

"आप कहना क्या चाहते हैं मातामह?" रावण के स्वर में क्रोध की झलक थी।

"मैं आयु में तुमसे बहुत बड़ा भी हूँ और तुमने मुझे अपना मंत्री भी बना रखा है इस नाते कह रहा हूँ।"

"क्या?"

"जिस राम ने अकेले ही महाबली खर और दूषण का ही नहीं अपितु तुम्हारी चौदह सहस्त्र सेना का भी वध कर डाला वह साधारण वीर तो नहीं होगा।"

"तो फिर, रावण इससे डर जायेगा क्या?"

"नहीं किन्तु सोचो कि उसने तुम्हारे आराध्य शिव का धनुष जिसे बड़े-बड़े सूरमा हिला भी नहीं पाये थे उसे पल में तोड़ दिया था, इसके अतिरिक्त उसके दूसरे असाधारण से लगने वाले कृत्यों पर भी दृष्टि डालो और फिर निर्णय करो।"

"क्या निर्णय करूँ फिर?" राम के शौर्य का वर्णन सुनकर रावण कुछ चिढ़ सा गया था।

"राजा को सामने वाले की शक्ति देखकर ही उससे शत्रुता या मित्रता का

निर्णय लेना चाहिए और राम के सम्बन्ध में मुझे लगता है कि तुम्हें उनसे शत्रुता मोल नहीं लेनी चाहिए। तुम सीता को ससम्मान राम को वापस कर दो अन्यथा वह इस राक्षस कुल की बरबादी का कारण बन सकती है।''

''इस तरह का कायरतापूर्ण उपदेश देने वालों की कमी नहीं है मातामह; यदि रावण उन उपदेशों पर ध्यान देता होता तो आज इतने बड़े साम्राज्य का स्वामी नहीं होता और फिर मुझे अपनी भगिनी शूर्पणखा के अपमान का समुचित दण्ड भी तो उन्हें देना है।''

''उस अपराध का समुचित दण्ड तो उन्हें मिल चुका है दौहित्र, अब तो सम्भवतः शूर्पणखा स्वयं भी इस महाविनाश के पक्ष में नहीं होगी।''

''बात अब बहुत आगे बढ़ चुकी है मातामह, अब रावण पीछे नहीं हट सकता; यह तो समुद्र है जो अभी तक उनके जीवन का रक्षक बना हुआ है अन्यथा अब तक तो वे दोनों भाई स्वर्ग सिधार गये होते और उनकी वानर सेना हमारे राक्षसों के पेट भरने के काम आ चुकी होती और आपसे मेरी विनती है कि अब आप यहाँ से चले जाएँ; आपने मेरे कार्य को चौर्य कर्म कहने का साहस किया है और मैंने उसे भी धैर्य-पूर्वक सुना है, किन्तु अब मेरे सब्र की सीमा समाप्त हो रही है; आपके स्थान पर यदि किसी और ने इस तरह की बातें की होतीं तो अब तक उसका सिर धड़ से अलग हो चुका होता।''

माल्यवान ने हाथ उठाकर रावण से कहा,

''ठीक है।''

माल्यवान घोर अपमान की ज्वाला में जलता हुआ लौट पड़ा। वह रास्ते में ही था कि जगह-जगह उसे शोर और भगदड़ मिली। 'क्या हुआ होगा' सोचते हुए माल्यवान खड़े होकर लोगों की बातें सुनने लगा। लोग राम के बारे में कुछ बातें कर रहे हैं इतना उसकी समझ में आ गया। ढंग से बात जानने के लिये उसने एक राक्षस को रोका,''

''क्या हुआ यह क्या चर्चा हो रही है!'' उसने पूछा।

''राम की सेना समुद्र पर पुल बाँध चुकी है और उसका इस पार आना प्रारम्भ हो चुका है।''

''तो लोग इस प्रकार भागकर कहाँ जा रहे हैं?''

''अब लंका के उत्तरी तट पर तो महासमर होगा ही, उसे तो कोई रोक नहीं

सकता; जो लोग भाग रहे हैं वे शीघ्रातिशीघ्र अपने परिवार सहित दक्षिण की ओर चले जाना चाहते हैं।''

लोगों से यह सुनकर माल्यवान के पैर थम गये। वह अनायास ही वापस मुड़कर, 'एक बार और अपने दौहित्र को समझाने का प्रयास करता हूँ' सोचकर कुछ पग वापस चला फिर अनिश्चय की-सी स्थिति में जहाँ था वहीं खड़ा हो गया। अपने मन में चलते 'जाऊँ या न जाऊँ' के संघर्ष से वह निकल नहीं पा रहा था। 'हनुमान की लगायी आग से यह लंका अपना बहुत-सा वैभव तो खो ही चुका है यदि रावण अब भी समझ जाए तो यह राक्षस जाति तो एक महाविनाश से बच ही जायेगी' उसने सोचा और कुछ पग और आगे बढ़ा किन्तु फिर उसे अन्त में कहे हुए रावण के शब्द स्मरण हो आए और उसके पग पुनः ठिठक गये।

'जाना व्यर्थ ही है, वह मेरी बात तो मानेगा ही नहीं उलटे इस बुढ़ापे में यदि मुझ पर हाथ उठा ही दिया तो मैं क्या कर लूँगा।' माल्यवान के मन में आया और फिर वह बिना किसी संशय के सिर झुकाये अपने निवास की ओर चल पड़ा।

माल्यवान की अनुपस्थिति में कुम्भीनसी और शूर्पणखा मानों साँस रोके उसके वापस आने की राह देख रही थीं। बहुत देर होने लगी तो उनकी बेचैनी बढ़ने लगी।

''मातामह को गये बहुत देर हो गयी है, अब तक तो उन्हें वापस आ जाना था।'' शूर्पणखा ने कहा।

''आ रहे होंगे, वृद्ध भी तो हैं।''

''हाँ यह तो है।''

इसके कुछ देर बाद ही शूर्पणखा बोली,

''चल बाहर चलकर देखते हैं।''

''चल।''

इसके बाद दोनों सावधानीपूर्वक बाहर आयीं। बाहर कोई नहीं था।

“चल थोड़ा आगे चलें।” शूर्पणखा ने कहा।

“हाँ चल चलते हैं।” उत्तर मिला।

वे राजपथ की ओर जाने वाले मार्ग पर थोड़ा-सा ही बढ़ी कि उन्हें भी जगह-जगह दो-दो चार-चार के समूह में राक्षसगण गम्भीरता ओढ़े और आपस में बात करते दिखे।

“कुछ विशेष लगता है।” कुम्भीनसी ने कहा।

“हाँ लगता तो है।” कुछ अचम्भित-सी शूर्पणखा ने कहा। तभी उन्हें एक राक्षस अकेला आता दिखाई पड़ा,

“चल, इससे पता करते हैं।” शूर्पणखा ने जोड़ा।

“चल।”

दोनों ने अपना मुख को वस्त्रों से थोड़ा-सा ढका और राक्षस जब पास आ गया तो कुम्भीनसी ने उसे रोका,

“भ्राता!”

“हाँ।” कहकर वह रुक गया।

“कोई विशेष बात है क्या? ये सब लोग क्या बातें कर रहे हैं?”

“अरे तुम्हें नहीं पता!” उसने कहा।

“नहीं।” कुम्भीनसी ने कहा। तब तक उन्हें माल्यवान आते दिखायी पड़ गये। दोनों इस वार्तालाप को अधूरा छोड़कर तेजी से माल्यवान के निवास की ओर बढ़ गयीं और भीतर जाकर उनके आने की प्रतीक्षा करने लगीं। कुछ देर बाद ही बहुत धीरे-धीरे चलते हुए और बुझे हुए से माल्यवान आकर उनके सम्मुख खड़े हो गये।

माल्यवान की बहुत धीमी चाल और मुख की बुझी हुई आभा ने स्वतः ही बहुत कुछ कह दिया था। आशंकित-सी कुम्भीनसी ने पूछा,

“क्या हुआ मातामह, सब ठीक तो है न!”

“नहीं बेटी कुछ भी ठीक नहीं हैं; मैंने रावण को समझाने का प्रयास किया तो बदले में उसने मुझसे बहुत अभद्रता की, उसका घमण्ड सारी सीमाएँ तोड़ चुका है।

“ओह! हमने आपकी शान्ति व्यर्थ ही भंग की; हमारे कारण ही आपको अपमान सहना पड़ा। सच पूछिए तो हम तो क्षमा माँगने लायक भी नहीं रहे।” शूर्पणखा ने कहा।

“नहीं ऐसा मत सोचो; मेरे ऊपर तुम्हारा इतना अधिकार तो बनता ही है। तुमने जो कहा वह सबकी भलाई सोचकर ही तो कहा और फिर तुमने अपनी भूल अनुभव की, मानी और अब उसके निराकरण के लिये प्रयत्नशील हो यह छोटी बात नहीं है।”

“मातामह आपकी प्रतीक्षा करते-करते हम राजमार्ग की ओर गये थे, वहाँ रास्ते में जगह-जगह लोग कुछ चर्चा करने लगे, कुछ विशेष बात है क्या?”

“हाँ, अरे वह तो मैं तुम्हें बताना भूल ही गया; वृद्धावस्था की देह है न, अब तो बस आज मरे कल दूसरा दिन।”

“नहीं ऐसी अशुभ बात मुँह से मत कहिए, किन्तु हाँ वह बात क्या है?”

“राम ने समुद्र पर पुल बाँध लिया है और उसकी सेना का इस पार आना प्रारम्भ हो चुका है।”

इस बात शूर्पणखा और कुम्भीनसी दोनों चौंक पड़ीं,

“सच मातामह!” कुम्भीनसी ने कहा।

“हाँ लोग तो यही कह रहे हैं।”

“मीनाक्षी चल अब यहाँ और ठहरना उचित नहीं है।” कुम्भीनसी ने कहा।

“सच कहती है।” शूर्पणखा ने कहा और दोनों माल्यवान को प्रणाम कर लौटने लगीं।

“ध्यान से जाना बेटी, बाहर अब खतरा ही खतरा है।” माल्यवान ने कहा।

दोनों वहाँ से चलकर शीघ्रता से समुद्रतट तक पहुँचीं। एक बड़ी नाव वाले को पकड़ा और वापस हो लीं। समुद्री रास्ते में दूर से वह पुल और उस पर चलती वानर सेना दिखाई दे रही थी। वानर, पुल पर हाथ हवा में लहराते और दौड़ते हुए से लग रहे थे।

17

अन्धकार फिर हारा

शूर्पणखा और कुम्भीनसी अपने स्थान पर सकुशल पहुँच गयी थीं, मिलकर बैठीं तो शूर्पणखा ने कहा,

"कुम्भीनसी, अब युद्ध प्रारम्भ होने में अधिक विलम्ब नहीं लगता; हाँ सम्भवतः कल प्रातःकाल ही युद्ध प्रारम्भ हो जाएगा, किन्तु सीता को लेकर मेरा मन अभी भी आशंकित है।"

"क्यों?"

"रावण को यदि उसका पक्ष विजयी होता दिखा तब तो ठीक, किन्तु यदि उसका पक्ष हारता दिखा तो खिसियाया हुआ रावण कुछ भी कर सकता है।"

"कुम्भीनसी तुझे भ्राता कुम्भकर्ण की बात स्मरण है?"

"कौन-सी बात?"

"उन्होंने कहा था न कि सीता, राम और लक्ष्मण का कोई अनिष्ट नहीं कर पाएगा।"

"हाँ, है।"

"तो?"

"ईश्वर उनकी बात को सही सिद्ध करे," कहते हुए कुम्भीनसी ने हाथ जोड़कर आसमान की ओर देखा।

राम अपनी पूरी सेना के साथ दिन भर में लंका के समुद्र तट तक आ गये। इस बीच रावण ने भी अपनी रणनीति के अनुसार विभिन्न मोर्चों पर अपनी सेना खड़ी कर दी थी और अनुमान के अनुसार दूसरे दिन प्रातःकाल से ही युद्ध प्रारम्भ हो गया।

युद्ध प्रारम्भ होने के बाद सोलह दिन में ही राक्षस सेना व्याकुल हो उठी। उसके बड़े-बड़े सूरमा मृत्यु को प्राप्त हो चुके थे। रावण स्वयं भी चिन्तित हो उठा। उसने अपने मंत्रियों और सभासदों की सभा आहूत की।

''महातेज, कुम्भकर्ण ने हमसे रुष्ट होकर स्वयं को अपनी गुफा तक ही सीमित कर लिया है, यदि वे होते तो हमारी इतनी क्षति निश्चय ही नहीं होती; वे महावीर हैं हमें उन्हें मनाकर युद्ध में भाग लेने की प्रार्थना करनी चाहिए।'' मंत्रियों ने सुझाव दिया।

रावण को यह बात समझ में आया। वह स्वयं भी यही सोच रहा था। सभा का विसर्जन कर वह अकेले ही कुम्भकर्ण की गुफा में जा पहुँचा।

''भ्राता, युद्ध प्रारम्भ हुए सोलह दिन हो चुके हैं, राक्षस कुल संकट में है। आपके बिना हम अनाथ से हो रहे हैं।''

''तो इसमें मैं क्या कर सकता हूँ रावण, मैंने तुम्हें पहले ही समझाया था कि सीता को वापस कर दो और राम से बैर मत लो, तब तुमने स्वयं को दिग्विजयी और मुझे कायर और मात्र खाने और सोने वाला कहा था।''

रावण इसका उत्तर नहीं दे सका, मौन हो गया। तब कुम्भकर्ण ने आगे कहा,

''तुमने तो अपने चाटुकारों के समक्ष सही सलाह देने वाले विभीषण को भी बुरी तरह से अपमानित करके भगा दिया था और तो और मैंने तो सुना है कि तुमने मातामह माल्यवान को भी इसी कारण गला काटने की धमकी देकर अपमानित करके भगा दिया था।''

''भ्राता आज इन बातों का समय नहीं है, कृपया अपने क्रोध को थूक दें और हमारी सहायता करें और राक्षसों को विनाश से बचाएँ।''

''रावण आज तुम्हारी बातों पर मुझे हँसी आ रही है, तुम्हारे जैसे वीरों के होते हुए आखिर कायर और मात्र खाने सोने वाला मैं उस युद्ध-भूमि में जाकर क्या करूँगा, जाओ मुझे सोने दो।'' कहते हुए कुम्भकर्ण फिर से लेट गया और देखते ही देखते सो गया।

रावण वहाँ से हताश लौटा तो उसके मंत्रियों ने परामर्श दिया कि एक बार और कुम्भकर्ण को मनाने का प्रयास कर लिया जाए और इस बार हम सभी आपके साथ चलेंगे और उनसे राक्षस-कुल को बचाने की विनती करेंगे। रावण, कुम्भकर्ण के व्यवहार से स्वयं को अपमानित तो अनुभव कर रहा था किन्तु विवश

था अतः सभी मंत्रियों को लेकर वह एक बार पुनः कुम्भकर्ण के पास गया। इस बार सबकी सलाह से वह अपने साथ बहुत-सा भुना हुआ मांस और मदिरा लेकर भी चला।

सबके पहुँचने पर कुम्भकर्ण जागा।

"अब इन सारे लोगों को लेकर क्यों आया है रावण?" उसने रावण से पूछा।

तब तक रावण के मंत्रियों ने उसके सम्मुख वह भुना हुआ मांस और मदिरा से भरा हुआ घड़ा रख दिया।

"हम सब आपके लिए यह लेकर आये हैं।" एक मंत्री ने कहा।

"ओह भूख तो सचमुच बहुत लगी है कह कर कुम्भकर्ण ने थोड़ी देर में ही सारा मांस और मदिरा उदरस्थ की और फिर बोला,

"कहो।"

इसके बाद रावण ने अपने व्यवहार के लिए खेद प्रकट किया। क्षमा माँगी तो कुम्भकर्ण युद्ध में जाने के लिये तैयार हो गया।

युद्ध के चलते रावण के द्वारा सीता को दी गयी समय सीमा कब बीत गयी कुछ पता ही नहीं चला। शूर्पणखा को रावण के द्वारा सीता को दी हुई धमकी भूली नहीं थी।

"एक माह बीत चुका है कुम्भीनसी, क्या हो सकता है कि रावण अपनी बात भूल चुका हो।"

"भूला तो नहीं होगा, हाँ यह हो सकता है कि युद्ध की व्यस्तताओं में इस ओर ध्यान न दे पाये... किन्तु उसकी दुष्ट बुद्धि उससे कब क्या करवा डालेगी पता नहीं।"

"तेरी बात का अर्थ है कि अभी भी खतरा उतना ही शेष है।"

"उससे अधिक भी हो सकता है, क्योंकि युद्ध में हारता हुआ रावण बहुत अधिक खिसियाया हुआ भी होगा।"

“तो वह एक माह वाली बात...”

“पूरी तरह जिन्दा है... सोचकर देख, उसने यही तो कहा था कि यदि एक माह के भीतर सीता ने उसकी बात नहीं मानी तो वह तलवार से उसकी गरदन काट देगा।”

“हाँ।”

“तो इसका अर्थ यही तो है कि एक मास तक वह ऐसा नहीं करेगा किन्तु उसके बाद की कोई समय सीमा तो उसने नहीं निर्धारित की है।”

साजिशें अन्धड़ों की
अभी कहाँ हुईं शेष
धक्-धक् धक् अब भी है
शंकाएँ जीवित हैं।

और एक दिन अजेय मेघनाद के लक्ष्मण के हाथों वीरगति प्राप्त होने का समाचार आया। रावण के अनुरोध पर उसका क्रिया-कर्म सम्पूर्ण करने के लिए युद्ध एक सप्ताह के लिये रोक दिया गया। मेघनाद की पत्नी सुलोचना, रावण के समझाने के बाद भी सती हो गयी।

इसके बाद दुःख और क्रोध से उन्मत्त रावण, सीता को ही इस सारे काण्ड के लिये उत्तरदायी ठहराता नंगी तलवार लिये उसे मारने के लिये चला। उसे आश्चर्य हुआ जब उसके हाथ में नंगी तलवार देखकर भी सीता तनिक भी भयभीत नहीं हुईं। रावण के साथ उसका मंत्री सुपार्श्व भी था जिसके समझाने से अंततः रावण सीता को धमकियाँ देता हुआ किन्तु बिना हानि पहुँचाये ही लौट आया।

युद्ध के समाचार कुम्भीनसी और शूर्पणखा तक भी पहुँच रहे थे। कुम्भकर्ण और मेघनाद की मृत्यु पर उन्हें दुःख हुआ किन्तु सीता अभी भी सकुशल ही हैं

यह जानकर सन्तोष भी हुआ। इस बीच मन्दोदरी ने कई बार तरह-तरह से रावण को युद्ध से विरत करने का निष्फल प्रयास किया।

रावण के मरने के बाद बचे हुए राक्षसों ने समर्पण कर दिया। चौरासी दिनों तक चलने के बाद युद्ध समाप्त हो गया। राम ने विभीषण को लंका का राजा घोषित कर दिया। विभीषण ने राक्षस-धर्म त्यागकर आर्य-धर्म अपना लिया था।

18

किरणों के आस-पास

युद्ध समाप्ति के समाचारों के बाद शूर्पणखा ने लंका जाने का निश्चय किया। वह सीता के अयोध्या जाने से पूर्व एक बार और सीता से मिलना चाहती थी। उसने कुम्भीनसी से कहा,

''मैं लंका जाना चाहती हूँ।''

''किन्तु अब वहाँ क्या है?''

''और कुछ हो न हो, सीता अभी वहीं होंगी मैं एक बार और उनसे मिलना चाहती हूँ; एक बार उनके अयोध्या जाने के बाद तो कदाचित ही उनसे मिलना हो पाये।''

''क्या केवल यही मन्तव्य है?''

''नहीं और भी है... दूर से ही सही एक बार और राम के दर्शन करूँगी और भविष्य में कहाँ रहना है यह भी देखूँगी, तू मेरे साथ चलेगी क्या?''

''नहीं मीनाक्षी मैं अब मधुपुर जाना चाहती हूँ; वह घर जो मेरे मधु ने बनवाया था और वह छोटी-सी बस्ती जो उसने बसायी थी, शेष जीवन वहीं उसकी स्मृतियों के साथ काटने की इच्छा है।''

''अच्छा इस अकेलेपन में तूने मेरा बहुत साथ दिया कुम्भीनसी, तेरी आभारी हूँ और सदा रहूँगी।''

''ऐसा मत कह मीनाक्षी, सच तो यह है कि हम दोनों ने एक-दूसरे का साथ दिया।

कुम्भीनसी चली गयी। शूर्पणखा उसे जाते हुए देखती रही। अचानक उसे लगा जैसे बहुत अकेलेपन ने उसे घेर लिया है और इसी अकेलेपन के साथ उसने लंका की ओर अपनी यात्रा प्रारम्भ कर दी।

'पति खोया, पुत्र खोया, रावण और कुम्भकर्ण जैसे भाई, मेघनाद और अक्षयकुमार जैसे भतीजे खोये और अब विभीषण ही शेष है जो राक्षस-धर्म छोड़कर आर्य हो चुका है और लंका का अधिपति भी। पता नहीं वह कैसा व्यवहार करेगा। ' लंका की भूमि पर कदम रखने के साथ ही इस जैसे पता नहीं कितने विचार शूर्पणखा के मन में उठ रहे थे।

इन्हीं विचारों से संघर्ष करती और अपने आप में खोयी-खोयी शूर्पणखा कब अशोक वाटिका पहुँच गयी उसे पता ही नहीं लगा। अपने को अशोक वाटिका में पाकर शूर्पणखा खड़ी हो गयी। 'क्या मुझे पहले मन्दोदरी के पास जाकर उसे सान्त्वना नहीं देना चाहिए थी, उसके मन में आया... साथ ही मैं ही इस सारे विनाश की जड़ में हूँ' जैसा अपराधबोध भी भेदने लगा।

तभी उसने देखा सीता स्वयं चलकर उसकी ओर आ रही थीं। शूर्पणखा ने देखा उनकी चाल में गुरुता थी और मुख पर गाम्भीर्य। आज की मुक्त सीता और पहले की बन्धनों वाली सीता में कोई विशेष अन्तर नहीं था, जबकि शूर्पणखा का अनुमान था कि इस समय सीता को मुख-मुद्रा पहले से कुछ अलग होगी।

"मीनाक्षी तुम!" सीता ने पास आकर कहा।

"हाँ मैं, मैं सचमुच शूर्पणखा ही हूँ, असुन्दर, कुटिल और इस विनाश का मूल।" कहते हुए शूर्पणखा रो पड़ी।

"नहीं, न तुम असुन्दर हो, न कुटिल और न ही इस विनाश का मूल... धैर्य मत खो मीनाक्षी।" कहकर सीता, शूर्पणखा की पीठ पर हाथ रखकर उसे समझाने और चुप कराने लगीं।

कुछ देर बाद शूर्पणखा शान्त हुई।

"तुम अभी तक यहीं हो सीता, राम तुम्हें लेने नहीं आये?"

"आ ही जाएँगे... कुछ व्यस्ततायें भी हो सकती हैं और कुछ राजधर्म की औपचारिकताएँ भी।"

" ये व्यस्तताएँ और औपचारिकताएँ क्या इतनी बड़ी हैं?"

शूर्पणखा की इस बात ने सीता के मन में छिपी पीड़ा को छू दिया। उनके मुख पर कुछ भाव उभरे किन्तु शीघ्र ही उन्होंने स्वयं को सँभाल लिया और बात की दिशा बदल दी।

"मन्दोदरी के पास गयी थीं क्या?"

"नहीं अभी तो नहीं। मुझे लगा कि एक बार आप यहाँ से चली गयीं तो फिर कदाचित ही आपसे मिलना हो पाये, इसलिए सीधे यहीं चली आयी।

"मेरा सौभाग्य।" सीता ने कहा, "किन्तु यहाँ से निकलना तो वहीं जाना। मन्दोदरी बहुत समझदार ही नहीं हर दृष्टि से बहुत श्रेष्ठ भी हैं, उनके इस दुःख में पता नहीं कौन उन्हें सान्त्वना दे पा रहा होगा।"

"हाँ जाऊँगी यद्यपि मेरे अन्दर उनसे आँखें मिलाने का साहस शेष नहीं है।"

"इस अपराध-बोध से बाहर आओ मीनाक्षी तुम तो केवल बहाना मात्र थीं, कारण तो रावण का दर्प और स्त्रियों पर उसकी कुदृष्टि थी।"

सीता ने बात समाप्त की ही थी कि उन्हें हनुमान अपनी ओर आते दिखे।

"हनुमान आ गये हैं अवश्य ही वे प्रभु का कुछ सन्देश लाये होंगे।" सीता ने कहा।

"अच्छा मैं जा रही हूँ, तुमसे मिलकर बड़ी शान्ति मिली है सीता, मुझे भुला मत देना।"

"नहीं कभी नहीं, तुम्हें कभी नहीं भुला पाऊँगी।"

हनुमान पास आ चुके थे। शूर्पणखा शीघ्रता से वापस हो ली और वहाँ से चलकर उस स्थान पर आयी जहाँ श्रीराम थे। शूर्पणखा ने देखा वहाँ जन-सैलाब उमड़ा हुआ था। उस भयंकर भीड़ के मध्य से जगह बनाती हुई वह श्रीराम के आसन के जितना पास तक पहुँच सकती थी पहुँची और मुग्ध भाव से, जितनी देर तक खड़ी रह सकी उन्हें टकटकी बाँधे देखती रही। फिर धीरे से बाहर निकली और मन्दोदरी के महल की ओर जाने वाले मार्ग पर आ गयी। कुछ दूर तक चली फिर कुछ सोचती हुई एक ओर हटकर खड़ी हो गयी।

मन्दोदरी को लेकर शूर्पणखा बहुत अधिक असमंजस में थी। उसे लग रहा था कि मन्दोदरी उसे देखकर प्रसन्न हो तो नहीं होगी, यह भी हो सकता हे कि वह उसे ही इस महाविनाश का कारण समझती हो, 'फिर भी शोक प्रकट करने मन्दोदरी तक जाना तो है ही', शूर्पणखा ने सोचा, 'और फिर सीता ने भी तो यही सलाह दी थी' उसके मन में आया और चली पड़ी।

शूर्पणखा जब मन्दोदरी के महल में पहुँची, वहाँ बहुत सन्नाटा पसरा हुआ था। स्वयं मन्दोदरी बहुत अधिक उदास ओर खोयी-खोयी-सी शून्य में देखती

बैठी हुई थी।

आहट पाकर मन्दोदरी ने उसकी ओर देखा, बोली,

"आओ।"

शूर्पणखा बिना कुछ बोले उसके पास जाकर बैठ गयी।

मन्दोदरी जो अभी तक शान्त बैठी थी, उसके कन्धे पर सिर रखकर रोने लगी। स्वयं शूर्पणखा भी रोने लगी। कुछ देर बाद दोनों चुप हुईं तो शूर्पणखा ने एक सेविका से पानी लाने के लिये कहा। पानी आया तो वह पानी का पात्र उठाकर मन्दोदरी के मुख तक ले गयी।

मन्दोदरी ने पात्र शूर्पणखा के हाथ से अपने हाथ में लेकर थोड़ा-सा पानी पिया, फिर उसे एक ओर रख दिया और फिर चुपचाप बैठकर कक्ष के छत पर आँखें टिकाकर बैठ गयी। शूर्पणखा समझ नहीं पा रही थी कि क्या कहे अतः वह भी चुप ही थी।

ऐसे अवसरों पर सान्त्वना देने के लिये बहुधा जो 'हिम्मत रखो' 'भगवान सब ठीक करेगा' जैसे शब्द बोले जाते हैं उन्हें बोलना शूर्पणखा को बहुत अर्थहीन-सा लगने लगा। कुछ देर तक चुपचाप बैठे रहने के बाद उसे लगा कि मन्दोदरी के मन में उसकी भूमिका को लेकर भी बहुत कुण्ठा और पीड़ा हो सकती है। बिना किसी बहस के इसके लिए मन्दोदरी से क्षमा-प्रार्थना कर लेना ही उसे उचित लगा।

"भाभी!"

"हाँ।"

"इस पूरे प्रकरण के प्रारम्भ में मेरी जो भी भूमिका थी उसके लिये मैं दुःखी भी हूँ और क्षमाप्रार्थी भी।"

"अरे नहीं शूर्पणखा, तुमको लेकर मेरे मन में कुछ नहीं है, मेरे भाग्य में यही रहा होगा; जब जो और जैसा होना होता है परिस्थितियाँ भी वैसी ही बनती रहती हैं।

शूर्पणखा ने जब वहाँ से विदा ली तो मन्दोदरी मना करने के बाद भी उसे महल के द्वार तक छोड़ने आयी।

शूर्पणखा जब वहाँ से लौटी तो मन्दोदरी के सम्बन्ध में उसकी धारणा बहुत

बदल चुकी थी। उसे लग रहा था कि मन्दोदरी की प्रशंसा अकारण ही नहीं होती। मन्दोदरी से मिलने जाते समय वह सोच रही थी कि वह उससे रुष्ट, उलाहनों और आलोचनाओं की गठरी लिये बैठी होंगी ओर उसे वह सब सुनना और झेलना पड़ेगा, किन्तु अभी मन्दोदरी ने उसके साथ बहुत सन्तुलित व्यवहार करके जिस बड़प्पन का परिचय दिया था उससे वह अभिभूत थी।

वापसी में राम के एक बार और दर्शनों के मोह से वह बच नहीं सकी। पिछली बार की तरह ही भीड़ में घुसकर वह राम के पास तक पहुँच गयी। इस बार राम के लिए बनाये गये मंच पर राम के साथ सीता भी थीं। सम्भवतः वे अभी अभी ही यहाँ पहुँची थीं।

इस बार वह बहुत देर तक राम और सीता को देखती रही और फिर पलकें इस प्रकार गिरायीं मानों उनकी छवि को आँखों में कैद कर लेना चाहती है। वह कुछ पलों के लिए वैसे ही आँखें बन्द किये खड़ी रही। भीड़ का कोलाहल बढ़ता ही जा रहा था। शूर्पणखा ने आँखें खोली और वापसी के लिये अपने मार्ग पर चल पड़ी।

वापस दण्डकारण्य आने के बाद शूर्पणखा को सीता की अग्निपरीक्षा वाली बात का पता लगा और उसका मन पीड़ा और समाज के प्रति वितृष्णा से भर उठा।

‘इस सभ्य कहलाये जाने वाले समाज में कितना अधिक नाटक भरा हुआ है’ उसने सोचा।

लंका में विभीषण का राज्य हो गया। लंका के अधिकतर राक्षसों ने भी आर्य धर्म स्वीकार कर लिया। जो इससे सहमत नहीं थे वे लंका छोड़कर दूर-दूर चले गये। इनमें से अधिकतर भारत में आकर इधर-उधर बस गये। अयोध्या में राम का राज्य हो गया।

रावण के समय में उसके राज्य का विस्तार बहुत दूर-दूर तक था किन्तु विभीषण उसे कायम नहीं रख पाया। उसका साम्राज्य लंका द्वीप तक ही रह गया। उधर राम के शासन में अयोध्या का साम्राज्य बहुत दूर-दूर तक फैल गया।

शूर्पणखा लंका में ही विभीषण के राज्य में रहने लगी। बीच-बीच में वह दण्डकारण्य में अपने पुराने निवास पर भी जाकर कुछ दिनों तक रहती... यद्यपि न इस वन में अब लंका का साम्राज्य था और न वह दण्डकारण्य की स्वामिनी। वह कभी भी कहीं भी चली जाती थी और कब कहाँ होगी यह किसी को पता नहीं होता था।

19

अन्तिम चरण में

एक सन्ध्या शूर्पणखा, दण्डकारण्य में अपने निवास के बाहर बैठी हुई थी तभी दूर से उसे कोई स्त्री आती दिखाई पड़ी। चाल परिचित-सी लग रही थी। वह थोड़ा और पास आयी तो शूर्पणखा ने देखा यह कुम्भीनसी थी। शूर्पणखा उठ कर तेजी से उसकी ओर चली। पास आते ही दोनों लिपट गयीं।

''कैसी है?'' शूर्पणखा ने पूछा।

''अच्छी।''

शूर्पणखा उसे हाथ पकड़कर खींचते हुए आवास की ओर ले जाने लगी।

''खींच क्यों रही है आ तो रही हूँ।'' कुम्भीनसी ने हँसते हुए कहा।

दोनों घर के अन्दर पहुँची तो शूर्पणखा ने कहा,

''अब बता कहाँ थी, कैसी थी, कैसे आयी?''

''इतने प्रश्न एक साथ।''

''कहाँ, बस तीन ही प्रश्न तो हैं।'' शूर्पणखा ने अत्यन्त भोलेपन से कहा।

''अच्छा चल बताती हूँ, पर तू कैसी है यह तो बता।''

''जैसी पहले थी, बस कभी लंका में और कभी यहाँ और तू?''

''मीनाक्षी मैं यहाँ से मधुपुर ये सोचकर गयी थी कि पति का बसाया घर है, अपने लोगों की बस्ती है किन्तु वहाँ तो सब कुछ बदला हुआ था। हम लोगों के हटने के बाद वहाँ कुछ और लोग रहने लगे थे। बस्ती अब वैसी नहीं रह गयी थी। बहुत से नये घर बन गये थे, बहुत से नये लोग आ गये थे और सबसे बड़ी बात कि कुछ लोग यह सोचकर कि अब मैं वहाँ क्या लौटूँगी हमारे घर में भी रहने लगे थे... उन्हें और उनसे सहानुभूति रखने वालों को मेरा वहाँ पहुँचना अच्छा नहीं लगा।''

शूर्पणखा चुपचाप आश्चर्य से सुन रही थी।

"मैं वहाँ रही अवश्य पर मुझे सब कुछ लुटा-लुटा सा लगता रहा। मैं सोचकर गयी थी कि वहाँ पति की स्मृतियों के सहारे दिन काट लूँगी पर मीनाक्षी, जानती है वहाँ मधु की स्मृतियाँ बराबर रावण के दुर्व्यव्यहार की स्मृतियों से दब जाती थीं। भूली-बिसरी पीड़ाएँ फिर-फिर जहरीले साँप की तरह बार-बार फन फैलाकर खड़ी हो जाती थीं।"

"हुआ होगा ऐसा ही हुआ होगा, कड़वी स्मृतियाँ हमेशा मधुर स्मृतियों पर भारी पड़ती हैं।"

"सच कहती है और फिर वहाँ कोई मुझे, मुझसे सहानुभूति रखने वाला भी नहीं मिला... समय कितनी जल्दी सब कुछ बदल देता है।"

"अब तू यहीं रह, कहीं मत जा; पहले की तरह ही हम फिर साथ-साथ रहेंगे, तू मेरा सहारा और मैं तेरा सहारा।"

"हाँ यही सोचकर आयी हूँ मीनाक्षी।"

"तू आ गयी मेरे तो भाग्य ही खुल गये।"

"और मेरे भी।"

"कुम्भीनसी तू आ गयी, बहुत दिनों से मेरे मन में एक बात आ रही थी अब वह पूरी हो जाएगी।"

"क्या?"

"मातुल मारीच जहाँ रहते थे, वह धनुष्कोटि सुनते हैं बहत सुन्दर जगह है एक बार वहाँ जाकर कुछ दिन बिताने का बहुत मन है पर अकेले होने के कारण नहीं जा रही थी।"

"जब मन हो चलना, इससे अच्छा ओर क्या हो सकता है।"

"एक-दो दिन तू आराम कर ले फिर चलेंगे।"

कुम्भीनसी को आये कई दिन हो गये थे। एक दिन उसने शूर्पणखा से पूछा, "मीनाक्षी, तू धनुष्कोटि चलने की बात कर रही थी।"

"हाँ।"

"फिर कब चलेगी?"

"ठीक है देखती हूँ।" शूर्पणखा ने कहा।"

विद्युज्जिह्व की मृत्यु के बाद जो यक्ष, रावण के भय से यक्ष-धर्म छोड़कर राक्षसधर्म अपना कर दण्डकारण्य आ गये थे उन्होंने भी विभीषण के आर्य-धर्म अपनाने के साथ ही स्वयं भी राक्षस-धर्म छोड़कर आर्य-धर्म अपना लिया था। स्वयं शूर्पणखा और कुम्भीनसी भी ऐसा ही कर चुकी थीं।

शूर्पणखा ने उन्हीं में से कुछ लोगों से एक रथ का प्रबन्ध करने को कहा। शीघ्र ही रथ का प्रबन्ध हो गया। धनुष्कोटि जाने की सभी तैयारियाँ भी हो गयीं। शूर्पणखा बाहर आकर रथ का निरीक्षण करने लगी तभी उसने देखा लोग झुण्ड बनाकर कुछ चर्चा कर रहे थे।

"क्या कुछ विशेष बात है?" शूर्पणखा ने उनसे पूछा।

"हाँ सुनाई दे रहा है कि अयोध्या की महारानी सीता गर्भावस्था में होते हुए भी महल छोड़कर गंगा के तट पर बने महर्षि वाल्मीकि के आश्रम में चली गयी हैं और वहीं रहने लगी हैं।"

शूर्पणखा ने वहीं कुछ देर खड़े होकर उन लोगों की बातें सुनी और फिर भागकर कुम्भीनसी के पास आयी।

"कुम्भीनसी पता है लोग बाहर क्या कह रहे हैं।"

"क्या?"

"लोग कह रहे हैं कि सीता अयोध्या का महल छोड़कर गंगा के किनारे बने महर्षि वाल्मीकि के आश्रम में रहने लगी है।"

"अकेले?"

"हाँ बिलकुल अकेले और वह भी गर्भावस्था में, बस लक्ष्मण उन्हें महल से वहाँ तक छोड़ने गये थे।

"उफ़! ये संसार भी कितना विचित्र है।"

"पता नहीं इस बार क्या पीड़ा रही होगी।" शूर्पणखा ने कहा। कुम्भीनसी मैं सीता से मिलने जाना चाहती हूँ, तू चलेगी क्या?"

"इस बार की पीड़ा का क्या अर्थ है शूर्पणखा? पहले भी ऐसा कुछ हो चुका है क्या?"

"हाँ, लंका से अयोध्या जाने के पूर्व भी उनकी अग्नि-परीक्षा की बात उठी थी।"

"किसने उठायी थी यह बात।"

"सभ्य कहलाने वाले हर समाज में चरित्र के कुछ ठेकेदार तो हमेशा ही होते हैं कुम्भीनसी, यह उन्हीं का मनोरंजन होता है।" कहते हुए शूर्पणखा के ओंठ व्यंग्य और वितृष्णा से तिरछे हो गये।

"हाँ सच कहती है, चल कब चलना है।"

"बस अभी, रथ तैयार तो है ही; अब धनुष्कोटि जाने की बात छोड़ते हैं और सीधे वाल्मीकि आश्रम ही चलते हैं।

"हाँ ठीक है।"

गंगा के पावन तट पर वाल्मीकि का बड़ा-सा आश्रम था। यहाँ वे, उनके शिष्य और दूसरे साधु-सन्त कुछ अकेले और कुछ अपने परिवार के साथ रहते थे। संध्या का समय था। सीता, आश्रम की कुछ स्त्रियों के साथ बैठी थीं कि एक बालक दौड़ता हुआ आया।

"दो स्त्रियाँ बहुत दूर से अयोध्या की महारानी से मिलने आयी हैं।" उसने कहा।

सुनकर सीता धीरे से हँसीं। आश्रम की स्त्रियों से बोलीं,

"मैं अब अयोध्या की महारानी तो नहीं हूँ आपमें से ही एक हूँ, पर मुझसे मिलने बहुत दूर से मिलने आने वाली स्त्रियाँ कौन हो सकती हैं यह सोचकर मैं भी हैरान हूँ।"

"उन्हें यहाँ बुला लाऊँ?" बालक ने पुनः पूछा

"हाँ ले आओ।" सीता ने कहा।

बालक भागता हुआ बाहर गया और कुछ देर में ही शूर्पणखा और कुम्भीनसी के साथ वापस आया। उन्हें देखकर सीता आश्चर्य से भर उठीं,

"मीनाक्षी तू यहाँ!" उन्होंने शूर्पणखा से कहा।

"हाँ मैं।"

"कैसे आना हुआ?"

"तुम्हारा स्नेह खींच लाया है।"

सीता इस बात पर हँसीं।

"सच है, यह स्नेह की डोर ही तो है जो इतनी मजबूत होती है कि बड़े-बड़ों को अपनी ओर खींच लाती है, दूरी नहीं देखती, साथ ही इतनी कमजोर भी होती है कि तनिक-सी ठेस लगते ही टूट जाती है।"

"पर आप अपने स्नेह की डोर तोड़कर इस अवस्था में यहाँ क्यों चली आयीं?"

"नहीं मैंने स्नेह की कोई डोर तोड़ी नहीं है, वह आज भी वैसी ही है।"

"फिर।"

कुम्भीनसी इस सारे वार्तालाप को चुपचाप सुन रही थी अतः सीता ने कहा

"रुको, पहले तुम्हारे साथ जो हैं उनका परिचय तो दो।"

"अरे हाँ, यह तो मैं भूल ही गयी थी, ये मेरी बहन कुम्भीनसी है, हम बहुत दिनों से साथ ही रहती हैं और जानती हो सीता, विधाता ने हम दोनों का भाग्य एक ही कलम से लिखा है।"

"अच्छा, कैसे?"

"विवाह के कुछ दिनों बाद ही रावण इसके पति को बलपूर्वक अपने साथ युद्ध में घसीट ले गया और कुछ दिनों बाद ही किसी युद्ध में उसके मरने का समाचार आ गया।"

"ओह!" सीता ने कहा।

"आप कुछ कह रही थीं।"

"हाँ मैं बस यही कह रही थी कि हमारे बीच में स्नेह की कोई डोर टूटी नहीं है, पर यह समय है जो हमारी परीक्षा ले रहा है।"

"क्षमा करें हमने सुना है कि मात्र किसी प्रजाजन के आपकी पवित्रता पर सन्देह करने के कारण राम ने आपको यहाँ भेज दिया है।"

"यह बात सत्य से बहुत दूर है।"

"फिर सत्य क्या है?"

“मेरी पवित्रता पर आरोप लगने के बाद वे बहुत तनाव में आ गये थे, इससे उनके राज्य सम्बन्धी कार्यों में व्यवधान पड़ सकता था तो मैंने ही उनसे पत्नी के हित पर राज्य के हितों को वरीयता देने को कहा था।”

“और इसीलिए उन्होंने आपको यहाँ भेज दिया?”

“नहीं, उन्होंने नहीं भेजा, यह मेरा अपना निर्णय था जिसका उन्होंने हृदय पर पत्थर रखकर सम्मान किया; वे तो स्वयं भी राजपाट छोड़कर मेरे साथ आना चाहते थे किन्तु यह अयोध्या के लिए अनर्थकारी होता, अयोध्या की महारानी अयोध्या का अहित कैसे होने देती?”

“और आप गर्भवती भी तो हैं।” कुम्भीनसी ने कहा।

“हाँ, सोचो यदि मैं तनाव में रहती तो मेरे गर्भ में स्थित बच्चों पर कैसा प्रभाव पड़ता और फिर यहाँ से अच्छे संस्कार उन्हें और कहाँ मिलते, कम से कम महल के उस तनाव भरे वातावरण में तो नहीं।”

“पर सब कुछ हम स्त्रियों को ही भुगतना क्यों पड़ता है?”

“कहाँ... क्या राम इस समय वहाँ चैन से होंगे; वे मेरे दुःख में सदा मुझसे अधिक दुःखी रहे हैं और मैं उनके दुःख में उनसे अधिक।”

“आपके इस विश्वास को मेरा प्रणाम।” शूर्पणखा ने कहा।

“और मेरा भी।” कुम्भीनसी ने जोड़ा।

सीता फिर धीरे से हँसीं, बोलीं

“हाँ, यह विश्वास ही तो है जो भौतिक दूरियों के होते हुए भी हृदय में दूरियाँ नहीं होने देता।”

“एक बात पूछूँ?”

“हाँ कुछ भी पूछो मीनाक्षी।”

“इतना ज्ञान और हर परिस्थिति में अपने को इतना शान्त रखना कहाँ से सीखा आपने?”

सीता फिर धीरे से हँसीं। बोलीं, “मुझे तो बिलकुल भी नहीं लगता कि मैं ज्ञानी हूँ और रही बात अपने को शान्त रखने की तो परिस्थितियाँ समय के साथ सब सिखा देती हैं।”

“नहीं, आप स्वयं को जो भी समझती हों किन्तु ज्ञानी तो आप हैं और रही परिस्थितियों की, तो एक सी ही परिस्थितियों अलग-अलग व्यक्ति का निर्णय

अलग-अलग क्यों होता है?''

''मुझे लगता है बुद्धि का स्तर, भावनाओं को नियंत्रित करने की क्षमता और व्यक्ति में मौजूद अहं की मात्रा ही विभिन्न परिस्थितियों में उसके निर्णय की दिशा निर्धारित करते हैं।''

''आपसे मैं जब भी मिली हूँ एक नई दृष्टि पायी है; आज भी वैसा ही कुछ हुआ है, अब आज्ञा दीजिए।'' शूर्पणखा ने कहा।

''नहीं, सन्ध्या बीत चुकी है रुको कल प्रातःकाल मैं महर्षि से कहकर तुम लोगों के साथ कोई तपस्वी बालक भेज दूँगी जो तुम जहाँ तक चाहोगी तुम्हें छोड़ आएगा।

20

पुनर्जन्म

सीता से मिलकर लौटने के बाद शूर्पणखा और कुम्भीनसी के मन में पता नहीं कितने विचार और कितने अन्तर्द्वन्द्व पलने लगे। उनका मन वैराग्य की ओर उन्मुख होने लगा था। मार्ग में शूर्पणखा ने कहा,

"कुम्भीनसी!"

" हाँ।"

"बहुत देख ली दुनिया, अब और क्या देखना शेष रह गया है।"

"ठीक कहती है।"

"जब महारानी होकर सीता एक आश्रम में रह सकती हैं तो हम क्यों नहीं।"

"ठीक कहती है, अब इन जंजालों से कहीं मुक्ति मिल सके तो अच्छा ही है, पर वे तो वाल्मीकि के आश्रम आ गयी हैं हम किस आश्रम में जाएँगे?"

"तूने ऋषि विश्रवा और उनकी पत्नी कैकसी का नाम सुना है न!"

"परिहास करती है।"

"कभी-कभी थोड़ा बहुत परिहास कर लेने में क्या बुराई है।"

"यह भी ठीक है, पर तू कहना क्या चाहती है?"

"हम उन्हीं के आश्रम में चलते हैं।"

"वे मुझे रखेंगे?"

"तेरी और मेरी माँ बहनें थीं, इस नाते तू भी उनकी बेटी ही तो हुई; जिन्होंने मातामह सुमाली और उनके ग्यारह पुत्रों के वर्षों रहने पर कुछ नहीं कहा, वे मेरी सबसे प्रिय सखी को मुझसे कम स्नेह नहीं देंगे... शंकित मत रह चल अब भटकना बन्द और शेष जीवन बिताने के लिये वहीं चलते हैं।"

"चल।"

अब रथ विश्रवा के आश्रम की राह पर चल पड़ा।

इसके साथ ही राक्षस-धर्म को मानने वाली दिग्विजयी लंकापति राक्षसेन्द्र रावण की बहन शूर्पणखा की कहानी समाप्त हुई और कैकसी और महर्षि विश्रवा की पुत्री वज्रमणि की कहानी एक बार पुनः प्रारम्भ हो गयी।

ऋषि विश्रवा के आश्रम में भोर की गतिविधियाँ चल रही थीं। मन्त्रों के स्वर उठने प्रारम्भ हो गये थे। उनकी बेटी वज्रमणि नेत्र बन्द किये शान्त मुद्रा में वृक्ष के तने से पीठ टिकाये बैठी थी।

फिर से घर आये हैं
थके हुए पाँव
अन्धड़ों से भरा
अध्याय बीत गया
तम का सिर नीचा है
उजियारा जीत गया
चिड़ियों का कलरव है
बरगद की छाँव

www.ingramcontent.com/pod-product-compliance
Lightning Source LLC
Chambersburg PA
CBHW031324230926
51848CB00001B/84